Memola

Boek 1

door

Ben Dolphijn

Hoofdstuk 1

Het was schitterend weer. Het zonnetje scheen heerlijk, niet te scherp, net prima. Memola draaide zich om en keek uit over de grote baai voor haar. De schepen voor de kade, ver naar rechts, zagen er ouderwets uit. Op deze verafgelegen planeet was de ontwikkeling van nieuwe technieken stil blijven staan. Ze wist het. Da was de reden dat ze hier handel dreef. Ze had de nieuwe motoren net voor een prima prijs verkocht en de tegoeden ontvangen. Het was nu zaak om nieuwe producten te vinden die ze op andere planeten weer zou kunnen verkopen. Het leven beviel haar wel. Dit reizen door de ruimte van planeet naar planeet. Van een drukke periode na de landing, tot veel rust na het verlaten van de planeet, onderweg naar de volgende planeet.

Ze draaide zich om en keek naar de hoofdstad, Centra heette die, zoals op vele planeten. Het was geen echt grote stad maar wel een met een hele open en vriendelijke uitstraling. Veel groen met planten en bomen, ook veel exotische bomen en bijzondere planten. De stad was in het rond gebouwd met een groot rond centraal plein, de Markt. Memola wandelde van het uitkijkpunt, waar ze over de zee had staan kijken, terug naar het grote plein. Er was een grote markt met een groot aantal marktkraampjes, zoals altijd op zaterdag. Vele landbouwproducten lagen uitgestald. Het was druk en er waren veel mensen op de been.

Memola keek om zich heen. Zou er hier iets unieks zijn, waar ze wat mee zou kunnen? Groenten, fruit, planten? Ze was er eigenlijk van overtuigd dat dat hier zeker niet te vinden was. Waar zou ze die goederen dan eventueel willen verkopen? Speciale zeer smaakvolle en zeer gezonde groeten? Ze had er geen enkel gevoel bij. Ze wist niets van groeten. Ze had een technische achtergrond, geen landbouwkundige of dieet gerichte. Motoren, daar wist ze alles van.

Biomassa was als aandrijvingsbrandstof al lang niet meer aan de orde.
Gecomprimeerde energieblokken gebouwd met zonne-energie was de standaard techniek.

Haar oog viel op een merkwaardig uitziend stapeltje blokken. Ze telde de kanten. Vier-en-twintig kanten. Een merkwaardig aantal. Ongeveer vier centimeter hoog en acht in doorsnee.

Ze bleef er voor staan en bekeek de stapel met verbazing. De kraamhouder keek naar haar en knikte haar toe.

"Echte originele kwadronnen, mevrouw!" verkondigde hij nadrukkelijk.

Memola keek hem vertwijfeld aan: "Kwadronnen? " liet ze verbaasd en vragend uit haar mond vallen.

"Ja, natuurlijk, ", mompelde hij, "O, ik begrijp dat u niet van hier bent ! Deze veel kantige compacte massa wordt gemaakt door de "gruiper", een zeedier dat lichtenergie omzet in een leefpakket, waar hij soms jaren op kan teren. Hij slaat ze op in een alleen aan mij bekende baai. Er zijn er hier maar weinig in geïnteresseerd maar ze werken geweldig. Je moet alleen een manier zien te vinden om de energie er uit te halen."

"En u weet, hoe dat moet, begrijp ik? "Ze keek hem verwachtingsvol aan.

"Nou, ja, zo ongeveer, geloof ik. Ik heb alleen niet de apparatuur om het systeem van de gruiper na te bootsen. Ik zoek nog wel iemand die me daarbij zou kunnen helpen." Zijn stem klonk hoopvol en zo keek hij ook naar haar.

"Hoeveel heb je er hiervan al verkocht en aan wie? "vroeg ze nieuwsgierig.

"Helaas, ik sta hier vandaag voor het eerst. Ik weet niet goed hoe ik ze moet aanprijzen en verkopen. Liever zou ik eerst nog meer onderzoek doen, maar ik heb geld nodig om te eten. " Hij keek haar opnieuw hoopvol aan.

Memola schatte hem een jaar of zestig, verweerd door weer en wind. Duidelijk van oudsher een zeeman die over de oceanen had gezworven.

Ze nam een besluit. "Stel dat u uw spullen weer inpakt en dat we daarna samen ergens wat gaan eten en praten over deze plakken? Dan kunnen we overleggen of ik iets voor je kan betekenen. Ik moet erkennen dat ik wel nieuwsgierig ben naar je verhaal. "

Ze keek om zich heen. Niemand schonk enige aandacht aan de oude zeeman, zijn kraam en de jonge dame die er bij stond. De kraam stond op een achteraf plaats, waardoor ze zo wie zo al niet al te veel aandacht kregen.

De zeeman keek een beetje bedenkelijk naar haar, keek ook eens om zich heen en ook hij stelde vast dat dit geen echt werkbare verkoopactie was gebleken. Hij knikte en begon zijn koopwaar in de dozen te stoppen die hij achter zich op de grond had gezet. Het waren acht dozen, de andere dozen waren nog ingepakt en stonden nog in zijn truc. Hij laadde de dozen in en sloot de truc af. Hij draaide zich om naar Memola en wenkte haar. Gelijk liep hij de straat achter hem in, richting de haven.

Memola liet meteen achter hem aan, Ze moest bekennen dat ze steeds nieuwsgieriger werd. "Gruipers" en "Kwadronnen," zeiden haar niets. Ze pakte haar info-tablet en toetste de beide woorden om de beurt in maar kreeg geen enkele reactie. De lokale bibliotheken en andere bronnen gaven hierover geen informatie via het internet. Het verraste haar. Als dit ging om bestaande dieren, moesten die toch op zijn minst bekend zijn. Dat gold net zo goed voor die energiebommen. Ze stopte haar tablet weg. Het gaf haar toch een raar beeld van wat er hier gebeurde. Als de benamingen onbekend waren, bestonden die zaken dan wel? Ze vond het steeds gekker.

Ze keek naar de visser, die inmiddels een stukje voor haar uit liep. Hij had wel kromme benen en lange laarzen aan. Dat leek wel als een echte visserman. Ook zijn kleding kon daar prima voor door gaan. Klopte dat wel, vroeg ze zichzelf af. Zou ik mijn onbekende producten op een markt gaan verkopen, zonder reclamebord wat ik te koop had, zonder enige aanprijzing? Ze begon het geheel steeds minder te vertrouwen. Ze vertraagde haar pas. Hij liep wel erg snel naar een plek die hij kennelijk al had uitgezocht. Ze ging nog wat langzamer lopen. Ze stopte. Ze besloot te kijken wat hij zou doen als bleek dat ze niet mee liep.

De weg kwam uit bij de baai, nog ruim voor de haven. Langs de baai waren banken neergezet in een soort van aangekleed park. Ze liep naar de bankjes en ging op een ervan zitten, uitkijkend over de baai in de richting van de haven. Ze zag de zeeman stug doorlopen, zonder om te kijken. Ze vond dat toch ook vreemd. Hij keek niet op of om. Zou hij zijn opdracht al volbracht hebben? Moest ze alleen weggelokt worden? Ze keek om zich heen maar zag niemand die op de een of andere manier bezig was met rondhangen of speciaal op haar lette.

De zeeman bleef stevig doorstappen. Memola besloot terug te gaan naar de markt. Ergens was er iets raars aan de hand. Ze kon er geen grip op krijgen. Het zat haar niet lekker. Ze was niet gewend om zo te worden behandeld. Ze liep langzaam terug, keek nog een keer om naar de zeeman maar die was inmiddels verdwenen en keerde ook niet terug om te kijken waar ze was gebleven.

Ze liep bedachtzaam terug naar de markt, passeerde de plek waar de zeeman had gestaan achter zijn kraam. Diens auto stond er nog steeds. Ze wist niet wat ze er van moest denken. Ze wandelde de markt verder op. Alleen maar groenten en fruit, enkele schitterden bloemen vond ze wel interessant maar ze kon het rare verhaal van de zeeman niet loslaten. Ze nam een kop thee met een koek op een terras naast de markt om een beetje tot rust te komen. Ze zuchtte eens diep. Ze legde zichzelf op om te blijven zitten en rustig haar thee op te drinken. Ze keek naar de aflopende markt. Verschillende kraamhouders begonnen hun goederen in te pakken en in hun wagens te laden.

Ze betaalde haar thee maar bleef nog even zitten. De auto van de zeeman stond nog steeds op zijn plaats, nu vrij ver van haar weg aan de rechterkant van de markt maar goed zichtbaar voor haar. Niemand leek er aandacht aan te schenken. Ze stond op en wandelde rustig richting het uitkijkplateau bij de baai en zou daarbij de auto van de zeeman passeren. Ze wandelde er rustig heen. Ze betrapte zich erop dat ze toch naar de auto keek. Ze keek weer om zich heen. Niemand lette op haar. Ze kon het niet laten en liep tot vlak naast de auto en keek stiekem naar binnen. De auto zag er keurig uit. Mooi schoon en zo goed als nieuw van binnen. Op de stoel van de bestuurder zag ze een papier liggen. Een groot vel A4, er stond iets op. Ze ging nog iets dichter bij de auto staan en las wat er op het stuk papier stond.

"Kom er in, de sleutels liggen hieronder" stond er. Ze keek geschrokken op en keek rond. Ongetwijfeld stond er nu iemand naar haar te kijken. Ze kon niemand ontdekken. Een marktkoopman liep langs, knikte vriendelijk naar haar en liep door. Ze keek hem na. Hij stapte iets verder in een grote auto en reed er stapvoets mee, langs Memola, naar zijn kraam.

Memola nam een besluit. Kennelijk wilden de "anderen", wie het ook waren, dat ze in de auto zou stappen en met de auto ergens heen zou rijden. Ze was en bleef stik nieuwsgierig naar het hoe en waarom. Ze proefde zeer interessante zaken voor haar handel. Ze zou wel kritisch blijven. Een fout kon je kapitaal vernietigen.

Ze trok aan de deurknop en de deur ging prompt open. Ze deed de deur verder open en pakte het papier op. De sleutels lagen er inderdaad onder. Ze keek op om te zien of ze ergens enige reactie zag. Nergens iets te zien. Ze boog voorover, pakte de sleutel op en ging zitten. Ze trok de deur naast zich dicht en bekeek de sleutel. Het was een raar soort sleutel met drie baarden en een sterk wisselende schachtdikte. Hij was een beetje groen en doorzichtig, van een soort kristalachtige substantie.

Op het dashboard, naast het stuur zag ze een sleuf waar de sleutel kennelijk in moest. Ze keek nog eens rond, zette haar tas naast zich op de stoel naast haar en stak de sleutel in het contact.

De auto begon te zoemen. De deuren gingen met een klik op slot. Ze slikte, nu was er geen weg terug meer, ze kon er niet zomaar weer uit, alhoewel, als ze de sleutel er weer uit zou halen zouden de deuren waarschijnlijk weer open gaan. Ze voelde zich toch een beetje onrustig.

Plotseling ging er een zacht piepsignaal. Tot haar verbazing klapte het stuur naar binnen, verdween het dashboard evenals de gas- en rempedalen. Ze keek er met verbazing naar. Langzaam begon de auto te rijden, terwijl ze niets deed. Ze hoorde wel een motor zacht zoemen. De auto reed het marktplein af richting het uitkijkplatform bij de baai.

Memola keek met grote ogen naar de auto. Hij was keurig afgewerkt en werkte zeer rustig. Dit zou best interessante koopwaar opleveren. De bouwplannen waren best wel wat waard. Het technisch ontwerp dan, de uiterlijke vormgeving was sterk locatie en planeet afhankelijk. Zouden de ramen van veiligheidsglas zijn of van speciaal kunststof? Ze realiseerde zich dat ze haar omstandigheden kennelijk niet onveilig ervoer. Ze was en bleef heel rustig en gecontroleerd.

Vlak voor het uitkijkplateau stopte de wagen en ging vervolgens heel langzaam omhoog. Memola werd toch een beetje onrustig. Op een hoogte van een meter of drie stopte de wagen en begon langs de rand van het water weg te vliegen van de markt, de haven en de stad.

Memola keek om zich heen. Ze zag de stad langzaam achter zich verdwijnen. Links zag ze de baai en rechts alleen nog maar heuvels, een soort duinen. Het toestel vloog niet hard maar wel stevig door. Ze schatte de snelheid op zo'n vijftig kilometer per uur. Het zou haar niet verbazen als het een heel stuk harder zou kunnen. De aandrijving maakte een zacht zoemend geluid. Voor zich uit zag ze de kustlijn draaien richting de punt van de baai. Om de punt van de baai zou ze wel meer zien.

Ze bekeek de interne aankleding van het toestel. Het zag er netjes en functioneel uit. Het viel haar nu ook op dat alle voorzieningen in de deurpanelen ook waren weggedraaid. Alles zag er vlak en verzorgd uit. Voorzichtig klopte ze op het materiaal op de plek waar voorheen het dashboard had gezeten. Tot haar schrik hoorde ze een klik en begon haar stoel te draaien. Ze kwam dwars te zitten en keek nu door het raam van de passagierskant. Opnieuw een klik en de passagiersstoel begon in te klappen. De vloer werd glad. Een soort lade kwam uit het dashboard. Kennelijk bedoeld als een soort werkblad. Ze was onder de indruk. Het zag er prima uit. Het blad was kennelijk op zijn plek want ze hoorde opnieuw een klik. Prompt begon een deel van het blad omhoog te klappen en kwam er, tot haar verbazing, een beeldscherm omhoog. Weer een klik en het beeldscherm begon te leven. Ze keek snel even om zich heen of er nog meer dingen waren veranderd maar ze kon zo snel niets vaststellen. Het beeldscherm gaf een kaart weer. Ze herkende de hoofdstad Centra en de baai. De kaart vergrootte naar de plek waar ze vloog en leek met een rode lijn de route aan te geven die ze nog zou moeten afleggen. De route volgde de kustlijn tot kort voor de punt van de baai en draaide daar scherp landinwaarts. Een stukje landinwaarts stopte de rode lijn en werd een rood kruis aangegeven. Ze begreep dat dat de landingsplaats zou zijn.

Het scherm werd donker en er verscheen een nieuw beeld. Het was een man van een jaar of derrtig, haar leeftijd. Hij had een sympathieke uitstraling en ze realiseerde zich dat ze gelijk geneigd was om hem te vertrouwen. Ten onrechte !!, hield ze zichzelf meteen voor.

De man begon te spreken met een uitermate vriendelijke stem en een prachtig vol timbre. Opnieuw dat supersysteem van vertrouwen wekkende uitstraling, ook in de stem. Hij droeg een net maar sportief shirt met lange mouwen, meer kon ze niet zien, omdat hij achter een groot bureau zat.

"Sorry, voor het ongemak dat we u bezorgen", begon hij, vriendelijk glimlachend. Memola zuchtte eens diep. Wat moesten ze van haar, waarom deze hele rare methode, waarom dit machtsvertoon en deze vrijheidsberoving? Ze kon er nog steeds geen touw aan vast knopen. Het drong tot haar door dat deze jongens, anders dan de indruk die ze in de hoofdstad van het leven daar had gehad, wel heel wat moderne technologie gebruikten. Misschien was dat wel de reden voor dit bijzondere gedoe. Ze besefte dat dit idee meer voortkwam uit haar eigen wensen dan uit informatie van de anderen.

"Mijn naam is Johan", vervolgde de man. "Het is niet onze bedoeling om u tegen uw zin vast te houden. U bent altijd vrij om te gaan en te staan waar u wilt. Graag zouden we u ons verzoek willen overbrengen om met u te overleggen over interstellaire handel. Mocht u daarin niet geïnteresseerd zijn of deze weg niet te willen vervolgen dan kunt u volstaan met het scherm naar beneden in te drukken, waardoor uw voertuig u onmiddellijk terug zal brengen naar het uitkijkplatform bij de markt in Centra."

Memola keek vertwijfeld naar de man, Johan, zoals hij zich noemde. Aan de ene kant was ze weldegelijk geïnteresseerd in interstellaire handel, anderzijds was ze niet erg gecharmeerd van deze onorthodoxe methode. Ze besloot het vervolg af te wachten. Tenslotte wilde ze deze mooie jongen ook wel eens in het echt zien. Ze besefte dat het best een gefingeerd beeld kon zijn, alleen maar om haar interesse te wekken.

Ze ging achterover zittenen wachtte geduldig op het vervolg. Business is business, dacht ze.

Johan knikte en vervolgde: "Dank u voor het vertrouwen. We zullen dat nooit beschamen. Ik laat u graag wat beelden zien van onze werkplaatsen, zodat u alvast enig beeld krijgt van onze werkmethode en de producten die we maken."

Johan verdween uit beeld en de kaart kwam weer in beeld. Er werd ingezoomd op de plek van het kruisje, het was de landingsplaats maar nu feitelijk visueel. De blik werd omhooggericht vanaf de grond en een grote fabriekshal kwam in het zicht. Tot haar verbazing liepen en reden er overal mensen over het terrein. Het leek wel life. Ze bekeek de zonnestand. Het licht leek net als buiten, een redelijk lekker zonnetje met schaduwen vanuit dezelfde hoek.

Net wilde ze weer naar het scherm kijken toen ze achter de horizon een donkere wolk zag aankomen, nog wel ver weg maar toch. Ze haalde haar schouders op en keek weer naar het scherm. De camera was kennelijk op een wagentje gemonteerd. Het wagentje reed nu voorwaarts, richting de grote fabriekshal. Het plein dat het wagentje over stak was netjes opgeruimd en zag er verzorgd uit. De grote schuifdeuren van de hal gingen open en voor de camera draaide een grote vorkheftruc, kennelijk werkend op elektrische energie, de hal binnen. De camera volgde. Het licht werd een stuk diffuser en minder scherp aan de ogen. De hal was ingedeeld in grote rijen met daarin lange tafels waar medewerkers aan zaten die onderdelen samenstelden. Ze zag dat het begon met erg grote delen die al uit een groot aantal subonderdelen bestonden. Verder naar achteren leken de kleinere onderdelen te worden samengesteld. Het geheel zag er zeer ordelijk uit.

Overal in de hal begon het licht te knipperen en ging er een zachte toeter. Alle medewerkers voltooiden hun taak en stonden op. Ze liepen allemaal naar de zijkant. Kennelijk een soort pauze midden in de middag. Ze zag dat bij de ingang van de hal, waar ze eerder door naar binnen was gekomen, nu grote onderdelen werden weggereden. Ze zag dat ze in een aparte ruimte werden opgeslagen. Ze kon niet goed achterhalen voor wat voor een apparaat de onderdelen waren.

Plotseling ging er een harde gillende sirene. Tot haar verrassing was de ingang donker geworden. Ze herinnerde zich de donkere wolk en keek door het voorraam van haar voertuig. Haar adem stokte. Een enorm groot ruimteschip was in het zicht gekomen. Het was diep donker grijs en van een enorme omvang. Het ruimteschip leek bijna even groot als de enorme productiehal.

Memola vroeg zich af wat hier gebeurde. Er leek geen enkele sprak van paniek, sterker nog, het leek verwacht. De camera reed naar buiten en stelde zich naast de voordeur van de fabriekshal op. Ze kon goed zien dat een enorme lift naar beneden kwam met allemaal apparatuur er op. De vorkheftrucs haalden de voorraden van de liftbodem en plaatsten die in een hele grote hal rechts van de productiehal. Het was een bevoorradingsschip. Memola begreep wat er gaande was.

Net toen ze opgelucht adem haalde begon er een andere sirene te loeien. Nu reageerde iedereen wel verschrikt. Memola keek door het raam van haar voertuig en zag pal boven het grote ruimteschip een vrij klein ander schip hangen dat veel lichtsignalen afgaf en, naar ze veronderstelde, degene was die het nieuwe alarmsignaal veroorzaakt had. Vanuit dit nieuwe kleine ruimteschip werden enkele kleine bollen losgemaakt. De bollen daalden naar beneden en landden op de begane grond.

Memola keek weer naar het beeldscherm. Ze zag geüniformeerde mannen uit de bollen stappen. Ze leken zwaar bewapend en goed georganiseerd.

Een man kwam vanuit de fabriekshal, langs de camera lopen in de richting van de geüniformeerde mannen. Ze keek verrast nog eens goed. Het was een man die erg veel op Johan leek. Ze kon het niet zo goed zien, want ze zag alleen zijn achterkant. Ze kreeg een warm gevoel.

De man stopte kort voor de leidinggevende van de geüniformeerde groep. Deze stak zijn hand recht omhoog en klapte zijn hakken tegen elkaar. Hij draaide zich naar de groep achter hem, keek ze strak aan en gaf een aantal instructies. Direct begonnen de mannen weg te rennen. Hij draaide zich om naar Johan. Tot Memola's verrassing was het een vrouw. Ze had het gewoon niet verwacht, excuseerde ze zichzelf.

Johan knikte naar haar en leek om uitleg te vragen, gezien het feit dat hij zijn handen uitspreidde in een smekend gebaar. Hij wees op het ruimteschip. Ze knikte en maakte een zwaaiende beweging met haar hand. Johan knikte, draaide zich om en gaf met een draaiende beweging van zijn hand aan dat het lossen kon doorgaan.

Hij nodigde de commandant uit om met hem mee te lopen naar zijn kantoor, waaraan ze gewillig gehoor leek te geven. Johan draaide zich om. Hij was het echt. Ze reageerde enthousiast maar temperde haar enthousiasme meteen. Ze had de man nog nooit in het echt ontmoet.

Ze had wel even getwijfeld of ze het scherm alsnog naar beneden zou duwen maar was nu toch ook nieuwsgierig naar wat er aan de hand leek te zijn. Zou dit gewoon een standaard douanecontrole kunnen zijn? Ze betwijfelde dat. Maar wat is normaal bij dit soort enorme ondernemingen.

Ze keek weer door het raam. Ze kwam al aardig dichterbij. Ze naderde het punt waar het voertuig het binnenland in zou draaien. Ze liet het allemaal begaan. Ze volgde de gebeurtenissen voor zover ze er iets van kon zien maar de camera stond stil op dezelfde plaats zodat er niet veel leek te gebeuren. De ladingen werden gelost, daarna werden er pakketten vanuit de hal in het schip geladen.

Memola naderde de locatie. Op de plek waar ze geacht werd te landen was nu geen ruimte en dus werd op het scherm duidelijk gemaakt dat er een nieuwe landingsplek was aangewezen, ongeveer tachtig meter verder weg. Memola vond het allemaal prima, zolang zij maar veilig op de grond kwam.

Het voertuig landde aan de zijkant van het terrein, vlakbij een grote schuur. De landing verliep zachtjes en vlot. Toen het toestel eenmaal op de grond stond draaide haar stoel weer in de gebruikelijke stand en ging haar deur open. Ze maakte aanstalte om uit te stappen. Ze pakte haar tas, waarvan ze zich nu realiseerde dat die met stoel en al was verdwenen en nu weer was verschenen, samen met de terugkeer van de stoel. Ze berispte zichzelf. Dat had ze toch veel eerder moeten opmerken. Ze vond zichzelf nonchalant en onoplettend. Ze haalde even diep adem. Ze was geland maar wilde ze dit wel. Waar was ze in verzeild geraakt. Ze keek voor zich over het grote plein.

De man die zich als Johan had voorgesteld stond nu met grote armgebaren te redeneren. De commandant keek strak naar Johan maar verroerde geen vin. Memola en haar voertuig leken onopgemerkt te zijn gebleven. Ze besloot uit te stappen en even in de schuur direct achter haar te kijken. Ze wilde ook vanuit een veilige positie het vervolg bekijken. Ze vertrouwde de gang van zaken toch nog steeds niet. Ze duwde tegen de deur van het voertuig, die gelijk open ging. Ze stapte rustig uit en liep om het voertuig heen. Achter het voertuig staande keek ze over het plein. Johan was nog steeds heftig aan het gebaren en de commandant leek er niet op te reageren.

Memola draaide zich om en liep naar de schuurdeur, recht voor haar. Ze probeerde de deur en die ging soepeltjes open. Ze stapte er snel doorheen en schoof de deur snel achter zich dicht. Net voor ze hem sloot keek ze snel even naar het plein. Daar leek niets veranderd. Ze sloot de deur en prompt flitste het licht aan in de schuur. Ze keek nieuwsgierig om zich heen. Het was een grote opslagruimte voor iets dat er uit zag als een kleine vierkante doos van ca. dertig centimeter en tien centimeter hoog. Ze pakte er een uit de stelling en wilde hem bekijken. Een enorme sirene begon te loeien. Ze keek verschrikt op. Zonder verder na te denken rende ze naar de schuifdeur, schoof hem open en rende naar buiten. Daar botste ze zo ongeveer tegen het voertuig aan. Ze sprong het voertuig in en klapte snel de deur dicht. Ze gooide de doos die ze nog in haar hand hield van zich af en probeerde haar tas voor zich op haar benen te zetten. De bedieningspanelen klapten weer weg en voor ze het wist kwam het beeldscherm vanuit de tafel voor haar weer omhoog. Meteen drukte ze het beeldscherm weer naar beneden, terug in de opening waar het uit omhoog kwam. Ze keek er verschrikt naar. Voor haar zag ze enkele van de gewapende mannen aan komen rennen, de wapens in de aanslag. De commandant en Johan hadden zich naar de schuur gedraaid, waarschijnlijk reagerend op het geluid van de sirene. De commandant begon te schreeuwen en instructies te roepen naar de gewapende mannen. Het voertuig begon op te stijgen.

Ze zag de manschappen naar de commandant kijken. Ze vroegen zich vast af of ze toestemming kregen om te mogen schieten en het voertuig naar beneden te halen. Het voertuig steeg rustig op alsof het zich van geen kwaad bewust was. Memola zag de commandant knikken. Ze keek strak naar beneden om de mannen nog te kunnen zien. Het voertuig begon zijwaarts weg te

draaien en verhoogde duidelijk zijn snelheid.
De eerste schoten misten gelukkig doel
maar daarna hoorde ze toch enkele inslagen
onderin het voertuig. Ze hoopte dat die een
beetje bestendig was tegen dit soort acties.
Ze trok haar benen op zodat de zetel van de
stoel helemaal onder haar zat. Het voertuig
begon een beetje te schommelen maar
vloog gewoon door. Bij het volgende salvo
waren er opnieuw enkele inslagen en een
van de zijruiten werd verbrijzeld. Ze schrok
er van. Het voertuig maakte nu echt vaart en
verdween richting de zee.

Ze naderde de zee en het voertuig draaide
weer richting Centra. Ze zag niets meer van
haar achtervolgers. Ze besefte dat het
voertuig maar naar een plek zou gaan en
dat Johan dat natuurlijk precies wist. Wat
had ze nou eigenlijk uitgespookt. Waarom
had ze zich met deze gekkigheid ingelaten.
Wat gebeurde hier allemaal. Ze keek
wanhopig om zich heen. Ze zag geen
alternatieven dan te wachten totdat het
voertuig zou landen.

Haar oog viel op de doos die ze gestolen
had, want dat was toch eigenlijk wat er
gebeurd was. Ze realiseerde zich nu pas wat
ze had gedaan. Ze had de doos meegepikt !
Ze keek waar ze de doos had gelaten en
zag hem op zijn kant op de achterbank
liggen. Ze pakte de doos en legde die voor
haar op de tafel. Er leek niets bijzonders te
zien aan de doos. Ze draaide hem om. Aan
de achterkant zat een contact voor het
aansluiten van een chip, een soort
contactplaatje. Ze tikte eens tegen de zijkant
van de doos om te zien of er iets gebeurde.
Er gebeurde niets, er was alleen maar het
geluid van dof kunststof. Ze tikte op de
bovenkant en prompt klapte de bovenkant
open. Ze was verrast maar vond het
eigenlijk heel erg logisch. Ze keek in de
doos. Het leek een grote lege ruimte met in
het midden een soort as waar een ding
overheen moest passen om iets zinvols te
kunnen uitrichten. Het was een beetje groot
en stevig voor een schijfje, een gewone
informatie drager of iets dergelijks. Het
plaatje aan de achterkant zou wel als
contact dienst doen, dan moest het een ding

van een behoorlijk formaat zijn. Op de een
of andere manier moest ze denken aan die
gekke energieblokken die de zeeman op de
markt aan het verkopen was geweest. Ze
overpeinsde dat die dingen door de zeeman
achterin de auto waren geladen. Ze keek
naar de achterbank en zag dat die er nog
steeds op de oude manier stond. Ze hoopte
dat die naar voren kon klappen zodat ze
daarachter bij de laadruimte zou kunnen
komen. Ze trok haar benen weer op haar
stoel en reikte naar achteren. Ze kon er
goed bij. Ze keek of er ergens klemmetjes of
zoiets zag maar zag niets. Ze besloot een
ferme ruk aan de rugleuning te geven .
Prompt kwam de rugleuning met een luide
klik los en klapte op de zitting. Ze had
helemaal niet verwacht dat de rugleuning zo
snel mee zou geven . Ze kukelde prompt
voorover bovenop de achterkant van de
rugleuning. Haar arm kwam een beetje
ongelukkig in de knel maar uiteindelijk viel
het allemaal wel mee. Ze duwde zich weer
een beetje overeind en keek rechtstreeks de
laadruimte in. Voor haar stonden een aantal
dozen. Ze kroop op de achterkant van de

rugleuning van de achterbank en trok een van de dozen naar zich toe. Ze trok de sluiting open en daar lag een stapeltje van die gekke energieblokken. Ze pakte de bovenste eruit en voelde er aan. Ze kreeg een raar tintelend gevoel in haar handen dat langzaam doortrok in haar armen. Ze legde het blok neer en pakte de doos van de tafel. Ze legde de doos naast zich en keek nog eens naar het blok. In het midden van de doos zat de stift waar iets omheen moest vallen. Ze pakte het energieblok op om te zien of er hier misschien een voorziening zat om over de stift heen te vallen. Toch wel een beetje tot haar verrassing zat er inderdaad een uitsparing met daaromheen een versteviging. De tinteling in haar armen werd heviger. Snel legde ze het blok in de doos, over de stift. Het blok leek prima te passen maar was een behoorlijke slag kleiner dan de ruimte in de doos. Wat nu, vroeg ze zich af. Als deze twee al bij elkaar horen dan moet er een soort verbindingsstuk zijn dat het blok met het contactpunt verbindt. Ze keek nog eens naar de deksel, daar leek een kleine verhoging in het deksel te zitten.

Ze voelde er aan en had het idee dat het een soort hekje leek te zijn. Ze peuterde er aan en er kwamen vier dingetjes los. Ze klapte ze omhoog en ze vormden een soort hekwerkje , een vierkant rek. Dit zou inderdaad uitstekend als verbindingsstuk kunnen dienen. Ze deed de deksel langzaam dicht om te kijken of het rekje inderdaad op zijn plaats zou komen en ze dacht dat het prima fitte.

Ze klikte de deksel dicht en een zacht gebrom kwam uit de doos. Ze schrok daar een beetje van. Ze wist niet wat ze dan wel gedacht had maar keek nu verwachtingsvol naar de doos. Er gebeurde echter verder niets meer.

Plotseling maakte het voertuig een forse wending landinwaarts , Ze werd prompt tegen de zijkant van het voertuig gegooid. Ze bezeerde haar elleboog en lag onderste boven tegen de zijkant. Ze krabbelde overeind en keek door het raam, dat door de kogels was kapot geschoten naar buiten. Ze voelde dat het voertuig omhoog en omlaag hobbelde in de lucht. Het leek de glooiingen in het veld te volgen en bleef steeds ongeveer drie meter boven de grond. Het land werd al snel vlakker en het gehobbeld eindigde. Ze kwam overeind en keek voor zich uit.

Tot haar schrik zag ze dat ze recht op een grote schuur afstormden. Ze probeerde haar voeten naar voren te draaien om de klap van de botsing zo goed mogelijk op te kunnen vangen. Ze klapten recht tegen de schuur aan op een hoogte van ongeveer drie meter. Alles werd donker.

Hoofdstuk 2

Memola kwam een beetje bij. Ze had een barstende koppijn. Ze wilde haar ogen nog niet open doen. Ze lag op haar zij, haar armen leken gevoelloos, haar benen deden pijn. Ze probeerde haar benen op te trekken maar dat lukte haar niet. Voorzichtig deed ze haar ogen open. Het was schemerdonker om haar heen. Niets leek te bewegen. In het schemerduister ontwaarde ze, dat ze nog steeds in het voertuig op de achterbank lag. Wel behoorlijk verkreukeld. Haar rechterarm lag in een rare bocht. Ze probeerde hem te bewegen. Haar hand bewoog maar ze lag met haar hoofd op haar arm. Ze trok haar linkerarm naar voren. Dat lukte. Ze kon hem nu zien. Ze duwde zich een beetje omhoog met haar linkerarm. Daardoor kon ze ook haar rechterarm weer benutten. Ze drukte

33

zich verder omhoog en keek om zich heen. Haar hoofd bonsde.

Ze voelde zich beurs en gekraakt. Het voertuig leek op zijn kant te liggen. Ze ging op de deur staan die tegen de grond lag en keek omhoog. Haar benen verkrampten, allebei. Het deed goed zeer. Ze strekte ze allebei zo goed mogelijk. De kramp trok weg en ze keek weer omhoog. Het raam van de deur gelijk boven haar was het raam dat door een kogel er uit geschoten was. Dit gaf haar de gelegenheid om zich helemaal uit te strekken, zodat ze echt rechtop kon staan. Haar hoofd stak nu een stukje door het raampje naar buiten. Ze keek om zich heen in de schuur. Het had van buiten echt een gewone boerenschuur geleken maar hier van binnen leek het meer op een laboratorium. Overal zag ze apparaten staan die meer leken op testapparatuur dan op landbouwmachines. Het geheel had een wat steriele uitstraling, doordat alles heel licht zacht groen was geverfd. Ze keek verschrikt naar het enorme gat dat het voertuig in de zijwand had geslagen. Ze besefte dat ze

flink geluk had gehad dat de schuur zeker
vijf meter hoog was, waardoor ze dwars
door de wand was geslagen en geen
horizontale balken had geraakt.

Ze begon zich iets soepeler te bewegen nu
haar bloedsomloop weer wat
genormaliseerd leek. Ze opende de
achterdeur waar ze nu onder stond en klapte
de deur omhoog naar opzij. Het klemde niet,
daardoor ging het vlotjes. Ze drukte zich
vervolgens omhoog, door met haar voet op
de zijkant van een van de stoelen aan de
voorkant te gaan staan en klom er uit. Ze
inspecteerde haar lichaam en stelde vast dat
er heel wat schrammen en builen waren
maar ze leek niets gebroken of ernstig
gekneusd te hebben. Een groot geluk bij
een hopeloos ongeluk. Waar was ze, hoe
kwam ze hier weer weg. Wat was dit voor
locatie, een soort laboratorium? Waren hier
geen mensen? De klap moest toch gehoord
zijn! Ze inspecteerde haar armen en benen
nog eens, deed een paar oefeningen die ze
gewend was te doen en stelde vast dat het
allemaal wel meeviel. Ze liep eens om het

wrak van het voertuig heen en besloot het geheel te kantelen zodat ze op een normale manier naar de inhoud zou kunnen kijken. Ze wilde eigenlijk haar handtas en de doos met het energieblok meenemen. Ze keek even rond in de schuur, op zoek naar een hulpmiddel en zag tegen de zijkant, onderin een rek waar nog redelijk wat licht op viel dank zij het grote gat in de zijwand, een krik. Ze pakte de krik, zette die onder de zijkant van het voertuig en begon het een beetje omhoog te krikken. Ze had geluk dat de bovenkant van het voertuig iets terug week waardoor er wat ruimte onder was om de kruk te plaatsen. Ze kon het voertuig ongeveer vijftig centimeter omhoog brengen maar kon niet verder komen met de krik. Ze zocht een lang stuk tuingereedschap op en gebruikte de lange paal om het voertuig verder te kantelen. Met een smak klapte het voertuig op zijn onderkant en stond weer recht op. Ze keek tevreden naar het resultaat.

Ze borg de krik en het stuk tuingereedschap weer op en liep om het voertuig heen naar de andere kant. Ze probeerde de deur open te maken maar moest weldegelijk even flink sjorren om die open te krijgen. Uiteindelijk lukte het haar en ze pakte haar tas uit de auto. Ze moest wel een heleboel spulletjes, die vrijwel allemaal uit haar as waren gevallen, oprapen en weer in haar tas stoppen. Daarna zocht ze de doos op en inspecteerde vlug even de inhoud. Ze pakte een kleine rugtas uit haar tas en deed zowel de doos als haar handtas in de rugzak.

Ze stopte. Ze was van plan geweest om snel de schuur uit te gaan en terug naar Centra zien te komen. Ze draaide zich om en keek eens naar het voertuig. Nu het toch in de kreukels lag was het misschien zinvol om een snelle blik op de motor en de energievoorziening te werpen. Het was tenslotte een van haar eigen bijzondere interesse gebieden. Allereerst zou ze willen ontdekken waar de aandrijving en de energievoorziening zou zitten. Ze keek naar de laadbak. Daaronder moest het haast wel zijn. Veel alternatieven waren er niet. Ze liep naar de achterkant en probeerde de

achterklep te openen. Dat was een
probleem. Die zat goed vast. Ze keek rond
en vond een breekijzer. Opeens realiseerde
ze zich dat die achterklep misschien wel
gewoon op slot zat. Ze liep naar voren en
haalde de sleutel uit het dashboard. Ze vond
het nog steeds een bijzondere sleutel met
een excentrieke vormgeving. Ze liep naar
achteren en bekeek de achterklep, op zoek
naar iets van een slot. Ze kon niets
ontdekken. Ze besloot net te doen alsof de
sleutel een afstandsbediening was, richtte
de baard van de sleutel op de kofferbak en
drukte op de bovenkant. Tot haar vreugde
hoorde ze een luide klik en de achterklep
sprong open. Ze duwde de klep omhoog en
staarde meteen tegen de opgestapelde
energieblokken aan. Om meer te kunnen
zien moest ze de energieblokken wel
weghalen. Ze zuchtte en begon de
energieblokken uit de kofferbak te halen. Ze
stapelde ze achterin de schuur naast een
van de schappen op. Daarna volgden de
nog dichte dozen en voor de volledigheid
haalde ze ook de doos van binnen uit de

auto waar ze er een uit had gehaald en in de vierkante box had gestopt.

Ze keerde terug naar de kofferbak en bekeek die eens goed. Zoals ze al had gezien was er een groot luik in de vloer. Ze haalde de afsluitplank weg en zette die voor de dozen. Ze kon niet veel ontdekken in de ruimte onder het luik. Het was veel te donker. Ze rommelde in haar handtas en pakte er een aansteker uit. Ze rookte wel niet maar had altijd een aansteker bij zich. Het kon wel eens van pas komen. Zo bleek nu wel.

Ze keek in de ruimte en ontwaarde een eenvoudige elektromotor met een hele kleine levitatie voorziening. Op zich niets bijzonders. Ze besloot de levitatievoorziening mee te nemen. Ze klikte het apparaatje uit zijn klemmetjes en stak die in haar rugzak. Ze miste nog wel de energievoorziening. Ze deed de aansteker nog een keer aan en boog voorover. Aan de zijkant van de motor zat nog een voorziening. Het leek een klein doosje. Memola werd nieuwsgierig. Ze kon er niet goed bijkomen. Ze besloot alsnog het breekijzer te pakken en het doosje naar zich toe te halen. Het breekijzer gaf echter geen soelaas, ze zocht een soort klemtang. Na enig zoeken vond ze iets dat zou kunnen werken. Ze gebruikte de waterpomptang en klemde het doosje vast in de tang en probeerde het naar zich toe te trekken. Het zat erg vast. Ze pakte de rand van de bodem van de kofferbak vast om wat meer kracht te kunnen zetten en voelde dat die zijkant bewoog. Ze duwde de zijkant omhoog en tot haar verbazing en opluchting klapte de zijkant gewoon omhoog. Ze pakte haar aansteker weer en bekeek de vrijgekomen ruimte. Ook hier zag ze een kleine doos die ingeklemd lag tussen twee klemmen. Ze trok het doosje er uit en deed die in haar rugzak. Prompt vond ze er ook een aan de andere kant. Dit moest ze verder analyseren. Ze meende nu alles gezien te hebben en besloot te vertrekken. Ze deed de kofferbak weer dicht, deed haar aansteker weer in haar handtas. Ze deed haar handtas nu niet in de rugzak, omdat de rugzak nu aardig vol was geraakt door al die doosjes.

Ze hing haar rugzak om en deed haar handtas over haar schouder en keek waar de deur zat. Tot haar verbazing zag ze geen deur. Ze liep een rondje maar kon geen deur vinden. Ze liep nog eens rond om te zien of ze niet ergens iets van een afstandsbediening zag maar kon niets ontdekken. Wel zag ze een ladder staan. Die stond op een merkwaardige plek. Recht tegen een van de grote steunpilaren aan. Zou er enige reden voor zijn. Ze besloot de trap op te klimmen om te kijken of daar boven iets was, waar ze iets mee zou kunnen. Ze klom de ladder op en tot haar verrassing maar ook tot haar tevredenheid vond ze een bedieningspaneel. Ze besloot op de groene knop te drukken en te zien wat er gebeurde. Ze drukte op de groene knop en keek verwachtingsvol naar een van de zijwanden waar ze een deur verwachtte te zien opengaan. Ze hoorde een zoemend geluid maar ze zag geen deur. Wel kwam er meer wind naar binnen, dus er moest iets zijn gebeurd. Het was inmiddels aardig donker geworden en ze had het gevoel alsof de wind van boven kwam. Ze keek omhoog en keek verrast recht door het open dak naar boven. De wolken waren goed te zien evenals een stuk al snel donker wordende heldere hemel.

Ze komen van boven binnen!! Kreet ze tegen zichzelf. Ze vliegen naar binnen! Ze zuchtte. Ze besloot meteen om de ladder te gebruiken om door het gat waardoor zij naar binnen was gevlogen ook weer naar buiten te klimmen. Ze sleepte de ladder naar de zijwand en klom naar boven. Ze klom door het grote gat naar buiten, liet zich langs de rand naar beneden zakken en liet zich vallen. Ze stond snel op en keek om zich heen. Wat nu?, vroeg ze zichzelf af.

Ze stond op een groot open groen terrein met heide en kleine boompjes. Ze besloot even rond de schuur te lopen en te kijken of er iets was te zien. Ze liep om de schuur heen maar kon niets ontdekken. Ze richtte zich op de wat grotere afstand en ontdekte behoorlijk ver weg een kerktoren. Ze besloot die kant op te gaan. De beste kans op een contact met de bewoonde wereld, vond ze.

Het was heerlijk weer en ze wandelde rustig door het uitgestrekte heidelandschap richting de kerktoren. Ze was al wel enkele uren onderweg voor ze de kerktoren daadwerkelijk voor zich zag. De kerk was helaas volledig vervallen en de twee huizen die er naast stonden maakten dezelfde indruk. Ze zag geen teken van leven. Alles leek oud en vervallen. Het was inmiddels helemaal donker geworden. Ze had geen zin om nu nog erg veel verder te wandelen. Ze wandelde naar de huizen toe en inspecteerde ze om de beurt. Daarna bezocht ze de kerk. Alles vies, stoffig en vervallen. De woonruimte bij de kerk leek nog het minst vervuild. Ze besloot hier gewoon even een nachtje te blijven . Morgen bij daglicht zou ze verder kijken.

Hoofdstuk 3

Ze werd wakker van het licht. De zon scheen haar recht in het gezicht. Ze had op de omgekeerde matras in de woning bij de kerk geslapen. Ze voelde zich vies en plakkerig. Ze had dorst en trek. Geen eten en/of drinken. Ze schudde het van zich af. Ze had het wel vaker meegemaakt. Snel stond ze op en liep naar buiten. Er was niets veranderd. Ze besloot de opgang naar de kerktoren te bekijken om te zien of ze omhoog kon klimmen en iets kon zien van de omgeving. Misschien was er een weg of een spoor in de buurt.

Ze liep de kerk door naar de onderkant van de toren. Het trappenhuis zag er eigenlijk nog prima uit. Ze liep de trap op, wel een vrij smalle opgang maar toch goed doenbaar. Ze kwam boven en zag dat er meerdere kleine ramen aan de onderkant van de hoge toren zaten. Er liep een ommegang langs de raampjes. De planken zagen er nog prima uit en ze stapte voorzichtig op de eerste. Die gaf een goed en veilig gevoel. Ze keek door het eerste raam en zag een redelijk stuk van de omgeving. Allemaal heide met een enkele boom, zoals ze zelf de hele wandeling gisteren had gezien. Ze liep voorzichtig verder, alert op elke serieuze kraak van de houten delen onder haar voeten. Bij het tweede raam, zag ze, heel in de verte, de schuur. Een gewone schuur, zou je zo zeggen. Ze liep door naar het derde raam. Hier zag ze tot haar vreugde een spoorlijn lopen. Ze liep door naar het vierde raam en ook hier kwam de spoorlijn langs, zelfs een stuk dichterbij. Verder geen sporen van menselijk leven.

Ze besloot meteen naar het spoor toe te lopen. De eerste de beste trein zou ze proberen te bespringen. Ze begon best wel dorst te krijgen maar trok zich er niets van aan. Snel pakte ze haar spullen, keek nog even rond of ze iets was vergeten of iets extra's wilde meenemen maar vertrok richting het spoor zonder verder iets extra's.

Haar rugtas was al vol genoeg. De heide werd wat begroeider met struiken en boompjes en het landschap iets glooiender. Plotseling stopte ze. Hoorde ze iets? Ze keek om zich heen maar hoorde of zag niets. Ze keek om en zag de kerktoren al op een behoorlijke afstand. Ze vond dat ze iets meer rechts moest aanhouden om het spoor op de kortste afstand te bereiken. Ze liep weer verder en stopte opnieuw. Nu hoorde ze toch duidelijk geluid. Een soort ruisen.

Water ! schoot het onmiddellijk door haar heen. De begroeiing was ook duidelijk meer toegenomen. Dat klopte voor haar gevoel met het idee dat er water was. De bomen werden hoger en groter en de struiken dikker. Ze kwam boven op een glooiing en keek het dalletje er achter in. Daar stroomde inderdaad een klein beekje. Ze keek snel om zich heen om te zien of er toevallig andere mensen of dieren waren maar ze zag niemand. Snel drong ze tussen de struiken door naar het water. Zonder na te denken begon ze meteen haar dorst te lessen. Ze schepte met haar rechterhand het water op

en gooide dat zo ongeveer in haar mond.
Het ging haar niet snel genoeg, dus boog ze
verder voorover en dronk rechtstreeks uit de
beek. Ze dronk veel en gulzig. Nu ze water
had voelde ze pas goed hoe ze dat had
gemist. Nadat ze haar dorst gelest had, ging
ze even zitten. Ze liet een stevige boer als
gevolg van de te grote hoeveelheid lucht,
die ze mee had ingeslikt met het water en
voelde zich gelijk flink opknappen.

Ze stond op en wilde verder lopen. Daarvoor
moest ze de beek over steken maar
daarvoor was hij toch nog wel een beetje te
breed. Ze wandelde een stukje langs de
beek en vond een plek met een kei in het
midden. Ze stapte op het rotsblok dat echter
onmiddellijk in elkaar zakte onder haar
gewicht. Ze plonsde midden in de beek. De
beek was niet echt diep maar toch diep
genoeg om flink nat te worden. Ze stond op,
een beetje boos op zichzelf dat ze de berg
klei voor een steen had aangezien en
waadde door de beek naar de overkant, nog
maar een enkele grote stap verder. Ze
voelde zich toch een beetje ellendig. Daar

was ze dan, kletsnat, smerig, vuil en vies, midden in een onbekend gebied op een vreemde planeet. Hoe stom wil je het hebben.

Ze vermande zich, rekte zich even lekker uit en begon de volgende heuvel te beklimmen. Het moest maar. Ze moest verder, klagen kon altijd wel. Ze liep verder. Enkele heuvels verder leek de begroeiing weer een stuk minder te worden. Toch nog vrij onverwachts kreeg ze een weids uitzicht over het voor haar liggende gebied. Tot haar vreugde zag ze daar ook de spoorlijn. Het was een open grasland, een klein beetje glooiend maar met weinig bomen en struiken. Ze keek naar links en naar rechts over het land en meende helemaal rechts iets van bebouwing te zien. Ze besloot die kant op de gaan en daar de spoorlijn te kruisen. Als er echt bebouwing zou zijn kon ze misschien verder vervoer regelen.

Ze liep enkele uren door, onder langs de laatste heuvelrand, richting de mogelijke bouwwerken. Al naar gelang ze dichterbij kwam bleek het inderdaad het begin van een dorpje te zijn. Uiteindelijk kwam ze uit bij een klein dorp met een tiental huizen. Ze schudde haar kleren een beetje om haar uiterlijk een beetje toonbaarder te maken maar ze had niet de indruk dat het echt hielp.

Ze wandelde de doorgaande dorpsstraat in en keek om zich heen. Ze had het gevoel dat ze van alle kanten bekeken werd maar zag zelf niemand. De huizen leken wel bewoond maar niemand vertoonde zich op straat. Tot haar verrassing leek een van de huizen een soort winkeltje te zijn. Meteen besloot ze daar naar binnen te gaan en informatie in te winnen en eten te kopen. Ze wandelde het paadje op naar de voordeur en stapte het winkeltje binnen. Een deurbelletje kondigde haar binnenkomst aan en van achter kwam een nog vrij jonge vrouw de winkel binnen. Ze sloot de deur achter zich en liep naar de toonbank toe en keek de jonge vrouw verwachtingsvol aan. In de winkel zag ze allerlei grote dozen staan waarvan ze de inhoud alleen maar kon raden. Ook in de schappen langs de wanden lagen alleen maar spullen in verpakking.

"Goede morgen", begon de vrouw, "Wat kan ik voor u doen?" Ze had een prettige positief klinkende stem.

Memola rechtte haar rug en vroeg of ze zaken als eten, drinken en kleding hier kon kopen.

"Natuurlijk", glimlachte de vrouw haar toe. "U ziet hier allemaal "leefpakketten, de een groter dan de ander. Als u aangeeft wat u zou willen hebben, stel ik uw pakket samen uit die onderdelen. Mag ik een voorstel doen, dan kunt u aangeven hoe u het wil hebben."

Memola knikte.

Ze was allang blij met de geboden opties. Ze koos voor een uitgebreid leefpakket met ham en kaas en vers brood (die kwam van achter). Verder kreeg ze schone kleding, stevig en bedoeld voor het door de rimboe trekken en niet zoals wat ze nu droeg meer wandelkleding voor over de boulevard in een grote stad. Ze keek een beetje ongemakkelijk naar de kleding. De vrouw begreep meteen wat het probleem was. Ze bood zowaar aan om haar doucheruimte te mogen benutten, een schone set ondergoed van haar te mogen hebben en zich achter te mogen omkleden.

Memola klaarde helemaal op. De vrouw stelde zich voor als Astrid. Ze gingen met alle kleding naar achteren. Memola nam een heerlijke douche met lekker warm water en droogde zich verguld af. Ze kleedde zich in de nieuwe kleren. Astrid vroeg niet hoe ze hier gekomen was en Memola wilde daar ook niet op in gaan. Ze spraken over het dorp, de leefgemeenschap, het winkeltje, bedoeld voor de toch wel regelmatig langskomende reizigers die onderweg waren naar de mijnen verder het binnenland in. Haar winkeltje was bekend als het laatste voor de grote oversteek door het brede, onbewoonde prairiegebied. Op aandringen van Astrid besloot ze ook nog een hoed te kopen tegen de toch wel sterke straling van de zon. Memola at gelijk een deel van haar voorraad op en stopte het kleine beetje dat over bleef toch maar bij de spulletjes in haar rugtas. Astrid vertelde dat Bart, een van de andere bewoners, elke morgen naar de stad reed om zijn landbouwproducten, die hij 's morgens in zijn kassen plukte, af te leveren. Misschien kon ze met hem meerijden naar de stad. Ze liep met Memola mee, nadat Memola haar keurig had betaald. Het betaalsysteem met creditcards bleek hier prima te functioneren. Memola was daar blij om want een andere methode had ze niet. Bart zou inderdaad een uurtje later naar de stad gaan en natuurlijk kon ze meerijden. Bart was een aardige al wat oudere man die vrolijk de wereld in keek.

De rit duurde toch nog ruim anderhalf uur. Ze kwamen niet zoals Memola had verondersteld in Centra aan maar in een andere, veel kleinere stad genaamd: Holstein. Bart was zo vriendelijk haar bij het station af te zetten, zodat ze de trein naar Centra kon nemen. Memola bedankte hem en wandelde het kleine stationsgebouwtje in. Ze kocht een kaartje naar Centra en kreeg te horen dat die trein pas over ruim drie uur, tegen het eind van de middag zou vertrekken.

Ze besloot nog een beetje door de omgeving van het stationnetje te wandelen om de tijd te dooien. Ze wandelde de hoofdstraat in en kwam uit bij een pleintje. Ze streek neer op een terrasje en bestelde een kopje thee met iets er bij. Het zonnetje scheen heerlijk op haar rug en de hoed beschermde haar hoofd, hoewel ze helemaal niet het gevoel had dat ze ook maar enige bescherming tegen de zon nodig had. Ze keek naar de langs wandelende en rijdende mensen. Er reden behoorlijk wat auto's en er waren maar weinig voetgangers. Ze pakte haar info-tablet uit haar handtas, die gelukkig niet nat was geworden en bekeek de nieuwsberichten. Er leek een grote rel te zijn over een of ander bedrijf in een naburige stad waarbij er een overval was gepleegd door een onduidelijke bende. De berichten waren nogal warrig, volgens de reporter. Verder waren er een aantal politieke bijeenkomsten waar de politieke partijen elkaar hadden bestookt met oude en nieuwe denkbeelden. Het viel haar op dat er kennelijk discussie was over interplanetaire handel. Dat interesseerde haar, dat betrof haar eigen business. Ze lichtte het stuk er uit en las het thema door. Kennelijk was het op dit moment verboden om bepaalde producten uit te voeren, vooral gericht op technologisch nieuwe zaken die via de export buiten de bevoegdheid en de controle van de planetaire overheid zouden vallen en daar hadden ze problemen mee. Ze las het stuk nog eens. Waarom zou de politiek zich bemoeien met de verkoop van kennis. Dat bracht toch geld op voor de overheid. Ze las verder, het probleem zat er kennelijk in dat voor interplanetaire zaken geen belasting verschuldigd was. Een handige jongen had kennelijk uitgezocht dat je de goederen eerst naar een maan bracht en daarna vanaf die maan doorleverde aan andere planeten. Ze moest er om lachen. De hele zaak leek zichzelf op die manier weer op te heffen. Ze glimlachte. Ze stopte haar info-tablet weer weg en wandelde terug naar het station. Ze keerde terug in Centra en besloot terug te gaan naar haar eigen ruimteschip om zich daar eerst weer even goed op te knappen en de gevonden energieblokken te onderzoeken.

Via de ruimteveer vloog ze naar de ree. Daar nam ze haar eigen "theepotje", zoals ze zelf haar eigen aanlegscheepje noemde, en vloog daarmee naar haar ruimteschip Adora, zoals ze het had genoemd. Ze koppelde haar theepotje in de aanleginham bij de luchtsluis aan het ruimteschip en opende de luchtsluisverbinding. Ze wandelde rustig naar binnen, sloot het theepotje achter zich en wachtte even in de luchtsluis tot de ingangsdeur open ging. Zoals ze had verwacht verliep het ook. Ze sloot de luchtsluis achter zich en wandelde naar haar verblijfscabine, boven in het schip, vlak naast de luchtsluis. Ze wierp even een snelle blik in het grote ruim van haar schip en stapte haar verblijven in. Ze stopte. Had ze het goed gezien. Was er iets in haar laadruimte dat er niet behoorde te zijn? Ze had haar hele lading verkocht en wist zeker dat er gistermorgen vroeg helemaal niets meer in het laadruim was. Ze draaide zich om en keerde terug door de toegangsdeur van haar verblijven, naar de gang en keek opnieuw door het raam van de opslagruimte.

Ja, zeker, daar stond een of ander onbekend pakket. Natuurlijk ze had heel haar lading verkocht en die was gistermorgen heel vroeg allemaal uitgeladen en afgeleverd. Ze had alles achter zich afgesloten en was met de lading naar de planeet gegaan en had de hele lading afgeleverd. Ze had keurig de betaling ontvangen, zoals afgesproken en dat was dat. Wie had er ingebroken en had in haar ruim een enorm pakket achtergelaten. Oké, ze had een behoorlijk ruimteschip, eenvoudig en met een grote laadruimte en een klein woonappartement maar dit was toch echt nieuw voor haar. Ze keek rond in het ruim maar zag geen beweging. Ze activeerde het controlepaneel naast het raam. Er was geen alarm geweest. Iemand was dus via de reguliere weg binnen gekomen. Niemand kende haar inlogcodes, niemand, echt niemand. Alleen zij zelf.

Ze ging haar appartement weer binnen, ging gelijk door naar de badkamer, legde de nieuwe kleren af. Ze waren op zich best wel prettig maar liever droeg ze toch haar eigen spullen. Ze douchte, waste haar haren, en kleedde zich in een lekker makkelijk werkpak, zoals ze gewend was aan boord.

Ze gooide haar kleren in de wasvoorziening en wandelde, haar haren drogend met een handdoek naar haar woonkamer. Ze begon wel weer trek te krijgen en wilde naar de keuken lopen om iets te eten te regelen, toen plotseling een van haar hoge stoelen die van haar afgedraaid stond, ronddraaide en een man in het zicht bracht, die vriendelijk naar haar glimlachte. Ze was met stomheid geslagen.

Wat was dit ! Inbraak ! Gevaar !

Ze wankelde een stap achteruit en keek ongelovig naar de man.

De man glimlachte nog steeds vriendelijk naar haar maar bleef gewoon zitten.

"Mag ik me even voorstellen", begon hij gelijk zijn handen een beetje verontschuldigend voor zich uit elkaar bewegend met de handpalmen omhoog. "Mijn naam is Cor Brand. Ik ben president directeur van Brand Engineering. Mogelijk zegt dit u niets maar wij hebben uw motoren gekocht via een dochteronderneming "Engine Center". Mijn excuses voor dit onaangekondigde bezoek maar u bent voor ons van het allergrootste belang. Ik wil u dat graag in alle rust uit de doeken doen maar wilde u eerst zelf ontmoeten om voor mijzelf vast te stellen dat u de juiste persoon bent voor de job."

Hij zweeg even. Memola wist niet goed wat ze hiermee aan moest. Dit was een indringer die in haar privacy was binnengedrongen en die moest natuurlijk weg. Eruit. Wat zei hij allemaal, "de juiste persoon voor de job?" Welke job, ze zocht geen job, ze zocht handel. Hoe zei hij dat, hij was president directeur van de moedermaatschappij van het bedrijf dat haar motoren had gekocht. Hij leek niet echt gevaarlijk. Hij zag er wel

breedgeschouderd uit maar had toch al wel
een redelijke leeftijd. Ze schatte hem een
jaar of zestig. Best wel sportief en zeker
intelligent. Hij had een duidelijk charisma en
straalde dat ook zeker uit. De enorme rust
die van de man uitging was zeer
geruststellend. Ze merkte het aan zichzelf.
Ondanks de enorme inbreuk op haar
privacy, waar ze altijd wit verziekend boos
over werd, was ze toch al snel gekalmeerd.
Ze kookte nog wel over de inbreuk maar kon
er in alle redelijkheid over nadenken.

"Nogmaals, mijn excuses. Ik zou u graag
alles willen uitleggen maar ik kan me
voorstellen dat u liever in een neutralere
omgeving mijn verhaal zou willen aanhoren.
Ik moet er eerlijkheidshalve wel bij zeggen
dat ik mijn verhaal wel heel erg graag aan u
kwijt wil. Ik wil heel erg graag uw verhaal
over hetgeen er gebeurd is horen."

Weer laste hij een pauze in.

Memola probeerde zijn woorden te
analyseren. Begreep ze het nou goed,
moest zij een verhaal vertellen? Over iets

dat gebeurd was, wat was er dan gebeurd ?
De toestand bij haar bezoek aan de
opslagplaats van Johan. De spullen die ze
mee had genomen. Haar diefstal. De
beschietingen. Ze was neergestort. Wat wist
hij hier allemaal van. Wat had hij hier mee te
maken?

De man maakte haar wel nieuwsgierig. Er
was kennelijk nog meer dan alleen haar
verhaal. Hoe kwam het pakket in haar
laadruimte, hoe kwam hij hier binnen.
Ergens anders heengaan? Neutraal terrein.
Helemaal niet, neutraal terrein dat hij
uitzocht was geen neutraal terrein. Moest
het dan hier gebeuren? Ook deze plek had
hij uitgekozen maar hier had ze in ieder
geval zelf nog enig gevoel bij. Elke andere
locatie zou minder onder haar en dus meer
onder zijn controle zijn. Het was zijn planeet
en niet de hare. Ze bleven hier !

Ze ging rechtop staan. Hij zag dat ze een
besluit had genomen en keek haar
verwachtingsvol aan.

"We blijven hier. We eten hier iets, ik heb trek en het is etenstijd. Daarbij vertelt u uw volledige verhaal. Daarna vertel ik wat ik aan u kwijt wil en bepalen we het vervolg. Akkoord?" Ze keek hem uitdagend aan.

"Graag", was zijn reactie.

Ze deed een stap naar achteren en nodigde hem uit plaats te nemen aan de eettafel. Zelf liep ze naar de andere kant van de tafel en ging zitten.

Hij stond op. Hij was inderdaad zo lang en breed als ze gedacht had. Ergens moest ze toch een beetje aan Johan denken. Dezelfde bouw , ook het charisma was verwant. Ze bekeek zijn kleding. Hij was een stuk formalistischer gekleed dan Johan. Een net streepjespak en een stropdas, nette klassieke schoenen. Grijze haren, netjes gekamd. Het leek haar wel een nette vent. Maar, corrigeerde ze zichzelf meteen, wel een die voor zijn "goede "doel bij haar inbrak en haar voor het blok zette. Hij was zeer sterk in het manipuleren van zijn directe omgeving. Dat bewees hij hier wel. Wie zou er ooit toe in staat geacht worden om haar woede bij een zo intense inbreuk op haar privacy, binnen zo'n korte tijd in te dammen en haar zover te krijgen dat ze hem te eten gaf !! Ongekend, erkende ze zelf.

Hij liep rustig naar de tafel en ging tegenover haar zitten.

"Wat wil je eten", vroeg ze.

"Hetzelfde als jij", repliceerde hij simpelweg.

"Oké," besloot ze, " soep, wrap en ijs". Ze kantelde de zijkant van de tafel, schoof een randje weg en toetste iets in op het daaronder aanwezige paneel.

Hij keek haar glimlachend aan en bewonderde het paneel voor haar.

"In deze cabine is mijn eetschema voorgeprogrammeerd. De samenstelling wordt door de computer geregeld. Dat is makkelijk, handig, gezond en blijft toch verrassend. "Ze glimlachte naar hem.

"Een volledig geïntegreerd medisch systeem?" vroeg hij met bewondering in zijn stem.

"Inderdaad," bevestigde Memola.

Een belletje ging en een breed paneel midden op de tafel kwam langzaam omhoog. Onder het dek stonden twee redelijk grote koppen met dampende gelige soep. Een kop met schotel en lepel werd naar Memola gedraaid en de ander naar de overkant.

"Het systeem weet wie waar zit door het gewicht op de stoelen. " verduidelijkte ze de toedeling door het systeem.

Gelijk verdween de verhoging weer.

Ze aten in alle rust de soepkoppen leeg.

"Voor we aan de volgende ronde beginnen wil ik graag eerst jouw verhaal horen" stelde Memola voor.

Hoofdstuk 4

"Oké, zei Cor.

"Als president directeur van een hele grote, de hele planeet omvattende organisatie, zijn we voortdurend bezig met allerlei innovatieve projecten. We zijn vooral actief op het gebied van elektronica, vervoer en techniek.

Veel kennis doen we ook op via import van andere planeten. Helaas geldt er bij ons een exportverbod naar andere planeten zodat producten die we hier ontwikkelen niet kunnen worden geëxporteerd. Daar spelen wel vele politieke partijen nu op in maar het is wel de bestaande situatie.

We hebben van u motoren gekocht, vooral om onze kennis verder te vergroten en die kennis toe te passen in nieuwe producten. Rondom de motoren zijn een behoorlijk aantal kennis vragen die we graag beantwoord zouden willen hebben. Hier speelt u een mogelijk grote rol.

Dit is onderwerp 1. Onderwerp 2 betreft een gebeurtenis die gisteren heeft plaatsgevonden. Gisteren is er een onwaarschijnlijk en nog nooit vertoonde overval geweest. Op een van onze locaties werd er een groot vrachtschip gelost. Plotseling zijn daar een grote groep piraten verschenen. Die piraten hebben met groot militair vertoon een deel van de lading en een deel van de voorraden uit het magazijn, samen met het vrachtschip gekaapt en zijn samen met enkele medewerkers als gijzelaars verdwenen. Op de een of andere onmogelijke manier is het vrachtschip verdwenen. Het kon niet worden gevolgd op de radar of de airzone, waarmee ruimteschepen worden gevolgd. Dit kan alleen gebeuren met kennis die wij niet hebben. Ze komen dus, is mijn conclusie, van buiten onze planeet. Volgens de beelden van de veiligheidscamera's op de locatie bent u bij een deel van de gebeurtenissen aanwezig geweest. Ik zou graag uw rol en uw verhaal hierover willen horen. We hebben u vrij snel na de gebeurtenis getraceerd en van de autoriteiten toestemming gekregen om op u te wachten in uw schip. We zijn zo vrij geweest ons eigen transportsysteem daarvoor te benutten. Dank zij onze interne geheimen hadden we de toegangscode van uw opslagruimte en konden via die weg binnen komen. Ik geeft toe dat we oneigenlijk gebruik gemaakt hebben van een illegaal kraakprogramma. Het pakket dat in het ruim staat is dus mijn vervoersmiddel waarmee ik rechtstreeks naar het aardoppervlak kan vliegen met toestemming van de regering. Zo kon ik ook voordat u met de pond op het veer was, hier binnen zijn. Nogmaals excuses voor deze onorthodoxe methode maar ik wilde graag eerst met u praten voordat allerlei autoriteiten u zouden lastigvallen.

Verder bent u gisteren tijdens de kidnapping op de locatie gespot en vervolgens met het voertuig en al verdwenen. Het voertuig kan alleen maar laag vliegen en alleen een bepaalde route afleggen. Toch bent u van die route afgeweken en verdwenen.
Opnieuw een groot raadsel. Aan de hand van de beelden hebben we u in onze eigen archieven teruggevonden, als de verkoper van de motoren en dit schip was voor ons een bekende locatie. De vraag is wanneer de overheid ook zo ver zal zijn en de link zal leggen tussen ons verzoek, U en de gebeurtenissen en wat ze dan gaan doen."

Hij ging rechtop zitten en keek haar aan.

"Twee vragen", begon Memola. "Is Johan uw zoon en is hij een van de gegijzelden?"

Cor keek haar strak aan. "Ja en ja" was zijn reactie. Hij zuchtte eens diep. Ze herkende meteen de zorgzame vader die over zijn kind in de rats zit.

Ze aten in stilzwijgen de wrap en het ijs op. Het smaakte best prima.

Memola volstond met te vertellen dat ze door Johan was uitgenodigd om de locatie te bezoeken en eens te overleggen. Dat ze, toen ze aankwam de rare situatie zag met de militante groep met een vrouwelijke commandant. Daarom was ze meteen de achterliggende schuur ingelopen. Even later was er een alarm afgegaan en was ze snel weer in het voertuig gesprongen en was snel teruggekeerd. Ze was beschoten door de militanten en het voertuig was op meerdere plekken geraakt. Ze vermoedde dat het voertuig daardoor plotseling van koers veranderde en dat ze een stuk landinwaarts was neergestort. Ze had de nacht in een oud kerkgebouw doorgebracht en was de volgende morgen verder gelopen. Gelukkig hadden een aantal vriendelijke inwoners van een onmogelijk klein dorpje haar naar de bewoonde wereld gebracht en zo was ze teruggekeerd naar haar schip.

Ze volstond met dit deel van het verhaal. Ze vertelde niets over de onderdelen die ze had meegenomen. Cor was ook niet duidelijk geweest over de gestolen onderdelen of waar ze voor dienden.

Plotseling begon er een belsignaal te klinken. Memola keek verschrikt op. Dit signaal kende ze niet,

Cor excuseerde zich en begon in zijn binnenzak te graaien. Hij pakte een speciaal soort telefoon en klikte er op.

"Ja ?" zei hij alleen maar.

"Oké, dank je, hoe is het met hem?"

"Ik kom" sloot hij het gesprek af. Hij zette het toestel uit en keek Memola aan.

"Sorry, ik mocht alleen gestoord worden als er nieuws was over mijn zoon. " Hij zuchtte. "Ze hebben hem gevonden. Hij zat op een bankje versuft voor zich uit te kijken in een klein dorpje op ongeveer twee duizend kilometer afstand van de plek waar hij was gekidnapt. Ze zijn nu bij hem en hebben hem herkend. Hij is het echt. Hij wordt teruggebracht naar Centra. Hij zal daar over een uur of vijf pas aan komen. Ik ga er zo alvast heen. "

Hij zuchtte nogmaals.

Memola vroeg nog of er iets bekend was over de andere gegijzelden maar Cor wist daar niets van. Cor stond op. Zijn gedachten waren niet meer bij het gesprek maar bij zijn zoon. Het was duidelijk een aanslag op zijn geestelijke gesteldheid.

Memola stond ook op en liep voor Cor uit. Ze ging de gang door en de trap af naar het ruim. Ze liep helemaal naar beneden en Cor volgde. Ze liepen naast elkaar het ruim in naar het voertuig van Cor. Memola bekeek het voertuig. Het had veel weg van het voertuig waar ze zelf in had gezeten, alleen de onderkant leek en stuk hoger. Er was echt een instap om binnen te komen. Daar zat waarschijnlijk ook het grote verschil. Memola vond het best wel een interessant voertuig en vroeg Cor of er een voor haar beschikbaar kon komen zodat ze die eens kon bestuderen en de werking kon testen. Cor zegde toe een exemplaar voor haar te zullen regelen met een vliegcursus. Ze namen afscheid en Memola keerde terug naar haar verblijven, terwijl Cor zijn voertuig naar de grote sluis verplaatste en via die sluis het schip verliet.

Ze wandelde terug de trap op, overwoog nog even om de sluis te blokkeren zodat Cor er niet uit zou kunnen maar verwierp dat beeld. Ze wilde de bezorgde vader niet echt onnodig in de problemen brengen.

Ze hoorde de luchtsluis weer sluiten achter het voertuig van Cor en besloot meteen het toegangssysteem aan te passen. Ze liep door naar de computerruimte en riep de inlogcodes op en veranderde die meteen. Ze koos welbewust een dubbele code. Noteerde de codes in haar info-tablet achter een andere code en wijzigde daarna ook de codes voor de kleine sluis, waar ze zelf door was binnengekomen. Ze combineerde de codes met haar iris en de duimafdruk van haar linkerhand. Zo vond ze het wel voldoende beschermd. Ze keerde terug naar de badkamer en ruimde de rommel op die ze had achtergelaten. Ze nam haar rugzak mee naar het laboratoriumhoekje. Het was een kleine ruimte omdat ze nooit zoveel experimenteerde. Ze testte de te kopen spullen altijd bij de verkoper en bij een onafhankelijke derde. Haar eigen testomgeving was heel beperkt en sterk gericht op simpele informatie.

Ze legde alle doosjes die ze had verzameld op een rij. De twee levitatiedoosjes leken identiek, de andere doosjes waren allemaal anders van vorm. De grote doos met het energieblok er in was het grootste. Ze mat alle doosjes door op elektrische capaciteit. Ze deed nog een heleboel testen maar was niet erg tevreden over de resultaten. Ze keerde terug naar haar woonkamer.

Ze ging zitten in haar eigen luie stoel en overdacht wat ze verder zou moeten doen. Ze pakte de afstandsbediening en zette een lokale zender op om het laatste nieuws te horen. Kennelijk was er veel politiek nieuws. Ze begreep dat de discussie over de export kwestie nog steeds speelde. Na het verhaal van Cor begreep ze wat meer van de standpunten. Ze was gewend, op alle planeten die ze had aangedaan dat er zodra je iets importeerde op een planeet je daar toestemming voor nodig had en dat de koper belasting moest betalen over de aankoop. Haar motoren had ze verkocht de koper had er belasting over betaald. Op alle planeten moest je ook belasting betalen voor het van de planeet afvoeren van materialen en producten. Ze wilden allemaal hun erfgoed bewaren. Zij had ook belasting moeten betalen toen ze de motoren wilde uitvoeren. Ze wilde zelf altijd materialen meenemen omdat de tegoeden op andere planeten lang niet altijd in waarde kon worden omgezet. Ze zocht een andere zender op maar kreeg niet echt nieuwe informatie. Ze had gehoopt iets over de overval te vernemen maar ze kon er niets over vinden.

Ze besloot te proberen wat technische informatie te vinden over haar doosjes via het info-tablet systeem. Ze stroopte een hele reeks sites af en vond een heleboel informatie over de werking van de doosjes. Met haar eigen kennis kon ze een aantal dingen wel verder aanvullen. De essentie in alle bijzondere producten was een mineraal dat ze niet kende. Ze noemden het brillium. Ze zocht verder naar gegevens over dit materiaal. Het was een beetje bruinig van kleur en samengesteld uit eigenlijk niet combineerbare materialen. Het waren wel vrij veel verschillende stoffen. Ze vroeg zich af of het wel de combinatie van al die materialen was of dat er eigenlijk maar enkele combinaties functioneel waren. Ze stuitte op een informatiebron waar een code voor nodig was. Het wekte haar belangstelling. Hier was vast iets te vinden. Ze had verschillende kraakprogramma's en draaide die snel over de site. Tot haar genoegen was ze al snel binnen en bekeek de informatie die men haar wilde onthouden. Het archief bestond uit een enorm aantal onderzoeken.

Memola ging even achteruit zitten. Ze was moe. Volgens haar klok was het ook al aardig laat. Ze besloot de computer een zoekopdracht te geven om in de archieven onderzoeken boven tafel te halen met betrekking tot al de materialen die ze had gevonden en dan naar bed te gaan. Ze had tenslotte een hopeloze nacht achter de rug en moest nodig naar bed.

Ze gaf de computer opdracht de gewenste onderzoeksbestanden te kopiëren en op te slaan in zijn eigen geheugen en de toegangscode voor de site te bewaren. Ze was moe en ging naar bed.

Een hels kabaal maakte haar wakker. Het alarm. Ze zat meteen rechtop in bed. Hoe laat was het. Wat was er aan de hand. Ze keek naar de klok. Drie uur 's nachts. Ze had nog maar een paar uur geslapen. Ze zette het alarm af met een handgebaar en stapte het bed uit. Ze rekte zich uit en liep naar de computerruimte. Op het grote scherm aan de muur stond een noodkreet.

Kennelijk probeerde iemand de grote laadruimte binnen te komen. Ze bekeek het voertuig dat voor de grote luchtsluis lag. Het was een volkomen onbekend ruimteschip. Het was een behoorlijk groot ruimteschip. Duidelijk bedoeld voor meerdere personen. Ze meende een herkenningspunt te zien dat duidde op de politie of de douane of zoiets. Meteen schoot haar de piratengroep te binnen. Die hadden ook geleken op douanebeambten of militairen. Ze vroeg zich af wat ze moest doen. Voor alle zekerheid keek ze snel even bij de kleine luchtsluis waar haar eigen theepotje rustig op haar wachtte en meteen de boel daar flink blokkeerde. Ze zag meerdere personen in ruimtepak rondom haar theepotje zweven. Er was dus iets flink mis. Dit waren vast de piraten maar wat moesten die van haar. Het drong meteen tot haar door. Zij was de getuige die roet in het eten kon gooien. Zij zou de commandant kunnen herkennen. Meteen constateerde ze dat dat onlogisch was. Johan zou dat ook kunnen en die hadden ze weer vrij gelaten. Ze moest ook meteen erkennen dat ze niet wist in welke conditie Johan nu was. Tenslotte was hij, voor zover ze wist, in een behoorlijk aangeslagen mentale staat aangetroffen.

Ze moest iets doen. Ze was bang dat de indringers haar theepotje onklaar zouden maken en via die luchtsluis binnen zouden komen. Ze opende de grote luchtsluis. Ze onttrok de lucht aan het ruim zodat de lucht opnieuw gebruikt zou kunnen worden en sloot de buitendeur van de grote sluis. Ze keek nog eens naar de situatie bij het theepotje en stelde tot haar genoegen vast dat de twee ruimtewandelaars daar waren verdwenen. Ze keek in de grote luchtsluis via het scherm en stelde vast dat de twee ruimtegangers daar, naast het ruimteschip in de sluis stonden. De twee mannen deden hun ruimtepak uit en de deur naar hun ruimteschip maakten ze van buiten open. Van binnen werden er wapens aangereikt en nog twee mannen stapten het ruimteschip uit.

Hier had ze op gewacht. Ze begon fanatiek de lucht uit de luchtsluis te pompen en te comprimeren voor opslag. Ze opende de sluisdeur aan de binnenkant waar inmiddels al een luchtledig was ontstaan. De vier mannen staarden verschrikt voor zich uit en probeerden snel hun adem in te houden. Een dook er naar binnen op zoek naar zuurstoftanks. Ze liet de bodem van de sluis van achteren iets omhoogkomen zodat het ruimteschip met een flinke schuiver vooruit de sluis uit schoof. Het ruimteschip kwam met een forse klap tegen de daarvoor speciaal aanwezige veerkussen en werd in alle rust heelhuids op de bodem van de ruimte gezet. Inmiddels was voor alle vier de personen de luchtloze situatie zodanig problematisch geworden dat ze het bewustzijn hadden verloren.

Ze trok haar mobiele luchtpak aan, bedoelt voor noodgevallen en verzamelde de vier personen, die hier gewichtloos waren in de hal bij haar verblijven, doordat ze de levitatie van het ruimteschip voor een kwartier had stilgezet. Ze opende de ziekenboeg die ze eigenlijk nog nooit had gebruikt en plaatste de vier in de ligplekken. Er waren zes plekken. Vier daarvan waren nu bezet. Ze sloot het compartiment en ging terug naar de computerruimte. Ze onderzocht de gemeten gegevens van de vier personen en begreep dat ze alle vier springlevend waren maar nu voorlopig even in een kunstmatige slaap werden gehouden. Hun longen hadden best wel een knauw gekregen en in de komende achtenveertig uur zouden die weer volledig herstellen. Ze voelde zich toch een beetje trots op de kwaliteiten van haar eigen ruimteschip. Natuurlijk de ruimten waren eigenlijk bedoeld om je in stase te houden gedurende de lange reizen tussen de sterren maar ook als ziekenboeg waren ze natuurlijk zeer geschikt.

Ze wandelde terug naar de computerruimte en herstelde de luchtsituatie in het ruim en de positie van de grote luchtsluis. Alles was weer normaal. Ze had nu alleen een ruimteschip in haar ruim en natuurlijk vier piraten in stase.

Ze stond even in dubio of ze weer naar bed zou gaan en eindelijk haar slaaptekort zou inhalen of dat ze eerst naar het nieuwe schip zou gaan kijken. Ze besloot dat ze te nieuwsgierig was om zo maar te kunnen slapen. Ze wandelde de trap af naar de vloer van het ruim, zodra de computer aan gaf dat de ruimte weer volledig van zuurstof was voorzien. Ze had een beker koffie bij zich en nam in alle rust een paar slokken. Ze wandelde eerst om het schip heen en was eigenlijk best wel onder de indruk. Het zag er zeer rank en efficiënt uit. De rechterschuifdeur was open en ze stak voorzichtig haar hoofd naar binnen. Er waren vier ruime zitplaatsen die elk tegen de wand waren geplaatst. Twee voorin en twee een stuk daarachter dwars tegen de zijwand, met het gezicht gericht naar het zijraam. De ramen waren extreem groot, waardoor het zicht erg goed was. Dit gold zowel voor de twee voorin als voor de twee meer naar achteren. Ze stapte naar binnen. Er was redelijk veel open ruimte in het toestel. Ze kon gewoon rechtop staan. Ze nam nog een slok koffie en zette haar beker op het tafeltje voor de stoel bij het raam waar ze naast stond. Voorin was een groot plat dashboard. Ze liep de drie passen naar voren en ging in de linker stoel zitten. Onmiddellijk lichtte het dashboard op. Onder het dashboard verschenen allerlei symbolen. Een touchscreen begreep ze. Links boven aan het dashboard stond een naam en een nummer. Ze dacht dat dit het typeaanduiding was. Ze toetste het in in haar info-tablet en stuurde het door naar haar boardcomputer met het verzoek alle info over dit type te verzamelen.

Ze maakte nog een foto van het dashboard en het interieur en stond op. Ze pakte haar koffiebeker en keerde terug naar haar eigen ruimten.

Ze ging alsnog naar bed en zette haar wekker zodat ze niet al te laat op zou zijn. Ze was een vol uur kwijtgeraakt aan dit gedoe.

Voor haar gevoel lag ze nog maar net in bed toen er weer een signaal door kwam. Het was geen alarm maar wel een oproep via de computer. Ze werd er toch wakker van. Volgens de wekker had ze nog wel een goed uur slaap tegoed maar had ze toch al wel vijf uur geslapen. Ze kwam overeind en wandelde naar de computerruimte.

Het bleek een oproep van de douane te zijn. Er was een verzoek binnengekomen om zich te melden bij de douane in verband met een politieonderzoek. Als ze een bepaald nummer belde zou ze meer informatie kunnen ontvangen. Ze besloot eerst te douchen en te ontbijten, daarna de gegevens die de computer had verzameld over de materialen die ze had ontdekt in de doosjes en de gegevens over het ruimteschip te bestuderen en zich pas daarna via de telefoon te melden.

Ze volgde haar uitgezette traject. Ze was zeer geïnteresseerd in de informatie over de materialen. Er bleken meerdere stoffen in het materiaal voor te komen die op natuurlijke wijze een systeem van actie en afremmen in zich droegen. Ze gaf de computer opdracht de actieve stof te vinden en indien mogelijk een leverancier te vinden. Met betrekking tot het ruimteschip bleek het om een typeaanduiding te gaan waarvan echter redelijk wat, een stuk of achttien, varianten waren gebouwd. De algemene informatie was zeer interessant. Ze nam alle gegevens door en ging zelfs twee keer naar het schip om zich ter plaatse te vergewissen van bepaalde gegevens. Ze was goed op de hoogte van de werking van ruimteschepen en ook grote vrachtschepen en wilde precies begrijpen hoe dit ruimteschip werkte. Uit de beschikbare gegevens distilleerde ze het juiste type en voerde die gegevens in en vroeg om verdergaande informatie.

De tijd was omgevlogen en ze was maar liefst twee uur later met het contact opnemen met de douane via het aangegeven telefoonnummer dan ze van te voren had gedacht. Ze nam contact op en werd heel netjes te woord gestaan. Zoals ze had verwacht wilde de politie graag met haar overleggen over het voorval op de locatie van Johan.

Ze wist niet zo goed wat ze met dit verzoek aan moest. Ze zegde toe om na enig overleg terug te bellen voor een afspraak.

Ze besloot eerst even wat te eten en met zichzelf te overleggen. Ze nam een lichte lunch maar werd al snel in beslag genomen door de technische gegevens en informaties die op het schermpje van haar info-tablet verschenen over de materialen en het ruimteschip.

Ze ruimde haar lunch op en wandelde naar de computerruimte. Juist op dat moment werd ze benaderd door haar fiscaal adviseur. Ze nam het gesprek aan en de man informeerde haar dat het verzoek tot doorbetaling van de door de koper van de door haar geleverde motoren betaalde belasting aan haar, was toegekend. Ze moest dit wel in persoon komen afhalen, want ze moest tekenen voor ontvangst.

Ze was blij met de uitkomst van haar verzoek en maakte gelijk en afspraak voor die middag bij hem op kantoor. Ze vroeg hem meteen of ze op zijn kantoor een afspraak kon maken met de politie die nog met haar wilde praten. Hij vond dat prima.

Ze belde de politie en vertelde waar ze de politie te woord wilde staan en om hoe laat ze daar beschikbaar zou zijn. Ze wilde niet dat er meer dan twee medewerkers van de politie aanwezig zouden zijn. Dat was de afspraak.

Van de computer kreeg ze de gegevens door van het specifieke actieve materiaal

maar tegelijk ook de mededeling dat dit
materiaal niet los te koop was. Het zat altijd
in een samensmelting met enkele andere
materialen. Ze kreeg een lijst met
leveranciers die dit materiaal in
verschillende combinaties verkochten. Ze
keek de lijst door en was erg verrast te
ontdekken dat er ook een leverancier van
keukenbladen bij was. Kennelijk was de
feitelijke werking van de actieve stof niet erg
bekend. Of de stof zat verborgen in andere
materialen waardoor de werking te niet werd
gedaan. Ze vroeg de computer nadere
gegevens over de samenstelling en de
combinatie waarin de stof voorkwam.
Meteen reageerde de computer en ze stelde
vast dat de combinatie bij de keukenplaten
heel anders was dan in de andere
combinaties. Het ging in alle gevallen om
mineralen in gesteenten. Ze liet de computer
het gesteente en de vindlocatie achterhalen
en aangeven op de kaart van de planeet. De
computer gaf acht plaatsen aan. Ze vroeg
de computer een meetmethode om vast te
kunnen stellen of het materiaal er in
voldoende mate inzat. Ze moest vertrekken

om op tijd bij haar fiscalist te zijn. Ze liep nog even langs de stasis-cabines en zette die op automatisch verlengen, zodat er niets mis zou gaan als ze iets langer weg zou blijven.

Hoofdstuk 5

Ze zocht haar spulletjes bij elkaar en vertrok met haar theepotje naar de ree. Vandaar vertrok ze met het veer naar het oppervlak van de planeet.

Op de ruimtehaven kon ze snel naar buiten. Haar fiscalist stond haar daar al op te wachten. Ze moesten eerst naar het Ministerie van Financiën om haar tegoeden op te halen. Dat verliep allemaal snel en vlot. Daarna reden ze door naar zijn kantoor. De twee politie medewerkers waren al aanwezig. De fiscalist bleef bij het gesprek. Memola verklaarde dat ze op uitnodiging op bezoek zou gaan maar al vroegtijdig weer terug was gegaan omdat er vreemde dingen gebeurde. Tijdens haar vlucht was ze zelfs beschoten. Het voertuig was beschadigd en daardoor vloog het toestel opeens het binnenland in. Ze wist niet waar maar ze had een hele dag en een hele nacht er over gedaan om bij mensen terecht te komen. Die hadden weer een bevriende kennis bereid gevonden haar mee te nemen naar een nabije stad. Vandaar was ze per trein naar Centra teruggekeerd. Ze was er erg van geschrokken en had tijd nodig gehad om weer een beetje tot zichzelf te komen. Ze had de commandant alleen van achteren gezien . Het leek haar een vrouw. Dat verraste de politie. Ze bedankten haar en vertrokken.

Ze liet zich weer naar het vliegveld brengen en keerde terug naar haar eigen schip.

Het was alles bij elkaar toch wel weer een lange dag. Ze at rustig tot ze zich realiseerde dat de computer nog de nodige informatie voor haar had. Ze rondde snel haar eten af en wandelde naar de computerruimte.

Er was inderdaad uitgebreid nieuws over het ruimteschip. Ze ging rustig zitten en nam het hele boekwerk zeer geïnteresseerd door. Ze liep verschillende keren naar beneden en testte de verschillende informatiestromen en

bedieningsvoorschriften. Pas nadat ze het
hele boekwerk had doorgenomen besloot ze
een kleine testvlucht in het ruim te maken.
Alleen maar omhoog, omlaag opzij en een
klein beetje rond. Zoveel mogelijkheden had
ze niet in het ruim. Ze voelde zich lekker in
het ruimteschip. Als ze alles goed had
begrepen was dit schip geschikt om
zelfstandig af te dalen naar de planeet en
kon zelfstandig terugkeren. De energiebron
was theoretisch geschikt voor vijf van die
vluchten, heen en weer. De energiebron
stond nog maar op iets onder de helft, dus
moest er een nieuwe energiebron worden
aangebracht, na haar oefenvluchten en een
keer heen en weer naar de planeet. Ze was
best wel tevreden met de resultaten. Ze
keek nog wel even naar de energiebron en
had sterk de indruk dat de energiebox met
het energieblok dat ze had meegenomen
van de planeet, erg veel leek op de in het
ruimteschip gebruikte energievoorziening.
Ze kon het toch niet laten en bracht nog een
bezoekje aan het schip. Ze schroefde de
beschermingsplaat van de motorruimte af en
bekeek het hele systeem van de aansturing

en de bouw van de motor. Ze herkende alle onderdelen uit de theorie in het boek. Ze kantelde een stuk van de motor omhoog en zette de steun er onder. Ze koppelde de energiedoos los en bekeek hem. Hij leek iets groter dan de doos die ze zelf had meegenomen uit het gecrashte vervoersmiddel. Het systeem van aansturing leek hetzelfde. Een energieblok dat in een centraal punt lag en waar de energie via een schuifcontact werd overgedragen. Ze besloot de doos mee naar boven te nemen en de computer meer gegevens te laten verzamelen over de werking. Zittend achter de computer combineerde ze het onderzoek door een toevoeging met betrekking tot de rol van de mineralen in de brandstof voorziening. Ze was best wel nieuwsgierig naar het resultaat.

Ze ging naar bed en hoopte nu de nacht vol te kunnen maken.

Ze sliep diep en lang. Uitgerust stond ze op en vergewiste zich er van dat de vier slapers het daar prima maakte. Ze volgde haar gebruikelijke ochtendritueel met oefeningen, douche en ontbijt en ging gelijk daarna naar de computerruimte.

Ze bestudeerde de verzamelde gegevens en stelde vast dat de samenstelling van de energiedoos van hetzelfde materiaal was als van het ruimteschip. Haar eigen ruimteschip had een volledig ander systeem met een aanzienlijk veel grotere capaciteit. Ze zocht de gegevens bij elkaar met betrekking tot de zonnecellen die ze zelf gebruikte om energie mee te verzamelen en het opslagsysteem. De materialen waren ruim voldoende aanwezig op deze planeet en eigenlijk zeer goedkoop. Ze bestelde er gelijk een behoorlijke hoeveelheid van evenals van een aantal lege dozen van de maat van het piratenruimteschip.

Ze besloot meteen maar het piratenschip te testen en ging naar beneden met de doos, plaatste die weer op zijn plek, zette alles weer in de originele stand en schroefde het paneel weer dicht. Ze ging op de bestuurdersplaats zitten en startte het schip. Alles leek prima te werken. Ze liet het schip iets omhoog komen en draaide voorzichtig, zodat ze recht vooruit de grote luchtsluis in kon. Ze had er plezier in. Ze realiseerde zich maar al te goed dat ze uit moest kijken waar ze zou oefenen met het manoeuvreren met het toestel. Ze wilde niet opgemerkt worden. Ze haalde de kaart op het scherm met de aanduiding waar zij zich bevond ten opzichte van de planeet en de ree en vooral ook wie nu waar was in de nabije omgeving. Het scherm lichtte op. Het was rustig.

Ze ging via de luchtsluis de ruimte in en voelde zich meteen thuis in de besturing. Ze probeerde de snelheid uit maar die viel haar heel erg tegen. Daar had ze meer van verwacht. Ze testte de wendbaarheid . Die was voldoende maar dat was dan ook alles. Misschien moest ze zelf wel een schip ontwikkelen. Ze had tenslotte alle benodigde kennis en kon voldoende gebruik maken van alle gegevens die in het geheugen van de scheepscomputer zat. Haar vorige racer had ze moeten achterlaten. Helaas. Ze begon er steeds meer zin in te krijgen. Op deze planeet waren ze nog een behoorlijk stuk achter op het terrein van zonne-energie. Ze zou haar kennis nuttig maken. Ze keerde terug naar haar grote schip. Ze wist nu hoe ze hier nog meer business kon doen. Ze zat al snel achter haar computer en liet de computer een heleboel materialen bestellen. Ze huurde een grote opslagruimte in een stad een behoorlijk stuk weg van de ruimtehaven en liet al het materiaal daar bezorgen. Ze besloot de vier piraten, samen met het piratenschip ergens achter te laten in de buurt van de stad waar haar nieuwe opslagloods lag. Ze liet de computer een koers uitzetten en instrueerde het piratenschip. Ze liet de vier piraten in stase en bracht ze naar het piratenschip. Daarna verzamelde ze haar spullen en vertrok met het piratenschip.

Ze landde midden in een groot park. Het was midden in de nacht ter plaatse. Ze stapte uit, controleerde of er geen vingerafdrukken van haarzelf achterbleven en wandelde weg.

Ze keek op haar info-tablet voor de juiste route. Ze moest eerst een paar uur wandelen om uit dit gebied te komen. Een betere manier om te verdwijnen was er niet. Ze had bijna twee uur nodig om het park door te lopen en daarna nog eens twee uur om via de buitenwijk in de buurt van het centrum te komen. Ze nam een klein ontbijtje in een eethuisje dat al open was en wandelde verder naar het centrum. Daar moest ze de sleutels ophalen van de opslagruimte. De verhuurder zou haar daar nog wel even rondleiden zodat alles duidelijk was.

Twee uur later liet de verhuurder haar alleen in het hele grote gebouw. Het bleek toch nog groter te zijn dan ze had gedacht. Ze wandelde het gebouw rond en besloot in de omgeving nog even rond te wandelen. Ze wilde een beeld krijgen van de omgeving in verband met mogelijke problemen. Het gebouw lag vlak bij een groot winkelgebied met daaromheen woonwijken. Het leek haar een rustige wijk.

Ze besloot in het winkelcentrum een kop koffie te gaan halen, ze had nog voldoende tijd. Pas 's middags zouden de eerste materialen worden bezorgd. Ze wandelde het winkelcentrum in en kwam in het midden een groot open groen gebied tegen met een terrasje. Het zag er heel vriendelijk uit en ze besloot er plaats te nemen en koffie te drinken.

Ze bekeek de mensen die langs kwamen. Het was een bont gezelschap. Kennelijk was kleurrijke kleding hier in de mode. Ze kreeg haar kopje koffie en vond die best smakelijk.

Plotseling kwam er een man van middelbare leeftijd bij haar aan de tafel zitten. Ze schrok er een beetje van.

"Sorry , mevrouw, dat ik zo maar bij u aan tafel kom zitten maar ik zoek werk. Heeft u geen werk voor me. Ik heb het echt heel erg nodig. Mijn dochter is ernstig ziek en ik heb geen geld voor de doktersrekening maar ze moet echt meteen naar de dokter". De man keek haar smekend aan.

Hij leek oprecht. Ze had meelij met de man.

"Wat voor werk zou je kunnen en willen? Wat zoek je?" begon ze, zich gelijk realiserend dat ze hier een volkomen vreemde voor zich had, die ze absoluut niet kende. Waar begon ze aan en wat zou die man dan wel moeten doen?

"Eerlijk gezegd ben ik technicus maar het bedrijf waar ik werkte is vorige maand failliet verklaard. Ik ben werkloos en moet maar afwachten hoe en wanneer ik ooit nog geld zal zien van mijn oude baas!" verkondigde de man wanhopig.

"Wat voor technicus", wilde ze weten.

De man keek haar verrast aan. Ze zag de hoop in zijn ogen opbloeien.

Hij sloeg zijn ogen neer en vertelde dat hij eigenlijk lasser was maar ook goed was als bankwerktuigkundige. Hij was handig en kon heel goed hard werken. Voorzichtig keek hij naar haar omhoog.

Ze glimlachte naar hem.

"Ik heb een baan voor je. Je moet wel nu beginnen. Loop maar met me mee." Ze stond op en wandelde in de richting van de opslagloods. De komende twee dagen zouden er alle mogelijke materialen en producten worden afgeleverd en ze wilde iemand hebben die alle spullen in ontvangst zou nemen en haar daarna zou helpen om een nieuwe luchtvloot te bouwen.

De man snelde achter haar aan en liep naast haar mee. Hij wilde wat zeggen maar kwam niet uit zijn woorden.

"Hoe kunt u mij nou zo maar aannemen?" begon hij. "U weet niet eens hoe ik heet, waar ik woon en of het wel echt waar is van mijn dochter? Hoe weet u wat ik wil verdienen, wat voor werk moet ik doen, waar is het." Hij begon weer te stotteren. Hij was duidelijk overrompelt door haar snelle reactie.

Ze moest wel glimlachen. Hij kwam als geroepen. Ze had een goed gevoel bij deze man. Een doener, een werker.

Hij was niet gewend om te vragen om een gunst. Ondanks dat had hij dat wel gedaan. De nood moest wel hoog zijn.

Ze had een enorm tegoed door de verkoop van de motoren, plus het belastingbedrag, ze kon hem de komende tien jaar makkelijk betalen.

Ze stelde hem gerust en vroeg hem wat over zichzelf te vertellen.

Hij vertelde dat hij Dirk Jansen heette, 40 jaar, getrouwd en twee dochters en een zoon had. Zijn jongste dochter was vanmorgen nogal ernstig gevallen en zijn vrouw was met de kleine naar het ziekenhuis gegaan. De andere twee zaten op school. Hij had ruim twintig jaar bij dezelfde baas gewerkt, een autofabrikant die vorige maand failliet was gegaan. Alle collega's waren ontslagen en iedereen was naar huis gestuurd. Er werd gesproken over een doorstart maar duidelijkheid daarover zou op zijn vroegst pas over twee maanden te verwachten zijn. Hij zuchtte eens diep. Zijn vrouw werkte gelukkig in de verpleging waardoor ze in ieder geval nog iets hadden om van te leven maar veel te weinig om van te leven.

Ze liepen intussen naar de loods en Memola liep naar de ingangsdeur van het kleine kantoortje.

Ze deed de deur open en wandelde naar binnen. Dirk volgde gewillig.

Hij keek nieuwsgierig om zich heen en was een beetje verbaasd om te zien dat er helemaal niets aanwezig was, niet in het kantoor en helemaal niets in de enorm grote loods.

Memola ging recht voor hem staan en keek hem serieus aan.

"Dirk" begon ze, "je staat aan de vooravond van een enorme nieuwe ontwikkeling op deze planeet. We gaan een vliegtuig bouwen voor kleine gebruikers dat ook gewoon op de weg kan rijden, net als een gewone auto. Het voertuig zal werken op zonne-energie. "

Ze keek hem aan. Hij stond haar volkomen verbijstert aan te staren.

"Mijn naam is Memola" glimlachte Memola naar Dirk.

"Hoeveel wil je verdienen? Wil je het contant of moet het via de bank?"

Dirk stamelde wat hij netto verdiende bij zijn vorige baas en noemde zijn bankrekeningnummer. Memola noteerde het meteen in haar info-tablet en regelde gelijk de maandbetaling voor de komende twaalf maanden. Ze zou haar fiscalist benaderen voor de standaard kosten die ze moest betalen. Ze stelde de vraag meteen via haar tablet.

"Oké, Dirk, vandaag en morgen worden hier een heleboel materialen afgeleverd. Ik wil dat jij ze in ontvangst neemt en in de stellingen plaatst.

Als eerste zal er een tweetal computers worden geïnstalleerd door een computerfirma. De gegevens omtrent de afleveringen zullen daar allemaal in worden gezet zodat we kunnen bijhouden wat er is afgeleverd en waar je het hebt opgeslagen."

Dirk knikte. Haar telefoon ging over. De computerfirma meldde zich. Ze wilden graag snel beginnen. Ze wandelde naar de kantoordeur met Dirk in haar kielzog. De firma stond voor de deur. Ze liet zien waar ze de twee computers aangesloten wilde hebben en welke programma's ze geladen wilde hebben. Het betrof alleen maar het werkgeheugen bestand, zelf zou ze haar eigen harde software installeren en haar eigen werkprogramma's gebruiken.

Binnen een half uur waren de computermannen klaar en vertrokken. Memola benutte haar info-tablet voor de programma's die ze daarin had gedownload vanuit haar eigen ruimteschip. Er zat ook een instructieprogramma bij, zodat Dirk zich vandaag en morgen daarin kon bekwamen. Ze vroeg Dirk om een aantal extra voordeursleutels te laten bijmaken zodat hij ook een set zou hebben. Ze zouden samen nog even eten, ergens in de buurt en dan zou Dirk zijn taak starten en de instructies doornemen in de computer.

Ze wandelden naar het winkelcentrum waar ze elkaar nog maar anderhalf uur daarvoor hadden ontmoet. Ze aten daar en praatten over Dirk zijn interesses, zijn familie en zijn gezin. Hun gesprekje werd onderbroken door de leverancier van de opslagrekken. Ze wandelden terug en openden de grote schuifdeur, zodat de leverancier alle rekken meteen in de hal kon neerzetten. Memola gaf aan hoe en waar ze moesten komen en de leverancier ging met drie man aan de slag om de rekken te plaatsen. Dirk volgde de instructiefilm van de computer. Memola kopieerde haar opdrachtenbestand vanuit haar info-tablet in haar computer en linkte dat naar de computer van Dirk. Dirk had de instructies doorgenomen en begreep de systematiek van de registratie van de opslag. Ze bekeken de opslagrekken en de nummering die er bij hoorde en registreerde die in de computer. In de loop van de middag werden er allerlei materialen afgeleverd. Dirk zocht keurig op in het systeem waar ze moesten worden opgeslagen en zorgde dat ze daar ook werden geplaatst.

Memola vertelde hem dat ze helaas weg moest en dat ze overmorgen weer terug zou zijn. Als het goed was zouden dan alle bestellingen binnen moeten zijn.

Dirk bedankte haar uitvoerig en liet haar uit. Hij had een set sleutels gekregen en zou zorgen voor een tweetal extra exemplaren.

Memola vertrok en wandelde naar het winkelcentrum. Ze nam een taxi naar het vliegveld en vloog terug naar Centra. Daar ging ze terug naar haar schip, hoewel men het kennelijk niet gek vond, dat ze niet met de veer naar de planeet was gekomen, werd ze toch wel nagekeken, vond ze.

Ze zette het nieuws op op het grote scherm en bekeek of er wat bijzonders was. Ze was vooral geïnteresseerd in de kidnapping en hoe het met Johan was. Ze vond er helemaal niets over. Geen berichten, geen commentaren. Het zou toch niet normaal zijn, dit soort overvallen en kidnapping van een bekende persoonlijkheid. Of zou er meer achter zitten. Het was een verrassende gedachte. Zou Cor een rol gespeeld kunnen hebben in de piraterij? Ze vond het erg onwaarschijnlijk maar Cor had toch haar toegangscodes van haar grote sluis van het vrachtruim gekraakt. Hij was haar privéruimte binnengedrongen. Hij had het kennelijk heel normaal gevonden om zo bij haar binnen te dringen. Cor was een gevaarlijke man. Hij was een hele grote, invloedrijke magnaat. Zou hij misbruik maken van zijn macht. Bij haar in ieder geval wel. Hij was, ogenschijnlijk, snel weer vertrokken maar had wel de tijd genomen om met haar te eten. Op zich merkwaardige tegenstrijdigheden. Ze vond het ook nog steeds merkwaardig dat de politie geen enkele vraag had gesteld over de commandant. Zouden ze via de veiligheidscamera's al weten wie de commandant was en waren ze nu in het geheim de commandant op het spoor. Dat zou het stilzwijgen wel verklaren. Aan de andere kant, als ze het goed had begrepen van Cor, was Johan levend teruggevonden met alleen een erg verwarde geest. Hij zou wel gedrogeerd geweest zijn, zodat hij niets merkte van wat er gebeurde en waar hij heen werd gebracht.

Ze probeerde informatie te vinden over Johan 's terugkeer maar kon er niets over vinden. Ze zocht gegevens over hem en Cor op via de info-tablet. Ze bekeek gelijk hoe het zat met de autofabriek, waar Dirk had gewerkt. In de lokale pers werd gesuggereerd dat de enige reden waarom die fabriek was gesloten, was wegens ruzie tussen de lokale directeur en de grote eigenaar, Cor. Het leek te gaan om de productiekosten. De medewerkers waren te duur volgens Cor, aldus de plaatselijke pers. Het was een behoorlijk grote fabriek met enkele duizenden medewerkers. Een klap voor de wijde omgeving. De curatoren waren druk op zoek naar een overnemende partij maar niemand dorst zich te melden. Kennelijk was Cor 's invloed groot. Ze overwoog of ze er iets mee zou kunnen doen.

Ze besloot zich via haar fiscalist te melden als potentiele kandidaat. Ze zou wel de nodige tijd moeten winnen omdat ze eerst een tweetal prototypes wilde bouwen voor ze die in productie wilde nemen. Voor die productie had ze wel een hele grote fabriek nodig. Ze berichtte haar fiscalist dat hij zich bij de curatoren moest melden zonder haar naam te noemen. Ze wilde meer gegevens hebben over het bedrijf. Ze nam aan dat er voorwaarden waren voor een doorstart, eigendom van alle productiemiddelen, de gebouwen etc.. Hij moest alle gegevens opvragen en aan haar doorsturen.

Ze liep nog even naar haar computer en bekeek de informatie over de actieve elementen in de lokale energievoorziening. Ze herinnerde zich dat de elementen ook voorkwamen in bepaalde natuurproducten die gebruikt werden als aanrechtbladen in keukens. Ze besloot enkele platen te bestellen en te laten afleveren in de loods. Ze voegde de opdracht toe aan het bestand voor Dirk en seinde die door. Ze had het gevoel dat ze misschien wel iets zou kunnen doen met die elementen. Ze was benieuwd waar de actieve reactie vandaan kwam. Misschien was het materiaal te benutten in de zonnecellen om de zonne-energie versterkt door te zetten. Ze besloot het te onderzoeken.

Ze had er een beetje spijt van dat ze het ruimteschip van de piraten zo maar had ingeleverd. Het vervoer was een heel stuk eenvoudiger met zo'n luchtschip. Voor zover ze kon nagaan was er ook over dit piratenschip geen enkele melding, ook niet bij het plaatselijke nieuws. Ze begon het allemaal steeds merkwaardiger te vinden. Natuurlijk ze had een fantastische deal gedaan bij de verkoop van de motoren en ze zou het liefst andere producten kopen, zo nodig aangevuld met dure elementen zoals platina of superzonnecellen en weer vertrekken maar deze zaak liet haar niet echt los.

Ze liet het los. Ze had nu geen zin om er verder over na te denken. Ze ruimde de gegevens over de elementen die de computer had verzameld in een aparte map in de computer op en bekeek de spulletjes die ze uit het vliegende autootje had meegenomen. De energieblokken legde ze apart weg op een plateau in de kast op de computerruimte. Ze stuitte op de levitatieblokjes. Ze zagen er mooi compact uit. Het verticaal opstijgen en landen was toch wel erg handig. Ze bekeek de blokjes, opende de bovenkant via een eenvoudig kliksysteem en bekeek de binnenkant. Het zag er eenvoudig en doelgericht uit. Er was een miniversterker ingebouwd die met behulp van een chip de levitatie ophief . Door de beperkte omvang was de werking erg beperkt. Mogelijk zou een zwaardere uitvoering een zwaarder voertuig ook omhoog kunnen stuwen en verticaal kunnen laten landen. Het concept was interessant. Vooral de chip had veel leuke oplossinkjes die afweken van wat ze al kende. Ze benutte haar boordcomputer voor de hardware-analyse. Die was snel en vlot te achterhalen. Ze besloot de levitatiedoosjes in een veel zwaardere uitvoering te bouwen en te benutten voor haar "vliegauto", zoals ze haar ruimteschip voor vervoer van de planeet naar haar grote ruimteschip wilde noemen.

Ze bestelde een klein aantal onderdelen om met de verschillende uitvoeringen die ze in gedachte had te kunnen experimenteren. Ze stuurde de bestelinformatie door aan Dirk en bekeek haar tegoed. Er was weliswaar een behoorlijk bedrag afgeboekt maar er was nog een gigantisch bedrag over.

Ze realiseerde zich dat ze haar tijdschema van haar ruimteschip een beetje kwijt was. De loods lag in een compleet andere tijdszone met een halve dag tijdsverschil. Ze besloot wat te eten en zich daarna te storten op het ontwerp van de ruimteauto. Eerst de benodigde aandrijvingen, de motor, de energievoorziening, de werking met stijgen en landen en daarna de ruimte die daarvoor nodig was en tenslotte het totaalontwerp met zittingen en ramen, deuren, opslagruimte, stoelen etc. .

Dit vond ze heerlijk, hier genoot ze van. Ze at uitvoerig en overdadig omdat ze wist dat ze hierna heel intensief en zeer geconcentreerd een hele tijd druk bezig zou zijn. Ze zette een grote thermoskan met koffie en ging aan de slag. Het basisontwerp van de aandrijving kwam feitelijk neer op een sterk verkleinde uitvoering van de enorme aandrijving van haar ruimteschip. Ze koppelde die aandrijving aan twee zonne-energieplateaus die meteen dienst zouden doen als dak van de ruimteauto. De levitatiedoos, ze vond dat een doos genoeg was, als die maar voldoende vergroot was ten opzichte van die twee hele kleine doosjes in het kleine neergestorte voertuig. Ze maakte een aangepast ontwerp van de printplaat en vergrootte de capaciteit van de versterker fors. Ze stelde de verschillende onderdelen samen in de computer en probeerde die zo compact mogelijk bij elkaar te plaatsen. Dat was toch nog lastiger dan ze had verwacht. Ze besloot de verschillende onderdelen allemaal in te pakken in dozen en doosjes zodat ze gestapeld konden worden. Ze bekeek of ze de bovenkanten en onderkanten van de verschillende dozen zo kon samenstellen dat die zo weinig mogelijk ruimte namen en maar op een manier in elkaar zouden passen. Ze liet de computer dat oplossen. Ze versterkte daarna de onderlinge afhankelijkheid waarmee de dozen in elkaar pasten en bekeek het resultaat.

Ze keek op. Ze had dorst. Ze pakte de thermoskan en bemerkte dat die leeg was. Volgens de klok was ze meer dan tien uur bezig geweest. Ze schrok er zelf een beetje van. Ze was moe. Ze at een stevige maaltijd en ging naar bed. Ze zette de wekker, ze moest de tijd in de gaten houden. Ze had haar vrije dag eigenlijk al opgemaakt en moest de volgende dag weer op pad om op tijd weer bij Dirk te zijn. Ze besloot alvast te dromen over de uiterlijke vormgeving. Ze besloot de modetrend van deze planeet nader te bekijken. Ze viel snel in een diepe slaap.

Hoofdstuk 6

De wekker ratelde. Ze werd met moeite wakker. Ze had diep geslapen. Ze had het wel nodig gehad. Ze rekte zich uit en stond op. Na het ontbijt ging ze meteen aan de slag. Ze zou wel een week of drie vier weg blijven dus had ze kleren nodig en andere spullen. Ze besloot niet te veel mee te nemen. Ze zou zo veel mogelijk in het winkelcentrum kopen, dan hoefde ze niet steeds van alles heen en weer te slepen. Ze keek of er nog nieuws was. Vond niets interessants en vertrok. Met haar theepotje weer naar de ree, vandaar met de veer naar de planeet, daar door de douane naar het vliegveld, vandaar naar de stad van Dirk en vervolgens met een taxi naar de loods. Ze was blij dat ze er was.

Dirk kwam haar gelijk tegemoet.

"Hallo, blij dat je er bent. Er is al wel een heleboel afgeleverd maar van een groot deel kan ik niet beoordelen of het is wat er besteld is. Ik was blij dat niemand om betaling vroeg want ik zou niet geweten hebben hoe ik dat had moeten doen", sputterde hij.

Dirk keek naar haar koffer en keek haar vragend aan. Memola maakte hem duidelijk dat ze de komende weken hier zou bivakkeren, in het kantoor boven zou ze haar verblijf inrichten. Dirk keek wel verbaasd maar knikte. Hij wist nog steeds niet goed wat hij met haar aan moest. Hij had werk en zijn salaris was een maand vooruit betaald, zoals ze had beloofd. Nu moest hij zorgen dat hij de baan hield, dan kon zijn gezin weer vooruit kijken. Zijn vrouw was die morgen naar de dokter geweest met hun dochtertje. Ze waren doorverwezen naar een specialist. Hij was er blij mee maar was meteen ook erg onrustig over de gezondheid van zijn dochtertje.

Hij bedankte haar voor het betalen van zijn salaris en vertelde van het doktersbezoek van zijn vrouw met hun dochtertje.

Memola luisterde geïnteresseerd naar zijn verhaal en stak haar duim op.

Dirk pakte de koffer op en bracht die naar boven. Memola volgde. Tot Memola's verrassing was er aan de zijkant van het kantoor een aparte doucheruimte. Dat kwam haar erg goed uit. Dirk vertelde dat er beneden ook twee van die ruimtes waren. Bedoeld voor de medewerkers in de grote hal. Er waren al wat spullen afgeleverd waarvan Dirk nu begreep dat die voor de woonruimte bedoeld waren. Memola gaf aanwijzingen wat er naar boven moest en welke zaken beneden moesten blijven.

Dirk ging meteen aan de slag. Hij vond het duidelijk heerlijk om bezig te zijn. Memola begon met het plaatsen van alle genummerde dozen waar vervolgens de in die opslagdozen thuishorende onderdelen moesten worden geplaatst. Ze wilde de hele voorraad gereed hebben voor ze zou beginnen met het feitelijk opbouwen van de ruimteauto. Ze had nog wat twijfel over de banden. Misschien moesten die nog wat groter worden zodat de onderkant van de auto niet al te snel tegen hobbels aan zou stoten. Ze had gedurende haar reis naar de loods een viertal ontwerpen geschetst. Op grond van de modetrend waren de ontwerpen zo dat ze van onder naar boven smaller werden. Ze had de bredere onderkant meteen benut om alle apparaten in onder te brengen. Een extra sterke beugelrand moest de apparatuur beschermen tegen botsingen. Een soortgelijke beugel had ze bovenin geschetst zodat er een visueel evenwicht in het ontwerp zat. In die bovenbeugels zouden de zonnepanelen worden gekoppeld. Ze waren zo ontworpen dat de zonne-energie in een opgesloten vloeistof werd opgevangen en de energie daar direct aan werd onttrokken. Daardoor leken het doorzichtige glaspanelen. Het was natuurlijk kunststof maar was wel volledig doorzichtig. Ze zocht naar de mallen, nodig om de

panelen te maken. Ze maakte een notitie.
Mogelijk waren die nog niet geleverd.

Ze verzamelde de materialen voor de zes
werktafels en begon die op te bouwen. Alle
zes de tafels, meteen op een rij voor het
kantoor langs. Dirk kwam er bij staan en
keek wat ze deed. Meteen begon hij haar te
helpen. Memola pakte daarna een stuk van
een bodemplaat en legde die op de eerste
tafel. Daarna pakte ze er nog een en legde
die er meteen naast. Dirk keek mee.
Memola pakte een beneden beugel en klikte
die in de rand van de bodemplaat,
halverwege de twee bodemplaten.

Zo begonnen ze met de opbouw van de
vliegauto. Memola werkte hard door. Ook als
Dirk het eind van de middag naar huis ging,
ging zij stug door. Regelmatig maakte Dirk
duidelijk dat hij best wilde overwerken als hij
wat kon doen maar Memola wilde daar niets
van weten. Vrijwel alle onderdelen werden
met kliksystemen verbonden. Het nadeel
van lostrillen was daarbij groot. Ze besloten
alles nadat het definitief op zijn plek zat,
alsnog vast te lijmen. De lijm moest wel een

klein beetje flexibel blijven zodat de schokken volledig opgevangen zouden worden. Ze testte de levitatieversterkers en was best tevreden. Ook het aandrijvingssysteem op zonne-energie leek goed te functioneren. Dirk probeerde hier iets van te begrijpen maar bleef al snel steken wat betreft technische kennis. Memola deed een heleboel testen met de nieuwe elementen maar kon er nog geen wijs uit hoe die zouden kunnen bijdragen aan het energieopwekkingssysteem. De chips werden allemaal samengesteld op aparte tafels. Memola was er meer dan twee dagen aan kwijt. Uiteindelijk vond ze het voldoende, hoewel ze nog niet helemaal tevreden was. Ze kon de krachten niet helemaal goed berekenen. Ze testte de verschillende uitvoeringen en besloot de sterkste versie te benutten. Dit gold voor alle onderdelen. Ze bouwden daarna twee dagen lang aan het prototype. Ze monteerden uiteindelijk de wielen en lieten de auto langzaam van de tafel rijden.

De daaropvolgende dag kwam Dirk met het bijzondere bericht dat het gerucht ging dat er zich iemand had gemeld voor de overname van de fabriek. Hij was helemaal verbaasd. Hij had dat nooit gedacht. Iedereen was er verbaasd over maar het leek toch echt zo te zijn. De kandidaat was serieus en had alle gegevens opgevraagd, inclusief alle personeelskosten en de overname voorwaarden. Dirk was duidelijk onder de indruk. Memola vroeg hem of hij liever naar zijn oude werk zou willen terugkeren of dat hij liever bij haar bleef. Ze zag hem duidelijk twijfelen.

Hij gaf toe dat hij dit werk veel interessanter vond dan zijn gewone werk maar dit werk was hem wel veel te moeilijk. Verder was hij nog steeds bang, dat dit werk over enkele maanden zou eindigen. Het prototype was al bijna klaar. Wat zou er daarna gebeuren.

Memola begreep hem wel. Ze nam zich voor om te zorgen dat als ze de autofabriek zou overnemen, Dirk daar zeker een baan zou vinden. Weliswaar was bij de eventuele productie van de ruimteauto weinig tot geen laswerk nodig, aan montage en inbouwwerkzaamheden zou geen tekort zijn. Ze planden de volgende dag in voor het testen van de vliegauto als geheel. De motor werkte, de auto reed binnen en kon ook redelijk makkelijk van de vloer omhoogkomen maar dat waren de eerste beginselen. Voor het echte werk moesten ze naar buiten. Het model dat ze opgebouwd hadden was een robuust model, donkerblauw van kleur. Bewust zo onopvallend mogelijk. Het model leek ergens wel een beetje op een bestaand model maar was door zijn vorm toch behoorlijk afwijkend. Het had geen neus, geen zichtbare kofferruimte, die zat onder de vloer, tussen de ring met apparatuur. De kofferbak kon zowel van voren als van achteren worden gevuld. De auto had een hoge instap om dat allemaal mogelijk te maken. De beugels dienden als opstapplank.

Ze wilde nog wel eens stoeien met het uiterlijke ontwerp. Het week nu toch wel heel erg af van de andere auto's. Dat was aan de ene kant goed maar aan de andere kant wel heel erg opvallend. Ze besloot alsnog een bestaand ontwerp te gebruiken. Voorlopig moest de auto nog niet echt opvallen. Ze wist dat ze een behoorlijke hoeveelheid materiaal had besteld om aan haar eventuele wens tegemoet te komen. Ze haalde samen met Dirk die materialen voor de dag en begon het bestaande model aan te kleden met de uiterlijke vormen van een bestaand model. Opnieuw donkerblauw maar voorzien van een grote neus , een redelijk rechte buitenkant in verticale richting en met een achterkant als kofferbak. De kofferbak aan de achterkant kon ook benut worden voor twee extra zitplaatsen.

Het kostte hen opnieuw drie werkdagen. De volgende dag begon het weekend en Dirk beloofde maandagmorgen vroeg aanwezig te zijn voor de testritten. Dirk had nog niet helemaal door dat de auto ook moest kunnen vliegen.

Ja, een klein stukje boven de grond maar helemaal naar een ruimteschip, dat kwam niet in zijn beeld voor.

Memola wist dat ze het expres zo had getimed dat Dirk met weekendverlof zou zijn als zij de eerste echte proefvluchten zou maken.

Dirk ging naar huis en Memola sloot de boel af en ging uitgebreid eten in het winkelcentrum. Ze at snel en besefte dat ze meteen aan de proefvluchten wilde beginnen. Ook besefte ze dat ze moest wachten tot het donker zou zijn. De toevallige opmerkzame kijker zou haar vluchten kunnen waarnemen. Dat wilde ze niet.

Ze nam nog een toetje, dronk nog een kop koffie na en wandelde daarna in alle rust terug naar de loods. Het begon al aardig te schemeren. Ze wandelde het kantoor binnen en liep door, de loods in.

Daar stond ie dan. Het prototype. Ze kreeg een berichtje door via haar info-tablet. Haar fiscalist informeerde haar dat hij een heleboel gegevens had ontvangen van de curatoren over de eventuele overname. Ze hadden de lokale overheid bereid gevonden mee te denken aan een oplossing wat financieel gezien extra gunstig kon zijn. Ze liet hem alle info naar haar boordcomputer sturen en zou er na de eerste echte testvlucht al even naar kijken.

Ze hield haar info-tablet voor het slot van het prototype, zette haar duim op het kleine plaatje en hield haar oog voor de minicamera in de bovenbeugel. Het slot klikte open en ze stapte in. De stoel was best comfortabel maar daar zou nog wat aan kunnen worden verbeterd.

Ze drukte op de startknop en voelde de ruimteauto zachtjes gaan trillen. Ze hoorde de motor niet. Rustig reed ze de auto voorwaarts en volgde het kleine parkoers dat ze binnen hadden uitgezet. Ze reed in de richting van de grote schuifdeur en liet die open schuiven. Daar, midden achter de schuifdeur stond Dirk. Hij glimlachte.

Hij kwam naar haar toelopen. Hi stak zijn duim op alsof hij wilde meeliften. Memola glimlachte. Ze deed de deur van de passagiersstoel van het slot en liet Dirk instappen.

"Natuurlijk kun je je eerste echte proefvlucht niet een heel weekend lang uitstellen, dat begrijp ik ook wel !!," begon hij meteen en grinnikte. Hij stapte in, deed zijn riem om en knikte naar Memola.

Het was inmiddels donker buiten. Ze reed de auto naar buiten en liet de schuifdeur van de loods achter hen weer dicht gaan.

Ze reed de weg op en stuurde de auto naar de dichtstbijzijnde grote weg. Ze voerde de snelheid op en vond dat de auto zich prima hield. Ze reden niet in de richting van de stad maar er juist vandaan. Het werd al snel stil op de weg. Memola voerde de snelheid verder op en daarna nog meer en nog meer. Ze merkte dat Dirk onrustig werd. Hij wilde weten hoe hard ze reden. Memola glimlachte. "Ruim 200 km per uur, Dirk," zei ze. Volgens de snelheidsmeter was dat echter wel een heel erg ruime meter, ze reed ongeveer 330 km per uur.

Ze bleef goed op de weg letten. Bij dit soort snelheden moest je op alle oneffenheden letten die er maar waren.

"Nu gaan we omhoog", waarschuwde ze Dirk. De wagen begon langzaam omhoog te komen, de aandrijving leek los te komen van de grond waardoor er eerst een kleine hapering kwam maar gelijk daarna een behoorlijke versnelling. Nu de tegendruk om de auto omlaag te houden op het wegdek en de vertraging door de weerstand van het wegdek wegvielen, nam de snelheid fors toe.

Dirk zat stijf van onrust om zich heen te staren. Hij wist niet waar hij moest kijken om vast testellen wat er allemaal gebeurde. Hij hield zich stijf vast aan de armleuningen van zijn stoel. Zijn knokkels waren wit.

Memola stuurde de auto verder omhoog en was blij verrast met de grote stabiliteit. Dit was een aanwinst. Ze verhoogde de snelheid verder en bekeek het energieverbruik. De energievoorraad was toch nog wel een beetje beperkt. Ze zou de opslagcapaciteit nog fors moeten vergroten om grotere afstanden te kunnen afleggen, zoals heen en weer naar haar schip vanaf de loods. Verheugd dacht ze er over om voortaan gewoon weer naar haar schip te gaan voor het avondeten en de nachtrust. Ze was alles bij elkaar best tevreden met het prototype. Ze keerde rustig terug naar de grote weg en vloog steeds lager, vertraagde de snelheid en reed tenslotte rustig met een vaartje van maar 200 km per uur terug naar de loods.

Terug in de loods feliciteerde ze Dirk met het prachtige resultaat. Het was een geweldige dag geweest. Dirk was nog wel erg onder de indruk maar begreep dat zijn werk er op zat. Memola maakte hem duidelijk dat dat helemaal niet het geval was. Ze moesten nog vele dingen testen en uitproberen. Ze vroeg hem er over na te denken of het mogelijk was om in zijn oude autofabriek dit prototype te bouwen in grote hoeveelheden.

Dirk was volkomen verbaasd. Hij had hier helemaal nog nooit over nagedacht. "Waarom zou het niet kunnen," juichte hij, begrijpend dat dat misschien wel in het verschiet lag. Opeens opende zich voor hem een door hem voor onmogelijk geachte weg. Terugkeren in het bedrijf, waar hij werkte en samenwerken met Memola.

Memola maande hem tot rust. Alles moest nog uitgezocht worden, vrijwel alle onderdelen moesten nog getest worden en de maatvoering moest nauwkeurig omschreven worden. Dit was pas de beginfase die op elke stap mis kon gaan. De auto moest niet alleen gebouwd maar ook nog verkocht worden. De kopers moesten betalen voor dit hele zeldzame ontwerp. Er moest overleg met de overheid plaats vinden of de auto's wel zo onbeperkt konden rondvliegen in de atmosfeer of dat er een maximale en misschien ook nog een minimale hoogte moest worden afgesteld. Ze besloot meteen zelf een dergelijke beperking in te bouwen. Minimaal vier meter hoog en maximaal tien meter, dat leek haar wel gewenst. Nog meer testen en experimenten. Ze vroeg Dirk niets te vertellen aan anderen over de mogelijke plannen maar ze zag al dat dat moeilijk zou zijn. Ze koppelde er nog aan vast dat de verkopers er anders onmogelijke voorwaarden aan zouden kunnen verbinden. Dan zou het zeker niet door gaan. Het geheel zou een enorm vermogen kosten en je moest maar zien hoe je dat beschikbaar zou kunnen krijgen.

Dirk knikte. Hij begreep het wel maar was wel vol van het idee dat al zijn maten misschien wel weer aan de slag zouden kunnen. Hij popelde van ongeduld om het zijn maten te vertellen.

Dirk vertrok naar huis voor het weekend. Memola besloot het prototype nu al te testen en terug te keren naar haar ruimteschip. Ze verheugde zich op die mogelijkheid. Voor de zekerheid verwisselde ze de energie-opslag-box om de maximale capaciteit beschikbaar te hebben en nam er nog een in reserve mee voor de terugweg.

Ze besloot nog even langs een paar plekken te vliegen waar ze in het verleden was geweest. Eerst ging ze naar de plek waar ze de piraten had achtergelaten. Er was niets van de piraten of het ruimteschip terug te vinden. Alles was verdwenen. Ze landde niet maar bekeek de plek van twee meter hoogte. Alles was netjes achtergelaten, er was geen spoor van de piraten achtergebleven. Snel steeg ze weer op, ze werd er al aardig handig in. De bediening met het touchscreen beviel haar erg goed. Weliswaar had ze in haar eigen ruimteschip hetzelfde principe maar daar werd het alleen bij de benadering van planeten echt gebruikt. De verdere routes werden via de computer aangestuurd via eindpuntbepaling. Een soort automatische piloot. Dat was een te uitgebreid systeem voor deze eenvoudige vliegauto.

Ze vloog naar de fabriek van Johan. Het was wel een behoorlijke afstand maar ze overbrugde die toch behoorlijk snel. Met een steeds toenemende snelheid klom ze tot hoog in de atmosfeer zodat de weerstand minimaal was. Het kostte haar toch twee uur om de enorme afstand te overbruggen. Ze was wel tevreden over de vliegsnelheid maar als ze elke dag twee en een half uur onderweg was van huis naar werk dan was dat toch eigenlijk te veel tijdverlies. Ze moest de snelheid op de een of andere manier nog fors opvoeren. Ze oriënteerde zich aan de hand van de stad Centra. Vandaar vloog ze langs de kust. Alles op zeer grote hoogte. Ze cirkelde naar beneden en realiseerde zich dat het hier dag was. Ze zou zeer goed zichtbaar zijn. Ze stopte en kantelde de vliegauto een beetje zodat ze langs de zijkant de fabriek kon bekijken. Alles leek rustig, er was niets te zien. Geen grote ruimteschepen die laadden of losten. Weinig activiteiten tussen de verschillende gebouwen. Plotseling realiseerde ze zich dat het weekend was. Iedereen was thuis, of in ieder geval niet op het werk, tenzij er continudiensten waren. Voor deze opslagloodsen en montage lijnen leek haar dat niet nodig.

Ze draaide en volgde de kustlijn, nog steeds van een behoorlijke hoogte.

Van boven keek ze waar de kerktoren was en vandaar naar de schuur waar ze was

gecrasht met de vliegauto van Johan. Ze
was geïnteresseerd in de energie-dozen die
ze daar had achtergelaten. Ze herkende de
kerktoren en vloog langzaam die richting op.
Eerst ging ze vlak boven zee vliegen en
draaide daarna het binnenland in. Ze
herinnerde zich de bijzondere situatie dat
het dak van de schuur via de knoppen tegen
de steunpilaar open was gegaan. Ze kwam
langzaam dichterbij en zag dat het dak nog
steeds open stond. Zou niemand er in de
tussentijd zijn geweest? Waarvoor diende
dan die mogelijkheid om het dak te kunnen
openen. Ze werd nog voorzichtiger. Ergens
was er iets bijzonders aan de hand. Ze bleef
rondspieden maar zag geen enkele
beweging. Ze bekeek haar warmteradar op
haar info-tablet maar kon geen afwijkingen
vaststellen. Langzaam kwam ze dichterbij op
een hoogte van twee meter boven de grond.
Vlak naast de schuur steeg ze langzaam
omhoog om over de overhangende open
dakrand te kijken. Tot haar verrassing zag
ze dat de gecrashte vliegauto was
verdwenen. Maar er bewoog helemaal niets.
Alles was stil. Ze besloot de gok te nemen

en snel te landen, te kijken of de energie-
dozen er nog lagen. Als dat zo was, die snel
in te laden en meteen weer te vertrekken.

Ze landde snel, stapte uit en liep naar de
achterkant van de kerk. Tot haar genoegen
lagen de energie-boxen nog steeds achter
de spullen die ze er overheen had gegooid.
Ze laadden de dozen snel in. En stapte weer
in haar vliegauto. Snel steeg ze op. Ze was
nog niet boven de schuur uit of een drietal
ruimteschepen kwamen in razende vaart op
haar af. Ze schrok er van. Hoewel ze er op
verdacht was geweest was ze toch even
afgeleid. Snel bediende ze het screen en
sprong zijwaarts weg van de schuur, haar
snelheid meteen fors verhogend. De
vliegauto's bleken te zijn uitgerust met
schietgerei. Ze hoorde iets dat daarop leek
in ieder geval. De inslagen miste haar
vliegauto door haar snelle zijwaartse
beweging. Ze ging meteen stijl omhoog en
bleef voorwaarts over de zee sturen.
Achteruit kijkend zag ze dat de
ruimteschepen het enorm lieten afweten qua
snelheid. Ze dook naar beneden en maakte

een grote bocht op een meter of tien boven
de zee. Als ze een vorm van radar hadden
dan zouden ze het moeilijk hebben om haar
te volgen. Ze vloog snel langs de zijkant van
de zee en steeg daarna snel omhoog en
besloot gelijk door te vliegen naar haar
eigen ruimteschip. Ze zag de drie
ruimteschepen al niet meer. Ze steeg door
en door en haar vliegauto hield het
uitstekend. De kennis van ruimteschepen
had de luchtdichtheid van de vliegauto wel
sterk beïnvloed. Ze meerde aan voor haar
grote sluis en ging naar binnen. Ze was
heel tevreden over haar vliegauto. De
snelheid moest nog een stuk omhoog maar
dat zou ze nog wel uitknobbelen.

Ze laadde de energie-dozen uit en wandelde
naar haar woonruimte. Ze was goed
gehumeurd. Weer lekker terug op haar
eigen stek. Ze ging naar de computerkamer
en werd er daar op geattendeerd dat er een
heleboel informatie was binnengekomen van
haar fiscalist. Het ging om de gegevens van
de failliet verklaarde autofabriek. Het was
een gigantische hoeveelheid. Ze bekeek de

verschillende pakketten. Alle gegevens leken gebaseerd op de situatie in functionerende toestand. Zonder fabricage-opdracht was het allemaal zinloze informatie. Ze bekeek de productie machines om na te gaan welke ze bij het produceren van de vliegauto zou kunnen gebruiken. Ze had er weinig vertrouwen in. De machines leken zwaar verouderd. De productie methode was ook wel heel ouderwets in haar ogen. Misschien moest ze hier toch maar niet aan beginnen. Aan de andere kant waren er heel erg veel mensen werkloos geworden. Maar ja. Was dat haar probleem?

Ze vond het toch moeilijk om het project zomaar naast zich neer te leggen.

Ze besloot de voorwaarden van de eventuele overname door te nemen en had het idee dat de curatoren meer waarde hechtte aan het opstarten van de fabriek dan aan de overnameprijs. Het weer in dienst nemen van alle mensen leek voorop te staan. Om zoveel mensen in dienst te hebben moest je een constante stroom van

te fabriceren producten hebben. Ze had
haar beeld nu wel gefocust op de vliegauto
maar voordat die echt productie-gereed was,
was er nog veel nadere productiespecificatie
nodig. Om werkelijk op korte termijn te
starten was een eenvoudig te produceren
product meer voor de hand liggend. Ze
vroeg zich af, welke onderdelen van de
vliegauto een veel bredere toepassing
zouden kunnen hebben, dan alleen voor de
auto. Meteen dacht ze aan de
energievoorziening. De uitvoering kon in
vele varianten worden gefabriceerd en in
hele kleine units worden gebouwd. De
zonne-energie was voldoende aanwezig.
Het opladen moest wel heel snel gebeuren,
zodat het zonder elektrische energie vrijwel
voortdurend beschikbaar was. Ze besloot dit
als startpunt te zien. Ongetwijfeld waren er
op dit moment al vele duizenden artikelen
die op batterijen werkten. Die konden
sowieso worden vervangen. Ze moest nog
een voorzieninkje ontwikkelen dat de
elektrische aansluiting zou kunnen vormen
tussen de energie-doos en elk elektrisch
apparaat. Ze knikte tevreden. De eerste stap

was haar fiscalist informeren over de voorwaarden. Het bij voorbaat moeten overnemen van alle werknemers was natuurlijk niet doenbaar. De koopsom voor de machines was al helemaal niet aan de orde. De winstcijfers gingen over een episode die niet meer bestond, de fabriek lag stil. Er waren geen opdrachten. De situatie moest dus worden omgedraaid. De fabriek moest om niet worden overgedragen. De overheid, die nu de werknemers een uitkering moest betalen, moest dat nog vier maanden na de overname voortzetten. Alle aanwezige materialen en machines maakten deel uit van de deal. Ze verwoordde haar voorwaarden en informeerde de fiscalist.

Ze verwachtte niet dat de curatoren haar voorstellen zomaar zouden accepteren. Aan de andere kant had ze nog tijd nodig om haar productieplannen te maken en het productieproces, samen met de nodige reclame voor de nieuwe producten op te zetten en te starten. Dat vroeg alles bij elkaar nog zeker twee maanden tijd. Ze moest ook nog mensen vinden die die werkzaamheden voor haar zouden uitvoeren. Tuurlijk, Dirk kon wel aangeven wie hij dacht dat goede managers zouden zijn maar ze kon niet zeggen of ze daarin wel genoeg zekerheid kon vinden. Ze was er nog niet uit. Ze besefte dat ze bezig was fors in te grijpen in de lopende gang van zaken op de planeet. Ze was weliswaar bezig met de auto-industrie maar tussen de regels door was ze inmiddels al bezig de hele energievoorziening op de planeet onder druk te zetten. Via de zonnepanelen en de energie-dozen die met dezelfde zonnecellen werkten zou de energiemarkt fors onder druk komen.

Cor was een bijzondere geduchte tegenstander in de auto-industrie, waren er tenminste vergelijkbare probleemmanagers in de energie-branche. Het zou haar niet verbazen. Ze voelde toch een stuk onrust ontstaan. Ze zette de problematiek van zich af, nam nog een lekker hapje en ging naar bed. Morgen moest ze haar technisch vernuft aanspreken om de aandrijving te

versnellen zodat ze minder reistijd nodig had
om naar haar werk te komen.

Hoofdstuk 7

Ze had goed geslapen. Weer heerlijk in haar eigen bed. Prima. Het was ook een extra lange dag geweest want haar dag was tien uur langer geweest door het tijdsverschil. Ze moest er rekening mee houden, ze stelde een extra tijdsklok in op haar computer zodat ze de tijd hier en de tijd op de locatie van de loods naast elkaar kon zien. Het scheelde inderdaad meer dan tien uur. Ze ontbeet en verwende zichzelf extra. Volgens haar medische systeem was haar conditie prima evenals haar gezondheid maar ze moest wat extra suikers nemen om haar energieniveau op peil te houden. Ze besloot bij de koffie wat extra lekkere chocolaadjes te nemen en ging aan de slag in de computerruimte om de energievoorziening te verbeteren. Ze onderzocht vele opties en alternatieven maar kwam niet verder. Ze liet de computer suggesties doen maar na al die suggesties te hebben uitgewerkt en te hebben verworpen was ze geen steek verder gekomen. Ze zwalkte wat door het schip, peinzend en piekerend over opties en mogelijkheden. Onderzocht regelmatig gedachten via haar info-tablet en de computer maar was uiteindelijk behoorlijk teleurgesteld dat ze werkelijk geen steek was opgeschoten.

De hele dag bleef ze sputteren en zoeken. Pas de volgende dag, tegen de middag besloot ze haar gedachten maar eens op iets anders te richten. Ze liep tegen de opgeslagen energiedozen op die ze had meegenomen uit de gecrashte vliegauto. Plotseling maakten haar gedachten een sprongetje. Misschien was de bijzondere combinatie van de lokale elementen die de actieve stof vormden bij de lokale energievoorziening een optie. Ze besprong de optie zo ongeveer. Ze ging direct aan de slag. De vele alternatieven die ze moest en wilde bekijken namen haar volledig in beslag. Het samenvoegen van de huidige gelei in de zonnecellen met de actieve elementen was heel erg lastig. Ze had er eigenlijk een soort aparte zuurkast voor nodig om veilig te kunnen experimenteren. Ze moest een vrieskast ombouwen om de experimenten te kunnen uitvoeren. Niet alleen de combinatie was van belang maar ook hoe die combinatie werd samengesteld. De stoffen fuseerden behoorlijk agressief.

Tot haar verrassing gaf de computer aan dat ze zich gereed moest maken om weer terug te keren naar de loods. Ze was de tijd volledig vergeten, volledig geobsedeerd door haar onderzoek. Ze mopperde een beetje. Ze had dit allemaal al achter de rug willen hebben maar het was allemaal nog lang niet klaar. Ze besloot wat elementen en zonnecollectoren mee te nemen zodat ze misschien wat proeven in de loods zou kunnen doen. Ze nam nog een kop koffie en moest bekennen dat ze best wel een goed gevoel had bij het huidige onderzoek. Misschien kon ze wat eerder terug komen zodat ze haar onderzoek sneller kon voortzetten.

Ze verzamelde haar spullen en vertrok. Ze ging gelijk hoog door de stratosfeer naar de andere kant van de planeet. Dat scheelde al wel wat in tijd. Ze daalde snel maar toch behoedzaam naar het oppervlak van de planeet en opende de schuifdeur van de loods. Ze gleed rustig naar binnen, sloot de schuifdeur weer en landde vlak bij het kantoor. Ze stapte uit, haalde haar spullen uit de vliegauto en liep het kantoor binnen. Alles was rustig. Ze liep naar boven naar haar privé-vertrekken en bekeek waar ze haar onderzoek zou willen voortzetten. Boven leek haar dat niks. Ze besloot een hoekje van de zijkant naast het kantoor in de hal te benutten. Ze installeerde wat extra verlichting zodat ze voldoende licht had en zette alle spullen daar neer. Ze wandelde terug naar het kantoor en bekeek de gegevens in de computer.

Er kwam een telefoontje binnen. Ze nam op maar noemde geen naam. Het bleek een reclamebureau te zijn die wilde weten of ze wel voldoende aandacht besteedde aan de werving van haar producten. Ze moest een beetje lachen. Ze moesten eens weten. Ze vroeg het adres van het bureau maar de dame aan de telefoon was niet erg willig om haar adres te geven. Ze kwam liever naar de klanten toe. Memola wilde niemand bij haar onderzoeken in de buurt hebben en maakte duidelijk dat het dan over ging. Uiteindelijk bleek de dame wel in dezelfde stad te verkeren en spraken ze af bij de koffieshop in het winkelcentrum.

Dirk kwam binnen en was uitstekend gehumeurd. Hij was nog steeds enorm onder de indruk van de vliegauto en wat hij vrijdagavond had beleefd. Memola vertelde hem maar niet dat ze nog veel verder had bevlogen dan hij voor mogelijk zou houden. Ze vond het wel prettig zo. Dirk wandelde de fabriek in en stond te zwijmelen bij de vliegauto.

Ze overlegden en besloten een versie te maken die alleen over de weg reed en die dus niet kon vliegen. Een personenauto die meer dan tweehonderd kilometer kon rijden voor een aantrekkelijke prijs zou de automarkt behoorlijk op zijn kop zetten. Als dan ook nog het energieverbruik kon worden gerealiseerd via zonne-energie dan was de markt volledig open voor hen. Dirk stond helemaal te glunderen bij zijn eigen woorden.

Memola was het met hem eens. Van groot belang zou de uiterlijke vormgeving zijn. De technische kant had ze zelf al wel aardig in haar hoofd. De basisconstructie zou hetzelfde blijven maar de buitenbeplating zou fors worden aangepast. Ze overlegden samen hoe de auto er uit zou moeten zien. Memola overwoog de constructiemethode. Ze voelde het meest voor het gietspuiten uit kunststof. Zou het uit een geheel kunnen, een soort complete deksel of moest het uit meerdere delen bestaan. De nauwkeurigheidsgraad bij een beplating uit een geheel zou erg groot zijn. De deuren zouden omhoog moeten schuiven, onder het dak en boven langs de binnenbekleding. Moest die binnenbekleding ook worden gemaakt via de gietspuitmethode? Het was wel het meest efficiënt.

Ze vroeg Dirk via de computer uit te zoeken welke modellen nu op de markt waren en een voorstel te doen welke twee of vier modellen hij graag zou willen zien. Ze vertelde hem dat ze over een uur een gesprek zou hebben met iemand van een reclamebureau. Maar dat ze daar nog niets van verwachtte.

Dirk ging op onderzoek uit naar de modellen en Memola wandelde naar het winkelcentrum. Ze had zich door de telefoon een beeld gevormd van de dame die ze dacht te ontmoeten. Volgens haar mededeling was ze donkerblond, jong en van normale lengte. Niet erg opmerkelijk in ieder geval. Memola wandelde nog even door het winkelcentrum, ze was vroeg. Een jonge dame in een groen mantelpakje viel haar op. Ze leek erg nerveus. Ze liep een beetje ongeïnteresseerd rond te kijken zonder echt naar de etalages te kijken. Zonder zelf op te vallen bleef ze een beetje bij de dame in de buurt. De dame trok haar jasje recht, keek nog eens op haar horloge en besloot op pad te gaan. Memola volgde haar op afstand. De dame liep rechtstreeks naar de koffieshop en keek daar zoekend rond. Plotseling verstarde ze. Een oudere man stond op en knikte naar haar en wees met een open hand naar de stoel naast hem aan tafel. Memola keek verrast toe. Ze wilde niet opvallen en liep daarom de koffieshop verder in en nam achter de oudere man plaats aan een tafeltje, een beetje tegen de achterwand aan.

De dame stond duidelijk te twijfelen. Ze vond dit helemaal niets maar vond het kennelijk moeilijk om zo maar weg te gaan. Uiteindelijk ging ze naast de man zitten en viel meteen tegen hem uit. Ze verweet hem dat hij haar achtervolgde. Ze had een afspraak met iemand anders en wat hij wel dacht om haar zo onder druk te zetten. De man keek haar rustig aan. Hij vertelde dat hij uitermate onrustig was over haar gedrag en manier van omgaan met anderen. Hij mocht toch wel vertellen wat hij voelde als haar vader. De discussie ging verder maar Memola begreep dat vader en dochter kennelijk een traditionele problematiek

ondergingen. Uiteindelijk vertrok vader,
nadat zij had beloofd het komende weekend
even bij hem langs te wippen.

Ze stond hem dreigend na te kijken, tot hij
om de hoek verdween. Ze keek rond naar
degene met wie ze kennelijk een afspraak
had maar leek niemand te kunnen
ontdekken. Ze draaide zich helemaal om en
ontdekte Memola. Ze kwam naar haar toe
en leek weer wat minder zelfverzekerd dan
toen ze pa toesprak.

"Memola?" vroeg ze een beetje
bedremmeld.

Memola stond op en schudde haar de hand.

Ze stelde zich voor als "Angelica", ze
noemde geen achternaam.

Memola ging rustig zitten en bestelde koffie
voor hen allebei.

Angelica wist duidelijk niet wat ze aan moest
met het gesprek met haar vader. Moest ze
het er hier over hebben of niet.

Memola wachtte rustig even af. Ze vond het wel amusant.

Angelica vroeg haar of ze haar gesprek met haar vader had gevolgd en Memola knikte. Ze had het allemaal gezien.

Ze had de afspraak met Memola gemaakt toen haar vader zomaar bij haar het appartement was binnen gekomen. Zonder goedkeuring en zonder afspraak. Ze wist niet eens dat hij een sleutel had. Hij had meteen willen weten met wie ze afspraakjes maakte, buiten hem om.

Ze keek boos om zich heen. Ze wilde zelf bepalen met wie ze sprak, met wie ze omging en wat ze wilde doen. Het was meer een statement dan een punt van overleg.

Memola vroeg haar of ze zelfstandig woonde. Ze bevestigde dat. Het was een appartement van haar vader maar ze wilde niet langer afhankelijk zijn van zijn geld. Ze wilde een eigen zaak opstarten. Ze had alle opleidingen gevolgd, alle stages doorlopen bij zeven verschillende reclamebureaus. Een eigen reclamebureau, met eigen reclameklanten. Eigen ontwerpen, eigen creaties. Alleen tot nu toe had haar vader zo ongeveer alles getorpedeerd door bij haar potentiele klanten aan te kloppen en zijn woordje voor haar (dus eigenlijk tegen haar) te doen. Ze excuseerde zich en ging naar de toilet.

Memola voelde wel een beetje met haar mee. Hoewel ze zelf nooit in dit soort omstandigheden had verkeerd, was de druk van de eigen familie nog al eens problematisch. Anderzijds begreep ze de bezorgde gevoelens van pa over zijn oogappel maar al te goed. Het was meer een soort overbezorgdheid dan onwil. Geen bemoeizucht maar beschermzucht.

Angelica kwam terug en de koffie werd gebracht.

Memola verzachtte de vader-dochter verhouding een beetje voor Angelica en gaf aan dat ze best begreep dat vaders al te bezorgd waren over hun dochters. Angelica vertelde dat haar vader een groot magnaat was in de energiesector en gewend was alles voor haar moeder en haar en haar beide broers te regelen. Ze wilde dat niet. Ze wilde op haar eigen benen staan.

Angelica keek duidelijk vertwijfeld over de houding van haar vader naar Memola. Ze knikte, begrijpend dat het haar vader weer leek te zijn gelukt om een potentiele klant af te stoten.

Memola vroeg of ze iets van haar ontwerpen of reclameactiviteiten kon laten zien. Angelica keek haar verrast aan. Ze sloeg gelijk vertwijfeld haar ogen neer. Een zoethoudertje, leek ze te denken.

"Angelica!" begon Memola met nadruk. "Wil je werken of niet". Ze keek haar streng aan.

Angelica keek geschrokken op. Een sprankje hoop en verwachting begon in haar ogen te glinsteren. Ze pakte haar laptop en zette die schuin voor haar neer, zodat ze allebei naar het scherm konden kijken. Ze toonde haar verschillende ontwerpen, een leuk parfumflesje in de vorm van verschillende bloemen, een parasol die ook als regenscherm kon dienen met doorzichtige banen en een soort afhangende slab, een zeilboot met sterk afwijkende zeilen. In de loop van haar verhaal werd ze steeds enthousiaster. Ze leek haar vader te zijn vergeten en sprak over de opdrachten en haar benadering van de oplossing. De zeilen hadden een zodanig gatenpatroon dat het telefoonnummer van de opdrachtgever er in te zien was, zodat op elke foto van zijn boot zijn telefoonnummer in het zeil zichtbaar was.

Memola vond dat ze best wel een kans verdiende. Ze vroeg haar vier ontwerpen te maken van vier auto's die supersnel waren en voorzien waren van een doorzichtig dak. Angelica keek haar verrukt aan. Dat wilde ze maar wat graag. Ze spraken af om elkaar weer te ontmoeten op deze zelfde plek over vier dagen. Memola vertelde haar dat dit eigenlijk meer een opdracht was tot industriële ontwerpen dan het werk van een reclamebureau. Angelica vertelde dat ze ook bij een reclame bureau had gewerkt en televisiespotjes had begeleid maar die gegevens mocht ze niet gebruiken. Memola vroeg haar ook na te denken over dat soort spotjes en verder de voorwaarden, die bij de televisiezenders golden voor het uitzenden van die spotjes, te weten te komen.

Ze bestelden nog een kopje koffie en praatten nog wat over de plaatselijke dingen zoals de gesloten autofabriek. Angelica vertelde dat er een merkwaardige situatie was tussen de verschillende grootindustriële families. Zij kwam uit de tak van grote energiebedrijven, waaronder oliemaatschappijen, gaswinningen, elektriciteitscentrales etc. Ze hadden een gigantisch kapitaal in de familie. Haar vader was een van de grote bobo's in dit gebied. Haar moeder kwam uit een familie van grootgrondbezitters. De zuster van haar vader, haar tante dus, was getrouwd, of getrouwd geweest met de grote boss van de auto-industrie en het vervoer, haar oom, de broer van haar vader was getrouwd met een scheepsmagnaat. Kortom een gigantisch belangrijke familiekliek.

Memola begreep dat de vader van Johan, Cor, niet langer getrouwd was met zijn moeder. Moest ze hier nog verder vissen? Ze vroeg naar de scheiding van haar tante.

Iedereen was volkomen verrast geweest door die scheiding. Ze leken altijd helemaal gek van elkaar maar op een of andere duistere manier hebben ze elkaar de oorlog verklaard. Niemand heeft tot nog toe achterhaald hoe het is gekomen en wat precies de oorzaak is geweest. Ze schijnen voortdurend met elkaar in oorlog te zijn en elkaar op de meest extreme manieren te bestrijden. Mijn tante zit nu natuurlijk in het energie-kamp van mij vader en het scheepsvervoerkamp, terwijl haar ex-man juist in de auto en vervoersindustrie zit.

Prompt vroeg Angelica of de ontwerpopdracht direct of indirect voor de ex van haar tante was. Memola ontkende dat nadrukkelijk. Dit had met die man niets te maken.

Angelica keek haar nog eens inschattend aan maar liet het daar bij.

Ze namen afscheid en Memola rekende af. Ze wandelde terug naar de loods, onderwijl wel spiedend of ze misschien door iets of iemand werd gevolgd. Ze kon niets ontdekken. Ze liep toch enkele extra rondjes door het winkelcentrum, bekeek enkele modewinkels, ging er naar binnen. Ze bezocht zelfs de toiletten om via een andere zijuitgang het winkelcentrum te verlaten. Daarna wandelde ze via een grote omweg naar de loods.

Dirk had enkele modellen via de computer opgezocht, die pas datzelfde jaar waren uitgebracht. Hij suggereerde dat ze allemaal erg vierkant over kwamen. Hijzelf zou liever iets swingenders zien, hij liet enkele ouderwetse modellen zien die hij prachtig vond.

Memola vertelde over haar ontmoeting met Angelica maar zweeg over de familieproblematiek. Ze zou haar over enkele dagen weer ontmoeten. Ze was heel benieuwd met welke voorstellen ze zou komen. Samen bespraken ze de problematiek rondom het framewerk. Dirk zou zich verder verdiepen in de verschillende frameconstructies voor de verschillende modellen. Ze kozen voor twee grotere modellen bedoeld voor tenminste vijf inzittenden en twee kleinere voor vier personen maar een behoorlijke slag kleiner. Er waren daardoor twee verschillende frames nodig. Memola gaf aan welke apparaten er ingebouwd zouden moeten worden. Dirk begreep het en ging aan de slag. Eerst bij de computer om tekeningen beschikbaar te hebben voor de maten en daarna in de praktijk met verschillende materialen.

Memola ging naar haar eigen hoekje waar ze de lokale elementen probeerde in te voegen in de zonnecellen. Ze experimenteerde met verschillende samenstellingen en verschillende maten maar kwam niet verder dan zware brandhaarden. Ze baalde. Uiteindelijk deed ze experimenten met beide stoffen apart en voegde met hele kleine hoeveelheden stoffen van de een bij de ander. Zo stelde ze vast wanneer de stoffen op elkaar reageerden. Ze was verrast om vast te stellen dat er verschillende brandmomenten waren bij de beide oplopende samenstellingen. Ze begon de temperatuurtoename te meten en bekeek of die bij gelijke samenstellingen verschilde als de beide stoffen werden gemengd. De vermenging verliep trager wanneer de lokale elementen werden gemengd met de standaard vloeistof van de zonnecellen door de geleiachtige samenstelling van de standaard vloeistof dan andersom.

Memola werd door de computer uit haar concentratie gehaald. Er was telefoon. Ze had helemaal geen zin in een telefoongesprek. Ze was toch uit haar concentratie, dus stond ze toch maar op en liep naar de telefoon. Dirk was metalen aan het bewerken op zijn manier, dus met een dikke slaghamer en had zijn oren afgeschermd met een koptelefoon. Die hoorde dus niks.

Ze wandelde naar het kantoor en nam het gesprek aan. Tot haar grote verrassing, stelde de man zich voor als de vader van Angelica. Memola ging er eens even goed voor zitten. Hij had haar nummer ongetwijfeld ontfutseld aan Angelica of anders stiekem van haar overgenomen. Ze zou zich in eerste instantie afwachtend opstellen.

Hij stelde zich verder niet voor maar kwam gelijk ter zake. Hij vertelde dat hij van zijn dochter gehoord had dat ze tekeningen en ontwerpen moest maken van een nieuwe auto. Hij was overduidelijk in zijn statement dat hij een pesthekel had aan de hele auto-industrie. Hij wilde geen ruzie met zijn dochter maar hij eiste zo ongeveer dat zij haar opdracht zou intrekken, bij voorkeur op een nette manier, bijvoorbeeld door het onderwerp, een auto, zou veranderen in wat dan ook, boten, huizen noem maar op. Hij wilde niet dat zijn dochter zou worden geassocieerd met de auto-industrie. Memola bleef rustig zwijgen tot hij was uitgesproken en ook nog daarna. Hij riep een paar keer "hallo". Memola zuchtte expres een keer nogal luidruchtig. Toen vroeg ze expres of hij nog aan de lijn was, waarop hij onmiddellijk weer een heel verhaal af stak. Hij sputterde duidelijk nog eens maar begreep dat er iets mis was. Normaal gesproken werd hij of onmiddellijk op zijn wenken bediend of expliciet tegengesproken. Een stilzwijgen was een onbekend fenomeen. Uiteindelijk, toen er alsmaar geen inhoudelijke reactie kwam, veranderde hij van tactiek. Hij wilde haar spreken. Dit had haast. Morgenochtend moest zeker kunnen. Hij noemde het adres van zijn kantoor. Ze reageerde nog steeds niet.

Eindelijk staakte hij zijn relaas.

Memola besloot de man op de proef te stellen.

"Vanmiddag om vijf uur in de koffieshop, waar u vanmorgen met uw dochter was", zei ze alleen maar en hing op.

Ze was benieuwd. Pa was gewend de strategie te bepalen. Duidelijk was wel dat hij zijn dochter tot het uiterste wilde beschermen. Verder was duidelijk dat hij een geweldige hekel had aan zijn zwager, de man van de auto-industrie. Ze zou proberen hier flink misbruik van te maken.

Ze keek op de klok en zag dat ze nog wel een uurtje de tijd had voordat ze op pad moest om de vader van Angelica te ontmoeten.

Ze keerde terug naar haar experimenten. Ze bekeek de lopende alternatieven. Plotseling drong het tot haar door dat ze nog helemaal niet had onderzocht of de standaard vloeistof, zoals die in haar zonnecellen zaten hier wel in deze vorm verkrijgbaar was. Ze ging er even bij zitten en bekeek de in haar info-tablet beschikbare gegevens over de samenstelling van de basis vloeistof. Er bleken geen gegevens in het geheugen van het tablet beschikbaar. Ze moest er voor terug naar haar ruimteschip. Ze ergerde zich aan haar eigen gebrek aan werkmethode. Dat had toch gewoon het allereerste moeten zijn wat ze had moeten doen.

Dirk kwam binnen. Hij was enthousiast over enkele oplossingen . Ze spraken de verschillende mogelijke oplossingen door. Dirk ging daarna naar huis, zijn werkdag zat er op.

Memola nam de tijd om naar het winkelcentrum te lopen. Ze maakte een grote omweg om ook wat meer van de wijk rondom het winkelcentrum te zien. Het was vooral een grote woonwijk. De loods stond in een klein industriegebiedje. Ze was eigenlijk best tevreden over haar keuze. Het lag wel erg ver weg van haar ruimteschip maar het lag wel in een heel vriendelijke en rustige omgeving.

Ze wandelde expres eerst een keer langs de koffieshop om te zien of de vader van Angelica er al zat. Voor zover ze kon zien was die er nog niet. Het was wel bijna tijd. Ze liep nog een keer heen en weer, ging nog een mode zaak in en liep nog eens langs. Ze meende hem helemaal achterin te zien zitten. Ze ging de winkel in recht tegenover de koffieshop en kocht er op haar gemak een leuke tas. Met de tas in de hand liep ze de koffieshop in waar de vader van Angelica al onrustig op zijn horloge zat te kijken. Angelica deed net alsof ze niet bij hem aan de tafel ging zitten maar draaide op het laatste moment bij en ging schuin achter hem zitten waardoor hij zich om moest draaien om haar te zien.

"Memola", stelde ze zich meteen voor.

"Mark," liet hij zich een beetje verrast ontvallen en draaide zich naar haar toe. Ze bestelden een kop koffie en keken elkaar aan. Mark wilde het woord nemen maar Memola maande hem tot stilte.

Zowaar stopte hij met praten. Ze vroeg hem of hij echt een enorme hekel had aan de auto-industrie of dat hij een enorme hekel had aan zijn zwager, Cor, de grote man van de auto-industrie. Ze maande hem om vooral eerlijk antwoord te geven omdat een enorm stuk toekomst op de hele planeet daarvan af zou kunnen hangen.

Mark fronste zijn wenkbrauwen. Hij vroeg zich duidelijk af wie deze bluffende dame wel was, wat ze wilde en wat ze bedoelde met dit soort uitspraken. Dit soort gesprekken was hij niet gewend. Hij was altijd degene die de lijnen uitzette, niet een wildvreemde volledig onbekende juffrouw met de onwaarschijnlijke naam Memola. Dat was toch geen naam. Hij dwaalde af.

De koffie werd gebracht. Het gaf hem wat meer bedenktijd. Hij was geen man van lange ingewikkelde overpeinzingen. Hij was graag recht voor zijn raap. Hij gaf toe dat hij een pesthekel had aan zijn zwager. Zijn zwager hing rechtstreeks aan de auto-industrie en daarmee ook zijn gevoelens.

Ze vond zijn antwoord in ieder geval eerlijk, hoewel niet erg diepgaand. Ze wilde weten waarom hij zo'n hekel had aan zijn zwager.

Mark twijfelde. Hij zuchtte eens diep. Moest hij hier wel antwoord op geven. Wat had zij hiermee te maken. Op de een of andere manier had hij toch het gevoel dat dit wel eens echt een cruciaal gesprek kon zijn die de toekomst van de planeet kon veranderen. Hij zuchtte nogmaals, haalde nog eens diep adem, keek haar aan en besloot haar vraag eerlijk te beantwoorden. Zijn zwager had zijn zus ernstig in verlegenheid gebracht. Hij gaf toe dat hij op de een of andere manier nooit van zijn zus had vernomen wat er precies gebeurd was.

" Ze waren meer dan dertig jaar lang onafscheidelijk geweest. Ze hadden een prima huwelijk, leefden voor en met elkaar en hun vier kinderen. De scheiding kwam volledig uit de lucht vallen. Sindsdien is mijn zus vrijwel uit het openbare leven verdwenen en doet mijn zwager alsof hij god is en zich alles kan permitteren. Mijn zus wil mij niet meer spreken en mijn zwager isoleert zich volledig." Hij sprak heel bedachtzaam, alsof hij zichzelf toesprak en de situatie voor zichzelf analyseerde.

Memola knikte. "Stel dat die auto-industrie onderuit zou kunnen worden gehaald door een nieuwe aandrijving", suggereerde Memola. "Zou jij een dergelijk initiatief financieel willen steunen?"

Mark keek Memola serieus aan en knikte.

"Je beseft dat dit een investering vraagt van meerdere honderden miljoenen en de nodige tijd. Hoeveel zou je voor dit doel bereid zijn te reserveren ?" Ze vroeg het alsof het een bagatelletje was.

Hij keek haar aan en vroeg meteen naar de financieringsvorm. Zijn voorkeur zou een lening zijn met gunstige voorwaarden. Geen risicodragend kapitaal, hij had geen verstand van auto's of de automarkt.

Hij was er dan ook absoluut niet in geïnteresseerd. Maar om zijn zwager een hak te zetten, zou hij best bereid zijn een bedrag te lenen aan een dergelijk initiatief.

Memola maakte hem duidelijk dat er een totaal bedrag van ongeveer vijfhonderd miljoen nodig zou zijn om een productielijn op te zetten nadat alle ontwerpen etc. beschikbaar zouden zijn. Die basisinvestering voor ontwerpen, technische samenstelling, materiaalkeuze etc. was al via een al bestaande financiering geregeld, de door Mark ter beschikking te stellen lening zou puur en uitsluitend nodig zijn voor de productielijn.

Mark knikte en eiste een hypotheek op het pand en het volledige machinepark en alle voorraden. Memola stak haar hand uit ter bevestiging van de deal. Hij schudde haar hand.

Toen het goed en wel tot hem doordrong wat hij net voor een deal had gemaakt zakte zijn mond open en krabde hij zich eens op zijn hoofd. Goed, het bedrag was weliswaar van enorme omvang maar voor hem probleemloos op te hoesten. Hij had alleen nooit van zijn leven gedacht dat hij zoveel geld zou investeren in de auto-industrie. Gelijk daaroverheen gniffelde hij. Zijn zwager, de ex van zijn zus, een loer draaien, daar genoot hij nu al van. Hij zat gewoon te genieten bij het idee. Toen drong tot hem door dat hij geen flauwe notie had wat die nieuwe auto dan wel tot een succes zou maken en waarom die de huidige auto's van de markt zou stoten.

Memola dronk haar koffie op. Ze begon tegen Mark aan te praten over de nieuwe auto, over de geweldige structuur, de zeer moderne vormgeving, waarvoor zijn dochter nu de uiterlijke kenmerken zou kunnen aankaarten, waren natuurlijk van het allergrootste belang. Ze zou graag zien dat hij zijn dochter sterk zou stimuleren om de ontwerpen super uniek en uitermate aantrekkelijk te maken. Misschien had hij nog wel suggesties voor hen met betrekking tot die vormgeving of het interieur. Ze keek hem uitnodigend aan. Hij was zijn gedachtegang over het gebrek aan informatie helemaal kwijt en was nu gefocust op zijn dochter, haar opdracht en het belang daarvan.

Ze bedankte hem voor de koffie en beloofde om de week erop, zelfde tijd, zelfde golflengte hier weer te zijn voor het vervolg, bijvoorbeeld de papieren inzake de lening. Een week daarna zou zij hem een eerste prototype laten zien. Daarna zou de lening van kracht moeten worden. De eerste aflossing en rentebetaling na twaalf maanden. Ze schudde hem de hand en wandelde weg.

Mark bleef verrast en overdonderd achter. Hij pakte een notitieblokje en schreef op wat er volgens hem was afgesproken en wanneer de volgende afspraken zouden zijn. Hij ging weer achterover zitten en was volledig verbaasd wat hem was overkomen. Hij was hierheen gekomen om iemand te bewegen om de opdracht aan zijn dochter terug te draaien en nu was de situatie zo dat hij zijn dochter zou gaan stimuleren om schitterende ontwerpen te creëren. Zijn dochter zou wel eens een belangrijke ontwerper kunnen worden als die auto's echt een succes zouden worden. Zijn dochter was belangrijk in dit verhaal. Hij rekende de koffie af en vertrok.

Hoofdstuk 8

Memola wandelde rustig terug naar de loods. Ze was er van overtuigd dat ze niet gevolgd zou worden. Ze wilde snel terug naar haar ruimteschip om de gegevens te onderzoeken van de basis vloeistof van haar zonnepanelen. Ze pakte haar spulletjes en vertrok meteen. Ze wilde op het ruimteschip pas eten. Ze nam wat hapjes mee voor onderweg. Het duurde tenslotte toch nog enkele uren voor ze weer thuis was. Het was alweer donker buiten. Snel schoot ze omhoog en dacht na over de verschillende uitvoeringen van de auto's.

Terug in haar eigen ruimte op het ruimteschip maakte ze een uitgebreid avondeten. Ze liet de boordcomputer de gelei van haar zonnepanelen analyseren en bestudeerde de gegevens tijdens het eten. Ze at met smaak. De gelei had eigenlijk geen andere functie dan de geleidingsvloeistof op zijn plaats te houden. De geleidingsvloeistof was een superdun laagje gedistilleerd water. Ze was er zelf een beetje verbaasd over maar wel opgelucht. Ze liet gelijk de computer de markt analyseren inzake de aankoop van gedistilleerd water in dezelfde zuiverheidsgraad als het water in de zonnecellen. Dat bleek minder eenvoudig te zijn dan ze had gedacht. De zuiverheid bestond wel maar was slechts op drie plaatsen en in beperkte hoeveelheden beschikbaar. Ze was behoorlijk teleurgesteld. Ze bekeek de proeven die ze hier zelf had uitgevoerd de vorige dag. Ze liet de computer een hoeveelheid gewoon gedistilleerd water in de loods bezorgen. De computer gaf aan via welke weg het gewone gedistilleerde water verder kon worden gezuiverd. Ze bestelde ook de apparatuur die nodig was voor die verdere zuivering. Weer een extra klus. Ze besloot vroeg naar bed te gaan en weer bijtijds naar de loods te gaan.

Ze sliep uitstekend. De medic beoordeelde haar fysieke toestand en vond dat ze meer vitaminen moest nemen. Bij haar ontbijt werden die door het systeem aangeleverd. Ze nam ze getrouw in en ontbeet uitgebreid. Het smaakte haar prima. Net voor ze weer wilde vertrekken kwam er een uitgebreid bericht binnen van haar fiscalist. Het was de reactie van de curatoren van de autofabriek. Ze kopieerde alle gegevens in haar info-tablet en vertrok.

Het was nog donker toen ze de loods in reed. Ze parkeerde en wandelde naar het kantoor. Ze was mooi op tijd. Ze nam koffie en bekeek de gegevens van de curatoren. Natuurlijk vonden ze de voorwaarden niet aanvaardbaar. Ze vonden dat het ook niet aan hen was om van de overheid een bijdrage te eisen inzake de kosten van de werknemers.

Ze wilden een bedrag voor het pand en een bedrag voor de machines. Beide claims hielden in feite in dat het bedrijf niet werd overgenomen maar dat ze delen van de goederen zou kopen. Het pand met de ondergrond en de machines. Eigenlijk vond ze het maar niks. Wat moest ze met allemaal machines die waarschijnlijk, gezien de meegeleverde lijst, zwaar verouderd waren en dus alleen maar een oud-ijzerprijs waard waren. Ze wist ook niet of het pand voldeed aan moderne eisen en of de fijnere werkzaamheden, die ze wilde toepassen, wel uitvoerbaar waren in een oude loods. Ze realiseerde zich dat ze het pand helemaal niet kende. Haar animo was duidelijk bekoeld. Ze besloot eerst met Dirk te praten over de fabriek.

Even later kwam Dirk binnen. Hij was goed gehumeurd. Het ging goed met zijn dochter. Ze ging zelfs al weer naar school. Hij was duidelijk in zijn schik.

Memola vroeg hem naar het fabriekspand en begreep dat het al behoorlijk oud was en bepaald niet geschikt was voor de verfijndere bouwactiviteiten van de nieuwe auto's.

Memola besloot de zaak een paar dagen te laten liggen. Ze zou zich richten op een ander of een heel nieuw pand. Misschien een optie voor Angelica. Een gebouw ontwerpen met een bijzondere uitstraling. Ze moest eigenlijk ook nog een naam bedenken voor het bedrijf en voor de typeaanduiding voor de auto's. Angelica zou het druk krijgen.

Ze vroeg Dirk om alle werkzaamheden die nodig waren om het frame te bouwen te omschrijven. Stap voor stap. Daarbij moest hij ook al het benodigde materiaal omschrijven. Dirk keek haar een beetje bedenkelijk aan. Memola legde uit dat hij de omschrijving van het materiaal kon terugvinden op de aflevergegevens van de leveranciers. Ze dronken de koffie op en gingen aan de slag. Memola met haar proefnemingen met de basisstof en de elementen en Dirk met zijn beschrijvingen. Beiden werden voortdurend gestoord door leveranciers die allerlei materialen kwamen afleveren. De dag vloog om. Haar experimenten schoten niet op. Pas de volgende ochtend werd het gedistilleerd water gebracht. Ze was voortdurend in de weer om daarmee te experimenteren. Uiteindelijk begreep ze dat er toch een andere oplossing moest komen. Ze probeerde een groot aantal combinaties, zelfs de materialen alleen maar niets voldeed ook maar enigszins aan haar wensen.

Ze besloot toch maar een paar liter sterk gezuiverd gedistilleerd water te kopen. Het zou natuurlijk weer een paar dagen duren voor die zouden worden geleverd. Ze zuchtte maar zag nog geen andere optie.

Ze begon de verslagen van Dirk te lezen en stelde gelijk een productieplan op om de verschillende productielijnen uit te zetten. Dirk had prima werk geleverd. Ze begreep precies wat hij bedoelde en hoe de verschillende werkzaamheden elkaar opvolgden.

Ze maakte zelf ook nog drie productielijnen voor de aandrijving, de buitenschillen en het binnenwerk. Daarna het samenstellen van het geheel, het begin was het frame, daarna de aandrijving met opslagcapaciteit voor de energie, de verbindingen naar het dashboard, het plaatsen van het dashboard met alle verbindingen.

De verlichting Daar stond ze nog even apart bij stil. Deels was die nog afhankelijk van het buitenontwerp. Zo was ze toch behoorlijk druk.

Ze schatte in hoeveel meters elk van de productielijnen nodig zouden hebben en schrok toch nog wel een beetje van de enorme afmetingen.

Dat was nog los van alle materiaalopslag, aanvoerlijnen en de opslag van elk van de deelproducten en de eindproducten.

Ze besloot eens te puzzelen over de optie om op een vaste plek een hele auto te monteren. Natuurlijk was daarvoor een forse hoeveelheid ruimte nodig in verband met alle voorraden maar er was dan geen apart transportsysteem nodig, alle deelproducten moesten ter plaatse worden opgeslagen om ze te kunnen benutten zodra ze nodig

waren. Ze bekeek het productie-
aansturingssysteem dat ze wilde gebruiken.
Het systeem was nog te eenvoudig maar ze
kon het zo inrichten dat de werkvolgorde
afhankelijk was van het te monteren
onderdeel. Het systeem moest die volgorde
voorschrijven. Ze wist dat ze dit prima in het
systeem kon verwerken en deed dat dan
ook meteen. Het was wel een hele klus
maar ze keek er tevreden naar toen het
klaar was. Ze besloot de hele volgende
week te benutten om samen met Dirk een
auto te bouwen en te zien of het systeem
goed was. In principe hadden ze alle
materialen in de loods opgeslagen, dus die
zou prima als experimenteel productiepunt
kunnen functioneren.

Ze besprak de optie met Dirk, die het een
prima idee vond. Ze vertelde Dirk dat ze
heel tevreden was over de manier waarop
hij de gegevens had verwerkt over de
productiemethode en samen zouden ze de
productie stap voor stap volgen en
uitvoeren. Daar waar nodig of nuttig zou het
proces worden aangevuld of aangepast.

Ze stuurde Dirk naar huis voor een middagje extra verlof en ging zelf naar de afspraak met Angelica. Ze moest bekennen dat ze best nieuwsgierig was naar de ontwerpen en ook hoe haar vader naar haar toe had gereageerd.

Ze was keurig op tijd en ging op hetzelfde plekje zitten als de vorige keer. Angelica was ook bijtijds en zag er stralend uit. Ze bestelden koffie en Angelica begon een beetje voorzichtig met een zakelijk punt. Ze hadden geen afspraken gemaakt over haar vergoeding als er iets met de ontwerpen zou worden gebruikt in de praktijk.

Memola glimlachte. Het was duidelijk. Pa haar haar zijde gekozen. Ze opperde dat Angelica daar vast wel een oplossing voor in petto had en keek haar vragend aan.

Angelica stuntelde een beetje en opende de aktentas die ze bij zich had en nam daar enkele blaadjes uit. Ze gaf die aan Memola, bijna met haar verontschuldigingen. Memola bestelde koffie en las de blaadjes snel door. Het was een bekend geheel, een relatief klein bedrag voor het maken van de ontwerpen voor de opdracht en vervolgens een vergoeding per keer dat het feitelijk werd toegepast. Memola schreef er iets bij over vrij gebruik in reclame en foldermateriaal.

Ze gaf het aan Angelica die het daarmee eens was. Beiden tekenden de voorwaarden in tweevoud. Er was een apart blad voor de gerichte opdrachten. Memola schreef daarop met de hand de opdracht voor het ontwerpen van de uiterlijke vormgeving van vier automodellen. Ze besloot de opdracht voor alle duidelijkheid aan te vullen met de aanduiding dat dit inclusief naamstelling van de modellen en kleurvarianten was. Angelica las de omschrijvingen, knikte en parafeerde de opdracht.

Angelica borg haar papieren op, pakte haar portfolio en nam er een behoorlijk aantal schetsplaten uit. Ze gaf de bladen een voor een aan Memola die met grote belangstelling de platen bekeek. Ze had er een vreselijk goed gevoel over. De modellen waren lang en slank en straalden snelheid uit. De deuren gingen naar boven open, ook de achterdeur van de bagageruimte. De neus was vrij kort maar wel een beetje taps toelopend waardoor de aerodynamische uitstraling sterk aanwezig was. Het opmerkelijke was toch wel dat vrijwel de hele bovenkant van de modellen doorzichtig was. In het glas was de kleur verwerkt van de rest van het model. In sommige voorbeelden donkerblauw, in een andere helrood, in weer een andere zachtgroen. Het betekende wel een nadrukkelijke aanpassing in de glaslijn. Ze zou moeten nagaan of die dakpanelen elders gegoten of gespoten konden worden, dus kant en klaar aangeleverd. Ze moest nog wel de zonnecellen toevoegen, ook doorzichtig in dezelfde kleuren? Maar ze moest toegeven ze zagen er prima uit. Onderaan elk van de pagina's stond een naam van het model. Dat bestond nu nog uit een enkel modelnummer. Ze attendeerde Angelica er op dat ze graag de feitelijke modellen van een naam voorzien wilde hebben. Verder wilde Memola ook graag nog een naam voor de autofabrikant van haar horen. Ze gaf aan dat ze dik tevreden was met de ontwerpen. Nu moest de binnenkant nog ontworpen worden, het dashboard met twee grote touchscreens Memola maakte een eenvoudige handschets om het aan te geven. In de deuren zouden enkele knoppen moeten komen voor bepaalde functies, mogelijk ook via een touchscreen. Stoelen, achterbank, met leuningen etc. De rails voor de deuren zouden zichtbaar blijven, misschien dat daar nog iets mee gedaan kon worden. Ze boomden over andere uitvoeringen en alternatieven en suggereerden allerlei opties. Ze dronken een glaasje op de samenwerking en Memola beloofde de eerste aanbetaling aan haar over te maken. Ze namen afscheid en spraken af voor de week er na. Memola bekende dat ze nog met Angelica's vader had gesproken. Angelica stapte daar meteen op in. Hij leek wel te zijn veranderd. Hij was helemaal niet meer zo negatief. Je zou zelfs kunnen zeggen dat hij positief stond tegenover haar werk voor de auto-industrie. Ze vond het onbegrijpelijk.

Memola betaalde voor de koffie en het drankje en wandelde gezellig even met Angelica mee door het winkelcentrum. Ze nam de portfolio van Angelica mee en liep terug naar de loods. In het kantoor prikte ze alle bladen aan de muren. Het gaf meteen een hele vrolijke sfeer.

Ze zocht via haar info-tablet naar bedrijven die de doorzichtige dakplaten zouden kunnen maken. Ze moest ook nog aan de slag met de zonnecellen. Ze kon moeilijk het hele dak volleggen met kleine zonnecelletjes. De auto hoefde niet te vliegen dus de uitrusting hoefde maar heel beperkt te zijn. Een snelheid van 320 kilometer per uur zou voldoende zijn. De veiligheid van de inzittenden was daarbij wezenlijk van belang. Kruislingse riemen zouden noodzakelijk zijn. Die riemen konden het best aan de stoel vastzitten en niet aan het frame van de auto. De stoelen moesten dus zeer stevig zijn en zeer vast zitten aan de bodem. Misschien moest die wel volledig vergrendeld zijn. Zo overpeinsde ze de opties. Met het lijstje aan leveranciers ging ze bellen voor afspraken. Ze prikte vooral de woensdag voor die bezoeken. Vier leveranciers kreeg ze uiteindelijk te pakken. Ze besprak de problematiek en de wensen. Ze wilde zich ter plaatse overtuigen.

Daarna wandelde ze naar het winkelcentrum voor het overleg met Mark, de vader van Angelica. Hij wachtte al op haar in de koffieshop. Ze namen de papieren van de leningsovereenkomst door en tekende die. Memola had volledige vrijheid om het geld te besteden mits het merendeel betrekking had op de aanschaf van onroerend goed waar hypotheek ten gunste van de uitlener moest worden gevestigd. Ze dronken nog een glaasje op de samenwerking en Mark vertrok. Memola had niet gedacht dat dit zo eenvoudig zou lopen. Ze nam haar papieren mee en borg die op in de auto. Ze vertrok gelijk naar haar ruimteschip. Ze had een paar liter van het speciaal gedistilleerde water meegenomen. Ze wilde het weekend benutten om een en ander nader uit te testen.

Ze had een merkwaardig gevoel over de werking van de zonnecellen. Ze begon vanaf het begin. Eerst alleen met de basismaterie van de zonnecel zonder ook maar enige toevoeging. Tot haar verrassing gaf dit al een heel behoorlijk resultaat. Ze kreeg het rare gevoel dat de vloeistof meer opvulling was dan dat het een versterkend effect had. Ze testte de actieve stof van de planeet om na te gaan of die iets speciaals had. Ze maakte er een staafje van en testte de werking. Het was een actieve materie. Ze experimenteerde met een plat laagje tot een vierkante staaf. De werking en de energie-opname en geleiding bleef gelijk al naar gelang de massa gelijk bleef. Ze verwarmde de stof waardoor de massa smolt of eigenlijk alleen maar verweekte. Het bleef dikvloeibaar zonder zijn massa te verliezen. Ze streek het uit. Tot haar verrassing werkte de stof beter als het heel dun was. Ze maakte de laag alsmaar dunner maar de energie doorgifte bleef gelijk. Ze nam uiteindelijk een microscoop en maakte de laag alsmaar dunner. De werking bleef gelijk. Ze deed een stap achteruit om naar het laagje te kijken en stelde tot haar verrassing vast dat het licht er grotendeels doorheen scheen. De stof nam dus lang niet alle energie op. Ze probeerde het uit op een grotere plaat. Er werd veel meer energie geabsorbeerd en doorgegeven maar er bleef best wel veel licht door de glasplaat heen schijnen. Ze experimenteerde verder met een rol aan het eind van een strook om de energie die werd opgenomen zo snel mogelijk door te leiden naar de opslagmodus in de rand. Uiteindelijk was ze best tevreden met het resultaat. De hoeveelheid energie die kon worden opgewekt was ondanks de extreem dunne laag zeker tien keer zo hoog als bij haar eigen zonnecellen. Dit was waar ze naar gezocht had.

Ze bekeek meteen op de info-tablet waar de stof ter plaatse werd gevonden. Vooral de aanrechtbladen waar de stof in voorkwam interesseerde haar. Ze probeerde de stof chemisch te analyseren maar had daarvoor niet de juiste apparatuur. Ze was zeer tevreden. Nu moest ze nog een methode ontwikkelen om de beschikbare energie snel aangeleverd te krijgen zodat een fors gebruik, zoals bij hoge snelheden nodig was, ook feitelijk kon worden afgenomen. Daarna moest die worden doorgeleid naar het besturingssysteem. Als dat maar genoeg energie kreeg aangeleverd kon die de snelheid tot hele grote hoogten opvoeren. Ze besloot een plak te maken dat even groot was als de huidige energiedoos in de vliegauto. Ze gebruikte twee doorzichtige kunststofplaten en streek een superdun strookje van de stof op een plaat en dekte die weer af met de andere. Ze monteerde de contactset van de gewone doos en was benieuwd naar het effect. Ze monteerde de plaat in de vliegauto en testte heel voorzichtig of het überhaupt werkte. Ze verfijnde de energie afname en begon heel langzaam en voorzichtig met haar testen. De vliegauto reageerde perfect. Ze besloot meteen via de luchtsluis naar buiten te gaan en de vliegauto buiten te testen. Ze was meer dan tevreden. De auto ging inderdaad tien keer zo snel. De energievoorraad was echter ook sneller opgebruikt, dus zou ze een extra systeem nodig hebben om voldoende energie beschikbaar te hebben. Ze vroeg zich meteen af of het opslaan van energie ook met deze wondermaterie zou kunnen plaatsvinden. Ze was de rest van het weekend bezig met het testen van de opslagcapaciteit. Uiteindelijk kon ze een forse hoeveelheid energie opslaan in een box ter grootte van de oude energiedoos alleen was de capaciteit ongeveer honderd keer zo veel. Ze was dik tevreden. Nu moest ze nog uitzoeken hoe klein de hoeveelheid moest zijn voor een auto die alleen maar op de weg hoefde te rijden. Ze had alle gegevens steeds in haar boardcomputer gezet. Ze liet nu de computer uitrekenen welk formaat nodig was voor het rijden met een auto van een bepaald gewicht gedurende honderd uur. Het bleek niet meer dan een plukje te zijn, niet groter dan een luciferhoutje. Ze liet de computer een opslagcapaciteit berekenen voor vijfduizend uur. Er kwam een prima, handzaam blok uit. Ze liet het in een ovale vorm manipuleren en de computer gaf precies aan hoe die gevormd kon worden. Zo paste die prima in het frame van de auto.

Ze was heel tevreden over de resultaten van haar experimenten. Ze trakteerde zichzelf op een uitgebreid diner. Ze begreep van de computer dat het inmiddels al wel zondagmorgen was en dat ze dus bijna het hele weekend had doorgewerkt. Ze nam een heerlijke douche en ging naar bed. Ze sliep diep en lang. Ze was bijtijds op hoewel ze verwachte veel minder tijd nodig te hebben om naar de loods te gaan, ging ze toch vroeg op pad. Ze kwam supersnel bij de loods. Ze was dik tevreden.

Hoofdstuk 9

Ze landde voorzichtig en langzaam. Rustig vloog ze de loods in. Ze stapte helemaal tevreden uit en wandelde naar het kantoor. Ze nam de energiebox voor de auto en de bijbehorende gegevens mee. Ze kopieerde de gegevens vanuit haar info-tablet in de computers en onderzocht de leveranciers van de verschillende onderdelen. Ze bekeek ook welke bedrijven eventueel delen van de productie zouden kunnen uitvoeren binnen hun bestaande productiesystemen. Dit was wel heel lastig om vast te stellen. Ze had iemand nodig die veel wist van de verschillende productiebedrijven. Wie zou ze kunnen benaderen. Ze kende maar heel weinig mensen op de planeet. Ze zou eens met haar fiscalist en misschien ook nog met

Mark en Angelica praten. Ze herinnerde zich dat ze deze week de productiegegevens zouden testen door een auto te bouwen. Ze nam een kop koffie en begon vast alle gegevens in een apart bestand te laden zodat ze hun vorderingen precies bij konden houden. Dirk kwam binnen en was blij haar te zien. Hij nam ook koffie en liep in alle rust langs de aan de muur prijkende tekeningen van de automodellen. Hij was erg enthousiast. Ze gingen aan de slag. Alle onderdelen waren op voorraad volgens de computer. Ze werkten flink door en Memola ging 's avonds alleen ook nog door. Nu ze snel naar het ruimteschip kon, had ze meer tijd voor het samenstellen van de onderdelen en vervolgens het assembleren van de auto zelf.

De eerste week besteedden ze veel tijd aan het samenstellen van de onderdelen. Vrijdags had Memola nog een gesprek met Angelica en daarna ook nog met Mark. Ze vroeg daarin ook hun mening over een persoon die voldoende kennis had van productielijnen bij andere bedrijven om delen van de productie onder te brengen. Er kwamen geen behoorlijke voorstellen. Angelica had prima voorstellen voor de binnen-afwerking van de auto's. Ze nam de tekeningen mee en liet ze zien aan Dirk. Omtrent de naam van het bedrijf had Angelica wel wat voorstellen maar ze was er zelf niet erg enthousiast over. Ze besloten verder te zoeken.

Met Mark was er nog discussie, welke bank ze zouden inschakelen. Memola had daar nog niet bij stilgestaan maar zou haar fiscalist daarover raadplegen. De familie van Mark had geen eigen bank. Het was opeens wel een punt van discussie geworden.

De tweede week van hun gezamenlijke bouwactie verliep vlot. Het samenvoegen van de verschillende onderdelen was redelijk eenvoudig als je de goede werkomgeving creëerde. Het laatste pakket was wel moeilijk. Het dak, met de zonnecellen in de nieuwe vorm, moest nog ergens vandaan komen. Ze gebruikten nu nog een dakpaneel van aluminium maar het moest doorzichtig worden. Tenzij de kosten toch te hoog zouden oplopen. Het zonnecellen-paneel werkte nu als een soort doorzichtig schuifdak, in een verder vast frame. Het frame was al aardig gevormd in de uitvoering van het ontwerp van de grote familie auto.

De kleur was helrood met een zacht grijze binnen-afwerking. Ook het dasboard had een rood-grijze gloed. Dirk was heel enthousiast. Hij suggereerde zelfs dat het wel eens beter zou kunnen zijn om deze auto met het aluminium dak zo te laten.

Eerst moest de auto getest worden en samen gingen ze op pad. Ze besloten alleen in het donker te rijden zodat de auto niet al te veel aandacht zou trekken. Het was tenslotte best wel een prachtig exemplaar. De testen verliepen uitstekend.

Ze besloten Mark en Angelica uit te nodigen voor een testrit. Zelf waren ze enthousiast over de rijcapaciteiten, de besturing en de wendbaarheid.

Memola belde hen op en vooral Mark was volkomen verrast dat er nu al een prototype zou zijn. Memola merkte een zeer vergenoegde reactie van Mark. Kennelijk had hij toch zijn twijfels gehad.

Ze besloten een afdekdoek over de auto te doen en de auto achter het winkelcentrum te parkeren. Memola zou dat 's morgens vroeg doen, terwijl het nog donker was. Ze zouden daarna naar de koffieshop wandelen en elkaar daar ontmoeten. Dirk zou ook meegaan, zodat iedereen, iedereen zou kennen.

Memola was verreweg de eerste die bij de koffieshop aan kwam. Ze nam er in alle rust een uitgebreid ontbijt en ontspande. De juffrouw van de koffieshop kende haar inmiddels en ze knoopte een gesprekje aan. Memola wilde weten wat er in de lokale politiek aan de orde was. De juffrouw van de koffieshop vertelde dat er nogal wat onrust was omdat er kennelijk meerdere figuren geïnteresseerd waren om de gesloten autofabriek weer op te starten.

Memola was volkomen verrast door deze mededeling. Ze had er niets over gehoord.

Wie zou er nou geïnteresseerd kunnen zijn in die oude fabriek met zwaar verouderde machines en productielijnen.

De juffrouw van de koffieshop vertelde dat er gesuggereerd werd dat de oude eigenaar die zelf de boel failliet had laten gaan, nu probeerde zijn eigen spulletjes voor een zacht prijsje terug te kopen en de bank met het verlies te laten zitten. Memola wilde weten welke bank dat dan wel was maar dat wist ze niet.

Ze praatten nog wat over koetjes en kalfjes totdat Dirk binnen kwam.

Ze gingen aan een tafeltje zitten en namen koffie. Angelica en Mark kwamen binnen en ze begroetten elkaar en dronken samen nog wat. Mark betaalde en samen wandelden ze het winkelcentrum uit. Memola wees de weg.

Ze sloegen twee keer een hoek om en kwamen aan bij de auto waar de doek nog omheen zat. Memola knikte naar Dirk en Dirk trok de doek van de auto af. Ze stonden in een verlaten straat in een zijhoekje naast een groot flatgebouw. Zowel Angelica als Mark keken verrast naar de auto. Angelica stamelde "Wat is ie mooi", ze deed twee stappen naar voren en streelde de auto. Mark knikte bewonderend. Hij was duidelijk onder de indruk. Memola haalde de afstandsbediening uit haar tasje en opende de vier deuren. De deuren gleden omhoog uit het zicht. Ze stapten in, Memola en Dirk voorin, Angelica en Mark achterin.

Memola tikte op de startknop en je voelde de motor starten doordat de auto licht trilde. Je hoorde niets. Memola sloot de deuren en reed langzaam weg. Het was daglicht. Ze reed om het winkelcentrum heen. Daarna om het industrieterrein en vervolgens richting de grote weg. De auto viel op. Ze zag verschillende voorbijgangers en andere automobilisten die de auto nakeken. Angelica en Mark waren enthousiast. Achterin zaten ze zeer comfortabel. Ze bewonderden het dashboard en vonden die zeer modern van vormgeving en uitvoering.

Op de grote weg versnelde Memola tot een snelheid van tweehonderd kilometer per uur.

Ze besloot niet harder te gaan omdat dit voor nu ruim voldoende was. Mark was super enthousiast. Tweehonderd kilometer en je voelde niets. De auto was nog steeds volkomen stabiel. Mark werd bijna lyrisch.

Memola keerde terug naar de plek waarvan ze waren vertrokken en liet Mark en Angelica, samen met Mark uitstappen. Zelf reed ze terug naar de loods.

Dirk kwam een half uurtje later. Ook hij was dol enthousiast.

Mark belde nog geen kwartier later. Hij was helemaal door het dolle. Hij wilde er meteen tien hebben, de prijs was niet belangrijk. Misschien zelfs wel meer. Memola vertelde hem dat ze de bestelling had genoteerd maar dat de aflevertijd nog moest worden vastgesteld. Mark wilde graag de huidige productieruimte zien maar Memola hield die boot af.

Memola en Dirk overlegden hoe ze nu verder zouden gaan. Memola wilde nog met haar fiscalist overleggen en besloot voor een paar dagen op pad te gaan. Het was inmiddels donderdag en Memola gaf Dirk vrij af tot maandag. Ze wilde nog wat dingen doen. Dirk nam enthousiast afscheid en Memola vertrok voor overleg met haar fiscalist.

Onderweg nam ze contact op met haar fiscalist en maakte een afspraak voor een paar uur later. In Centra, waar de fiscalist zijn kantoor had was het nog vroeg in de morgen, dus had ze alle tijd om de auto in een parkeergarage te parkeren op een donker plekje. Ze wilde met de vliegauto niet opvallen. Hij zag er weliswaar redelijk onopvallend uit qua kleur, maar het uiterlijk was natuurlijk toch uniek.

Ze vloog stug door en landde snel en vanuit zee op een landweggetje. Ze had het idee dat ze niet was gezien. Langzaam reed ze naar de grote weg en reed met de grote stroom mee de stad in. In het centrum parkeerde ze de auto in een ondergrondse parkeergarage en vond zowaar een redelijk achteraf hoekje waar hij niet te erg zou opvallen. Ze besloot alsnog de doek die ze voor de nieuwe familieauto hadden gebruikt over de vliegauto te gooien. Zo zou die misschien toch nog minder opvallen. Ze knoopte de doek vast om de vliegauto en wandelde weg. Ze liep het centrum in en kwam bij de markt uit. Ze ging op een terrasje zitten, hetzelfde terrasje waar ze enkele weken geleden had gezeten en bestelde koffie. Ze keek of ze de zeeman zag die enkele weken geleden met de energieboxen hier had gestaan maar ze zag hem niet. Ze had nog ruim een half uur voor de afspraak met de fiscalist.

Ze wandelde twee straten terug het centrum in en nam de straat naar het zakencentrum. Ze liep het kantoorgebouw binnen en ging met de lift omhoog. Op de zesde verdieping stapte ze uit.

Tot haar verrassing was er een groot rumoer op de gang. Ze wilde naar het kantoor van de fiscalist lopen maar er stonden zeker twintig mensen voor zijn deur. In de deuropening stond een levensgrote politieagent. Ze keek langs de agent naar binnen en dacht een man in een zachtgroen tenue te zien. Dit was de typische kleding van een ambulance medewerker.

Ze wurmde zich door de groep mensen heen en vertelde de agent dat ze een afspraak had met de fiscalist. De agent knikte en riep naar binnen, naar een collega, kennelijk een rechercheur, die daar bezig was.

De rechercheur kwam naar hen toe en nodigde haar uit om binnen te komen. Op verzoek van de rechercheur sloot de agent de ingangsdeur en ging zelf voor de deur staan en maande de mensen om door te lopen.

In de ontvangstruimte, waar normaal de receptioniste zat en waar de mensen konden wachten voor ze bij de fiscalist naar binnen konden was het een enorme puinhoop. Stoelen lagen, soms kapotgeslagen maar allemaal op de grond, de kast was omgegooid en er was met een voet een gat getrapt in de achterkant. Overal lagen papieren. Memola keek geschrokken om zich heen. Wat was hier aan de hand?

Ze keek naar de rechercheur die haar wenkte om mee te komen, de werkruimte van de fiscalist in. Hij deed de toegangsdeur open en Memola zag dat het ook daar een grote chaos was. Ze stapte naar voren en liep de vrij grote ruimte in. De fiscalist zat aan de zijkant, bij het raam op een stoel en was duidelijk niet in orde. Hij hield een zakdoek voor zijn neus en had behoorlijk wat blauwe plekken in zijn gezicht. Hij keek haar een beetje beschuldigend aan. Memola kon een kreet van schrik niet tegen houden en sloeg haar hand voor haar mond. Ze keek met grote ogen naar de fiscalist.

De rechercheur begon tegen haar te praten maar ze hoorde hem niet echt, ze was helemaal overdonderd door de aanblik van de fiscalist. Ze liep naar hem toe en keek hem geschokt aan.

De fiscalist keek haar woest aan. Hij liet zijn zakdoek zakken en begon meteen te schreeuwen.

"Het ging allemaal om jou !!" riep hij, meteen wijzend naar haar. Memola was geschokt.

Wat had zij hiermee van doen. Ze wist hier niets van.

De rechercheur keek geïnteresseerd naar de fiscalist en vroeg hem met een hele rustige stem om te vertellen wat er was gebeurd. Hij pakte twee stoelen en zette die bij de fiscalist neer. De man in het lichtgroen bleek inderdaad een ambulance medewerker te zijn. Hij onderbrak het gesprek omdat hij eerst de patiënt wilde behandelen. Hij waste de handen van de fiscalist en daarna zijn gezicht. Hij stopte de bloeding van de neus en deed er een tweetal watjes in. Die moesten er een kwartiertje in blijven zitten. De rest moest gewoon met de tijd weer verdwijnen. Hij vertelde de rechercheur dat het allemaal oppervlakkige verwondingen waren, niets ernstigs maar hij zou er de komende twee weken niet erg appetijtelijk uit zien. De verpleegkundige nam afscheid en vertrok. De rechercheur had zich verdienstelijk gemaakt en voor alle drie een kop koffie gemaakt. De fiscalist dronk voorzichtig. Het smaakte hem duidelijk heel goed en leek hem ook wat rust te geven.

Op verzoek van de rechercheur vertelde hij wat er gebeurd was. Er waren drie gemaskerde personen met zwarte bivakmutsen op binnen gekomen. Zijn secretaresse werkte normaal alleen 's middags en was dus vanmorgen niet aanwezig. Hij maakte meestal alleen 's middags afspraken, behalve met vaste klanten, zoals Memola.

De deur zit normaal op slot zodat niet iemand zo maar zou kunnen binnenkomen.

Er werd aangebeld en de deur werd onmiddellijk tegen hem aangeslagen toen hij het slot er af haalde om de deur open te doen om te zien wie er had aangebeld. Hij werd meteen vakkundig door een van de drie tegen de grond gewerkt. Hij kreeg meteen enkele dreunen in zijn gezicht en was even weg. Toen hij weer bij kwam was het kantoor een enorme puinhoop. Een van de drie gemaskerde mannen vroeg hem naar het dossier inzake de aankoop van de autofabriek. Hij deed meteen een boksbeugel over zijn hand om duidelijk te maken dat er meteen weer klappen zouden vallen als hij niet meteen zou antwoorden. Hij had er op gewezen dat die bestanden alleen digitaal beschikbaar waren in zijn computer. Daarop hadden ze zijn computer van onder zijn bureau gepakt en hadden die meegenomen. Ze verdwenen meteen daarna. Daarop had hij meteen de politie gebeld en medische assistentie gevraagd.

Het waren drie grote forse knapen, meer kon hij niet vertellen.

Memola keek naar het bureau maar het beeldscherm stond er nog dus kon ze niets bijzonders zien, behalve dan dat het bureau als een van de weinige meubelstukken nog rechtop stond.

De rechercheur nam nog wat foto's maar deelde mee dat hij helaas niet anders kon dan het hele kantoor afsluiten. De onderzoeksrecherche moest nu alles vastleggen. Hij dacht dat ze wel een week nodig zouden hebben. Ze stonden op en

Memola en de fiscalist liepen samen naar buiten. Ze besloten samen even wat te gaan drinken om de schrik te verwerken en even te overleggen.

Ze vonden een plekje aan de zijkant van een koffieshopje op de eerste verdieping in een zijstraatje. Memola vroeg hem wie er van het dossier over de autofabriek op de hoogte was en wie er in dat dossier geïnteresseerd kon zijn.

De fiscalist had er geen idee van. Zijn contacten met de curatoren, namens een cliënt, was uitsluitend via het internet verlopen. Natuurlijk waren zijn kantoorgegevens daarbij zichtbaar gemaakt. Anderzijds kon hij zich maar moeilijk voorstellen dat die curatoren een potentiele koper negatief zouden benaderen.

Memola vertelde dat er in de omgeving van de failliete fabriek een gerucht de ronde deed, dat de oude eigenaar zich had gemeld als potentiele koper. Een tweede geïnteresseerde dus.

De fiscalist haalde zijn schouders op. Het zei hem niets. Hij moest erkennen dat die autofabriek voor hem echt een ver van zijn bed show was. Het had op geen enkele wijze zijn interesse gehad en hij had het gewoon gezien als een gril van een van zijn cliënten. Het was niet aan hem om de wensen van zijn cliënten te beoordelen.

Memola vroeg nog of zijn computer beveiligd was en de fiscalist grinnikte. Zijn computer was super beveiligd. Met al die vertrouwelijke gegevens van al zijn cliënten moest dat ook wel. Het zou de dieven niet meevallen in te breken in zijn bestanden en gegevens.

Hij grinnikte. Hij zag alles al voor zich. Hij vertelde Memola dat hij via een extern bedrijf zijn gegevens altijd kopieerde. Zodat hij er later via die weg altijd bij kon. Vaak wiste hij achteraf bestanden op zijn computer om die in een eigen extern archief op te bergen. Met dit dossier had hij geen bijzondere dingen gedaan. Alleen moesten ze het systeem op basis van klantnaam analyseren om de juiste gegevens boven tafel te halen. Ze hadden er dus waarschijnlijk niets aan of ze moesten alle bestanden laten analyseren om een link te kunnen leggen met de discussie over de overname van de failliete autofabriek.

Hi grinnikte opnieuw bij die gedachte. De inbrekers hadden hem nog wel een opdracht meegegeven. Hij mocht zich niet meer met de overname van de autofabriek bezig houden anders zouden er echt rake klappen vallen. Hij keek Memola rustig maar toch ook verwachtingsvol aan. Memola begreep zijn bedoeling en had er geen moeite mee om haar opdracht in te trekken.

De fiscalist vertelde dat hij de zaak al aangemeld had bij zijn inboedelverzekeraar en dat die binnenkort langs zou komen om de schade op te nemen. Hij wilde zijn kantoor eigenlijk gelijk helemaal opnieuw inrichten maar wist nog niet goed hoe.

Memola gaf hem het mobiele nummer van Angelica. Ze vertelde dat ze uitstekende ervaringen had met deze jonge dame, zonder er nader op in te gaan. Ze namen

afscheid en Memola wandelde rustig in de
richting van het grote plein.

Hoofdstuk 10

De markt was nog steeds aan de gang. Ze keek of de zeeman er nu wel stond en tot haar verbazing stond hij er nu wel. Op precies dezelfde plek en ze besloot langzaam naar de kraam van de verkoper van de energiedozen te wandelen.

De verkoper was op zijn manier voortdurend bezig met energieblokken uit de dozen te halen en ze er weer in te zetten. Ze ging rustig voor zijn kraam staan en de man keek haar verrast aan.

"mevrouw, wat fijn om u weer te zien en nog wel in levende lijve en ongeschonden. Geweldig. Ik had dit nooit gedacht. Mag ik u uitnodigen nogmaals plaats te nemen in de auto. Ik begrijp best dat dit voor u niet direct een erg aantrekkelijk voorstel is gezien uw ervaringen maar het gaat niet altijd hopeloos mis. Onze excuses voor wat er de vorige keer gebeurde. We weten nog steeds niet hoe alles zo vreselijk in het honderd heeft kunnen lopen. De hele overval op onze fabriek was natuurlijk al ongelooflijk en het kidnappen van onze directeur was al helemaal ongehoord. Hij biedt u zijn welgemeende excuses aan en hoopt dat u alsnog bereid bent met hem te overleggen en zijn excuses in persoon te willen aanvaarden."

Memola was een beetje overrompeld door de woordenstroom. Haar idee over de te verwachten uitnodiging was dus terecht geweest maar wilde ze dit wel. Waar zou dit toe leiden. Aan de andere kant was Johan misschien wel de man die verstand had van productielijnen. Hij had in ieder geval verstand van auto's. Ze proefde het begin van misschien wel een allesomvattende oplossing. Ze realiseerde zich maar al te goed dat Cor de kwade genius was die allerlei criminele methoden toepaste en waarschijnlijk ook degene was geweest die de fiscalist had laten toetakelen. Tenslotte was hij ook de man die de autofabriek failliet had laten gaan en zich mogelijk nu weer als nieuwe overnamekandidaat had gemeld. Dat deel van de puzzel leek wel te passen.

Meteen vroeg ze zich af welke rol Cor speelde bij de overval op de fabriek waar zijn zoon Johan de manager was. Ze had er een raar gevoel bij. Kon je als vader zo diep zinken dat je het leven van je eigen zoon op het spel zette. Aan de andere kant had hij heel bezorgd geleken over de gezondheid van zijn zoon toen hij bij haar was. Het had haar wel echt geleken toen. Het zou haar verrassen als hij zo'n goede toneelspeler was, aan de andere kant, hoe goed kende ze hem nu eigenlijk.

De verkoper, die zo leek op een zeeman strekte zijn hand uit naar de auto en knikte haar aanmoedigend toe. Ze moest het hem toegeven. Hij was uitermate vriendelijk en zijn verhaal was best acceptabel. Ze wilde Johan eigenlijk best wel in persoon ontmoetten. Haar mogelijk toekomstig algemeen directeur. Ze was duidelijk gecharmeerd van het idee. Ze nam een besluit. Ze knikte naar de verkoper en wandelde naar de gereedstaande auto. Ze keek rond om te zien of ze nu wel iemand zag die op haar lette maar ze kon ook nu niets bijzonders ontdekken.

Er lag nu geen papier op de bestuurdersstoel. Ze voelde aan de deurknop en de deur ging open. Ze stapte in en deed de deur dicht. Expres deed ze gewoon helemaal niets. De vorige keer had ze nog een sleutel gehad die ze in had gebruikt maar nu had ze die niet. Ze hoorde de auto reageren. Ze besefte dat nu de deur dicht was en zij door op de stoel te gaan zitten, bekend maakte, dat er iemand op die stoel zat, het automechanisme in werking was getreden. De auto begon langzaam te rijden en Memola keek om naar de verkoper. Hij stond glimlachend de auto na te kijken. De auto reed net als de vorige keer naar het uitkijkpunt bij de haven en veranderde daar zowel het interieur als zijn bewegingsmethode. Ook nu rees hij rustig omhoog en begon op een hoogte van een meter of drie langs de kust te vliegen.

Memola was overal op voorbereid en hield haar tas voor zich op haar schoot. Het beeldscherm kwam weer te voorschijn en Johan hield weer zijn standaard verhaaltje. Tot grote verrassing van Memola besloot Johan echter zijn verhaaltje met een duidelijk individueel toegevoegd bedankje aan haar adres voor het vertrouwen dat ze in hem had doordat ze nu aan boord was. "Tot zo," besloot hij met een glimlach.

Memola wist niet goed wat ze hiervan moest denken. Als hij haar had willen benaderen dan was er toch niets tegen geweest om haar rechtstreeks te benaderen of wist hij eigenlijk niet wie ze was. Dat was het. Hij reageerde alleen maar op iemand die was geïnteresseerd in de energiedozen. Ze was benieuwd. Ze zou zich heel afstandelijk en afwachtend opstellen. Het was tenslotte de zoon van Cor, de hoogst onbetrouwbare criminele auto-magnaat. Ook al dacht ze, dat hij echt gek was op zijn zoon.

Ze liet zich meevoeren met de vliegauto en bekeek de beelden van het plein op de locatie bij de opslagloodsen, waar ze ook de vorige keer was geland. Ze keek naar de horizon om te zien of er zich daar iets bijzonders afspeelde maar ze zag niets.

Ze passeerde de plek waar ze de vorige keer met de vliegauto landinwaarts was gedraaid en was neergestort. De vliegauto vloog rustig door en even later draaide die het land op. Al snel kwamen ze bij de loodsen en de vliegauto landde gewoon midden op het plein. De stoelen draaiden weer terug en de deur sprong open. Ze stapte rustig uit.

Een drietal, twee mannen en een vrouw stapten naar voren. De vrouw begroette haar en heette haar welkom. Ze vroeg of ze nog andere bagage had en toen Memola dit ontkende werden de twee mannen bedankt met een hoofdknikje. De twee groetten met een hoofdknik, draaiden zich om en liepen opzij weg.

De vrouw strekte haar hand uitnodigend uit in de richting van de grootste loods. Ze liepen gezamenlijk naar de loods. Memola keek om zich heen. Alles leek rustig en gecontroleerd. Het zag er schoon en verzorgd uit. Ook de gebouwen kwamen netjes over en zagen er goed onderhouden uit.

Ze liepen de grote loods in en sloegen gelijk rechtsaf. Memola zag dat de hal een assemblage systeem herbergde met een lopende band in het midden en een grote transportband langs het plafond. Er waren maar weinig geluiden. Dat verraste haar. Ook bij assemblage was er altijd wel geluid. Ze zag ook maar weinig activiteiten. Dit leek geen goed teken.

Ze naderden een afgesloten ruimte tegen de zijkant van de loods. Waarschijnlijk de kantoorruimten, veronderstelde Memola. Haar begeleidster opende de toegangsdeur en liet haar voor gaan het kantoor in. Ze volgde meteen en sloot de deur achter haar.

Het kantoor zag er modern en redelijk kleurrijk uit. Ze voelde zich er wel prettig, wat ze eigenlijk niet zo vaak had in kantoren. Ze liepen door een brede gang met links grote ramen met een enorme ruimte erachter met mannen en vrouwen achter grote tekenborden. De computer had kennelijk nog niet overal zijn intrede gedaan. Dat was een forse min op de rekening. Johan was niet echt modern. De rechterkant was een blinde muur. Al snel kwamen ze bij een dubbele deur aan de rechterkant. De begeleidster deed enkele snelle stappen en opende de deuren. Ze glimlachte en liet Memola binnen. Memola stapte over de drempel en was gelijk onder de indruk van het enorme imposante kantoor met grote donkerbruine kasten, dikke tapijten en een enorm bureau helemaal achterin. Midden in de zaal, want dat was het volgens haar, stond een enorme tafel goed voor een gezelschap van wel twintig personen. De massieve tafel en grote bijpassend stoelen met leuningen maakten duidelijk dat hier ook al het overleg plaats vond. De linker zijkant bestond uit grote ramen en keek uit over het plein. Helemaal achterin had iemand achter het bureau gezeten. De man was opgestaan en kwam naar haar toe lopen. De begeleidster sloot de deuren achter haar, terwijl ze zelf aan de buitenkant bleef.

De man was Johan. Ze herkende hem van de presentatie in de vliegauto. In de praktijk was hij iets langer dan ze had verwacht en ook iets steviger. Het was best een mannelijk type. Hij kwam voor haar staan en stelde zich voor als Johan. Hij noemde geen achternaam. Ze begroette hem eveneens met een knikje en stelde zich voor als Memola. Ook zij noemde geen achternaam. Johan nodigde haar uit om aan de grote tafel te gaan zitten maar dat vond ze niets. Ze pakte een stoel en zette die bij het raam. Ze nodigde Johan met een gebaar uit om daar te gaan zitten. Ze pakte een tweede stoel en zette die tegenover de andere stoel voor het raam en ging zitten. Ze keek Johan uitdagend aan en was benieuwd naar zijn reactie. Was hij gewend om initiatief te verwachten van iemand anders of vond hij dat helemaal niets?

Johan glimlachte alleen maar. Beoordeelde de situatie en vroeg of ze iets wilde drinken. Het was nog vroeg dus werd het koffie.

Tot haar verrassing wandelde hij naar een kast naast zijn bureau en haalde daar zelf koffie uit een gereedstaande koffiezetmachine. Hij zette twee koppen op een dienblad, waar al suiker, melk en lepeltjes op stonden, zette er twee glazen water bij en bracht het dienblad naar de grote vergadertafel. Hij excuseerde zich en liep naar een andere kast, achter de tafel. Hij haalde daar een kleine opvouwbare tafel uit en zette die tussen hen in. Daarna haalde hij het dienblad en zette die op de tafel.

Ze dronk de koffie zwart en hij reikte de kop aan en verwees naar het glas met water om eventuele dorst te lessen.

Hij ging tegenover haar zitten en nam een slok van zijn koffie. Memola nam een afwachtende houding aan. Het woord was aan hem.

Johan gaf aan dat hij in iedereen geïnteresseerd was die belangstelling had voor hun energiedoos. De energiedoos was een superuitvinding en iedereen die daar belangstelling voor had kon van toegevoegde waarde zijn bij de verdere ontwikkeling daarvan. Hij veronderstelde dat ze misschien niet van deze planeet kwam maar van elders. Toen ze daarop niet reageerde ging hij verder. Iedereen die van een andere planeet kwam had meestal erg veel kennis van andere ontwikkelingen en oplossingen voor bijvoorbeeld de energievoorziening of andere nieuwe zaken. Hij was daar erg in geïnteresseerd. Op deze planeet was er erg veel weerstand tegen kennis van buitenaf, vandaar dat de intercontinentale handel op een heel laag pitje werd gehouden. Hij wilde graag van haar weten of hij haar in die categorie kon indelen en of ze samen dingen konden doen die hierbij aansloten.

Hij zweeg in afwachting van haar reactie. Hij nam een slok koffie en keek haar aan.

Memola vond dat hij een hele prettige stem had en zijn verhaaltje was kort, gericht en zonder enige complicatie voor hem. Heel intelligent en heel geslepen.

Ze had echter ook nog wel een aantal vragen. Ze kwam inderdaad van buiten de planeet en ja, ze had de nodige kennis van energievoorzieningen.

Haar vragen waren nogal divers daarom begon ze bij de vraag die haar erg had beziggehouden. Zij was hier al eens eerder geweest. Zij was degene die hier was geland, tegelijk met de overval en als vervolg daarop zijn kidnapping hoewel zij dat niet had meegemaakt omdat ze snel was vertrokken.

Johan schrok duidelijk. Dit was niet in zijn gedachtegang opgenomen. Memola moest glimlachen. De toevoeging in de video in de vliegauto was kennelijk minder gericht dan ze had gedacht. Of wist hij daar niets van of speelde hij zijn spelletje. Ze bleef voorzichtig.

Ze keek hem strak aan. Ze had geen zin in ontwijkende verhalen.

Hij vroeg wat ze wilde weten. Een duidelijk ontwijkend antwoord.

Ze keek hem nogmaals aan, zette haar kop neer en stond op, daarmee aangevend dat wat haar betreft het gesprek ten einde was. Hij keek haar verrast en verbaasd aan.

Ze maakte meteen een heel simpel maar duidelijk statement. Als hij vond dat ze misschien wel zouden moeten gaan samenwerken op een zeer intensieve manier, dan moest er meteen helderheid en duidelijkheid zijn en konden er geen ontwijkende en afwachtende informaties worden gegeven. Hij wilde duidelijk geen informatie verstrekken over wat er gebeurd was bij zijn kidnapping. Nou dat was zijn goed recht maar zonder openheid geen samenwerking. Zo simpel was dat.

Hij knikte. Haar statement was duidelijk. Hij excuseerde zich voor zijn afhoudende antwoord maar gaf meteen aan dat haar vraag een uitermate complexe materie aanboorde die hij redelijk kende maar die nogal wat impact had. Hij kende haar helemaal niet en hij zou heel wat over de verhoudingen op de planeet moeten verklaren om zijn situatie duidelijk te maken. Hij wilde toch graag eerst nog iets meer van haar weten voor hij besloot haar zijn verhaal te vertellen.

Ze begreep dat er kennelijk nogal wat achter die hele kidnapping had gezeten. Ze ging weer zitten en vertelde dat zij degene was geweest die de buiten-planetaire motoren aan zijn vader had verkocht.

Hij knikte. Hij kende de transactie maar was een van de weinigen.

"Oké", begon Johan, "het is belangrijk eerst iets meer te weten van de machtsverhoudingen op deze planeet. Los van allerlei politieke kwesties ligt de economische macht bij een zestal families. De belangrijkste families beheren het bank- en verzekeringswezen, de energiemarkt, de metaalindustrie met het landvervoer, het zee- en luchtvervoer, het onroerend goed en de mijnbouw. Mijn vader is de machthebber van de metaalsector en het vervoer over land. Mijn moeder komt uit de familie die de energiemarkt beheerst. Ze waren jarenlang onafscheidelijk. Meer dan drieëndertig jaar lang hadden we een geweldig gezin. Mijn broer, mijn zussen en ik konden het voortreffelijk met elkaar vinden. We waren met ons zessen onafscheidelijk. Een zus was ruim drie jaar geleden bij een bergbeklimmingsvakantie omgekomen. Ongeveer drie jaar geleden is er nog iets mis gegaan. Mijn moeder begon plotseling tegen mijn vader uit te vallen en eiste allerlei dingen van hem en vroeg tenslotte de scheiding aan. Niemand heeft ooit begrepen wat er mis was. Ze begon steeds agressiever te reageren en is uiteindelijk in een tehuis terecht gekomen waar ze wordt behandeld. Ze wil niemand zien en niemand spreken. Ook niemand van de familie. We weten dat haar broer Mark regelmatig pogingen doet om haar te bezoeken maar volgens onze informatie lukt dat maar een enkele keer. Wat ze dan bespreken is onbekend. "

Hij nam een slok van zijn koffie en vroeg of ze nog een kop wilde . Hij wel in ieder geval.

Memola begreep dat dit familieverhaal de nodige impact had gehad op de familieverhoudingen. Ze wilde geen koffie meer en wachtte rustig tot Johan terug was met een kop koffie voor zichzelf.

Hij nam een slok van zijn koffie en vroeg haar te beloven niets aan derden te vertellen over wat hij nu ging vertellen. Ze beloofde dat en keek hem verwachtingsvol aan.

"Met de kennis die ik je net heb verteld, kun je je voorstellen dat het een enorme schok was om tijdens de overval door de piraten vast te stellen dat de aanvoerster van de piraten mijn eigen moeder was. " Zo het hoge woord was er uit.

Memola keek hem geschokt aan. Wat zei hij nou? Zijn moeder was de leidster van de piraten. Ze was natuurlijk meteen herkend door de politie. Ze hoefden haar niet te vragen of Memola haar had gezien en eventueel via foto's zou herkennen. Ze wisten wie het was.

Johan vertelde dat ze in overleg met hun vader en zijn broer en zus, die allemaal in de zaak zaten, hadden besloten geen aangifte te doen. Ze hadden de politie gevraagd geen melding van de zaak te maken en het hierbij te laten. Ze hadden wel gevraagd of ze tot een vorm van overleg met de medische staf van het tehuis, waar ze verbleef, het Wensdroom Sanatorium, konden komen. De politie stond hierin machteloos zolang de medische noodzaak niet kon worden aangegeven. Johan zuchtte.

Hij had zijn verhaal in ieder geval duidelijk en eerlijk weergegeven, vond Memola. Het leek haar ook het juiste verhaal. Alle puzzelstukjes pasten hierin. Het gaf een volledig ander beeld van de gebeurtenissen.

Ze besloot met Johan verder te overleggen over de nieuwe ontwikkelingen binnen haar eigen bedrijfje. Eerst wilde ze weten of hij bereid was na te denken over grote nieuwe ontwikkelingen.

Johan reageerde hierop een beetje verrast. Hij had dit gesprek juist gearrangeerd om zoiets te bewerkstelligen.

Memola wilde weten of hij kennis had van grote productieprocessen, zoals voor de fabricage van auto's. Hij keek haar verbaasd aan. Dat was nu juist wat hij nu ook al deed.

Memola vroeg of hij met haar mee wilde gaan naar Centra om zijn echte interesse te bewijzen. Johan keek nog verbaasder.

Memola moest wel een beetje glimlachen. Ze had een goed gevoel bij deze jongeman. Wat was hij helemaal, een jaar of zevenentwintig.

Memola stond op. "De ontwikkelingen gaan veel sneller dan jij denkt." Ze glimlachte naar hem. "Je moet dit met eigen ogen zien en zelf meemaken, anders geloof je me niet," vervolgde ze.

"Ik moet wel even wat regelen," gaf Johan aan, "hoelang gaat het duren?" wilde hij weten.

"De rest van de dag," deelde ze heel zakelijk mee.

Hij zuchtte, maar liep meteen zijn kantoor uit en was al snel weer terug.

Samen liepen ze naar de vliegauto, stapten in en vlogen terug naar Centra. In Centra werden ze afgezet bij het uitkijkpunt bij de zee.

Ze wandelden de markt over en het centrum door. Herhaaldelijk probeerde Johan te achterhalen wat ze wilde laten zien maar hij kreeg geen antwoord. Ze liepen de parkeergarage in en Memola betaalde de parkeerkaart. Ze liepen samen naar de auto met de doek er nog steeds overheen. Memola trok de doek weg en Johan deed meteen een stap achteruit om de auto eens goed te bekijken. Het uiterlijk was afwijkend maar niet overdonderend. Hij zag wel een heleboel afwijkingen van wat hij gewend was.

Memola liet de deuren omhoog schuiven en ze stapte in. Johan keek verrast naar de verdwijnende deuren. Hij werd alsmaar enthousiaster. Hij stapte in en deed de riemen om. Dubbele riemen. Hij keek er naar en keek daarna naar Memola.

"Veiligheidsvoorschriften," zei ze alleen maar.

Johan keek nieuwsgierig naar het dashboard. Hij kon daar niet erg wijs uit. Ze startte de auto en het dashboard lichtte op. Nu keek hij vol belangstelling naar de verschillende signalen en tekens.

Memola keek hem aan en reed weg. Johan keek enthousiast om zich heen.

"Geweldig", gniffelde hij. "Prima oplossing om de rails voor de deuren te gebruiken als horizontale supportsteunen voor het framewerk. Handig en nuttig. De stoelen zijn prima en comfortabel maar daar kan misschien nog iets aan verbeterd worden, " reageerde hij, een beetje schuierend in zijn stoel."

Memola reed rustig de stad uit.

Eenmaal op de grote weg, verhoogde ze de snelheid tot 200. Johan was duidelijk onder de indruk. De auto bleef schitterend stabiel. Het verkeer nam fors af toen ze wat verder van de stad kwamen en Memola verhoogde de snelheid. Harder dan 250 wilde ze niet gaan. Ze vond de kwaliteit van de wegen hier niet al te goed. De auto bleef zeer rustig doorrijden. Memola merkte dat Johan de nog hogere snelheid vaststelde maar daar bepaald niet rustiger van werd. Ze vertraagde in alle rust en nam een afslag. Ze maakte een rondje en ging aan de andere kant de grote weg weer op, terug naar Centra.

Op de terugweg reed Memola niet harder dan 180. Een snelheid waar Johan zich kennelijk veilig bij voelde. Ze parkeerde bij de vliegauto zodat Johan direct kon overstappen.

Ze vroeg Johan nog wel of hij iets voor haar kon uitzoeken. Ze zocht een bedrijf dat in staat was tot gietspuiten in de grootte van het totale dak van een auto, inclusief alle versterkingen en verdikkingen. Johan was er van overtuigd dat zo'n bedrijf bestond. Hij zou het voor haar opzoeken en haar daar via haar telefoon of e-mail over informeren. Ze spraken af elkaar in ieder geval over een week weer te ontmoeten. Johan zou dan zelf naar de stad komen en op de plek waar ze nu stonden op haar wachten maar dan het eind van de middag rond vijf uur.

Johan stapte uit en tikte een code in op zijn telefoon. De telefoon gaf kennelijk een signaal af aan de vliegauto want de deur sprong meteen open. Hij stapte in, zwaaide naar Memola en vertrok.

Memola keek hem na. Ze had best een goed gevoel bij hem. Hij was nog wel erg jong voor zo'n verantwoordelijke job maar hij had het wel in zich om het aan te kunnen. Ze was benieuwd met welke gegevens hij terug zou komen inzake de kunststof inspuittechniek.

Ze besloot de sterkte van het frame te laten testen door een erkend testinstituut. Bij 300 km per uur maak je wel een enorme klap als je ergens tegenaan vloog. Hoe kon het risico voor de inzittenden worden beperkt. Misschien wel met veel betere stoelen, zoals Johan al een beetje had aangegeven. Verende stoelen, een extra steunbalk voor het dashboard, zodat de buitenrand minder makkelijk ingedrukt werd. Het zou het totale gewicht wel fors doen toenemen maar misschien ook wel de veiligheid.

Ze besloot eerst terug te keren naar haar ruimteschip en verder te overwegen wat ze daarna zou gaan doen.

Ze reed de stad uit en zocht weer het landweggetje in de buurt van de zee op. Ze realiseerde zich dat ze automatisch dit plekje had uitgezocht omdat het aan de andere kant van Centra lag dan waar de fabriek van Johan stond. Ze ging weer rustig enkele meters boven de grond en daarna verder boven de zee. Ze verhoogde de snelheid en schoot omhoog, zo snel mogelijk door het radarbereik om niet al te veel op te vallen. Ze zat tenslotte toch nog wel redelijk dicht bij de ruimtehaven. Ze schoot een klein beetje door en kwam daardoor wat hoog in de stratosfeer terecht voor ze de bocht naar haar ruimteschip maakte. Ze naderde de ree nu eigenlijk van boven. Ze naderde de grote sluis en gaf het signaal om open te gaan. De sluisdeur reageerde niet. Ze probeerde het nogmaals maar het hielp niet. Ze kwam dichterbij en had de indruk dat de deur beschadigd was. Wat was dit nou weer.

Ze besloot via haar theepotje naar binnen te gaan. Ze cirkelde om het ruimteschip heen omhoog en kwam boven het theepotje en de kleine sluis uit. Ze zag haar theepotje voor de kleine sluis liggen en schrok enorm. Zag ze het goed, Ze zoemde meteen in met haar veiligheidscamera. Ja, ze zag het goed. De deur van de kleine luchtsluis stond open !!! Dat kon helemaal niet. Ze was er niet door naar buiten gegaan. Snel keek ze om zich heen of ze ergens iets verdachts zag maar er was niets bijzonders te zien.

Eindelijk drong het tot haar door. Iemand had ingebroken in haar ruimteschip. Ze kwam nu dichterbij en zag dat er een vuistgroot gat in de deur zat. De deur was met bruut geweld gekraakt. Iemand had via het gat de deur van binnenuit kunnen openen. Ze waren dus binnen geweest. Ze zag geen ander ruimteschip, dus nam ze aan dat ze weer vertrokken waren. Of zouden ze iemand hebben achtergelaten om haar op te vangen. Maar waarom? Wat wilden ze van haar?

Wat moest ze doen. Ze kon hier ook niet eeuwig blijven wachten. Ze besloot het er maar op te wagen. Ze koppelde haar vliegauto aan de theepot en liep via de theepot naar de kleine sluis. De buitenkant van de toegangsbrug was kapotgesneden. Daardoor wilde de deur van het theepotje naar de sluit niet open. Onder de bestuurdersstoel van het theepotje zat een noodvoorziening. Ze klapte de zitting weg en bekeek de noodvoorziening. Er zat een herstelkit in, duidelijk bedoeld voor de theepot zelf. De plaat zou wel groot genoeg zijn om het gat in de toegangsdeur van de sluis te dichten maar dat was alleen maar een tijdelijke oplossing. Ze pakte de plaat uit de bak en stelde tot haar genoegen vast dat er onder de plaat een zuurstoftank lag met een aangesloten mondstuk. Ze pakte de tank op en hing hem op haar rug. Ze testte de zuurstoftoevoer en stelde tevreden vast dat het allemaal werkte. Ze keerde terug naar haar eigen vliegauto en manoeuvreerde de auto naast de luchtsluis aan de kant van de opening van de deur. Ze legde de vliegauto vast aan de buitenrand die daar speciaal voor bedoeld was en waaraan ook het theepotje vast zat. Ze liet de lucht uit de vliegauto ontsnappen en deed de deur open. Ze hield zich goed vast en pakte meteen de sluisdeur vast. Ze maakte een sprongetje en trok zich de sluis in ze had de herstelplaat in een klein tasje om haar middel geknoopt, onder de zuurstofflessen zodat ze de noodreparatie meteen kon uitvoeren. Ze deed de sluisdeur dicht en plaatste de reparatieplaat tegen de buitenschil van de sluisdeur. Ze plakte de afsluittape meteen langs de zijkanten zodat het vast kwam te zitten. Ze begreep best wel dat dit maar heel tijdelijk zou stand houden. Ze moest in de reserveonderdelen ruimte nagaan of ze een andere deur had. Ze had zo haar twijfels. Ze opende de deur en ging naar binnen en sloot de deur achter zich. Ze activeerde de sluis om de ruimte vol te pompen met zuurstof en de druk aan te passen aan de situatie in het schip.

Ze kreeg na toch wel een poosje wachten eindelijk het signaal groen en opende de binnendeur. Ze stapte naar binnen en sloot de zuurstoftank af. Ze zette de tank tegen de zijwand van het gangetje en sloot de deur van de sluis weer. Meteen gaf ze opdracht de sluis weer leeg te pompen, de andere deur moest zoveel mogelijk gespaard blijven. Ze wilde zich omdraaien maar werd vastgegrepen door een grote sterke kerel. Ze gaf een schreeuw van schrik. Meteen kreeg ze een klap tegen haar hoofd en verloor het bewustzijn.

Hoofdstuk 11

Memola schrok op doordat ze een plens water in haar gezicht kreeg. Wat deed haar hoofd pijn. Ze voelde aan haar hoofd. Ze had een forse bult boven op haar hoofd. Ze zuchtte. Ze lag op de grond. Voorzichtig deed ze haar ogen open. Ze lag in haar eigen woonkamer op de grond.

Voor haar zag ze twee stevige zwarte laarzen.

"Oké, wakker worden! , we hebben niet de hele dag. Kom op, kom overeind. Vooruit ga rechtop zitten !!" gebood een zware mannenstem met een harde stem.

"Moet ik je overeind schoppen? "vroeg hij, kennelijk van plan om de nodige agressie toe te passen.

Langzaam drong het tot Memola door. Ze was te pakken genomen door deze kolos en hij wilde dat ze overeind kwam.

Voorzichtig maakte ze aanstalten om rechtop te gaan zitten. Opnieuw drong de man aan. Hij pakte haar bij een arm en trok haar overeind. Ze leek wel een veertje in zijn grote knuisten.

Ze stond een beetje gammel op haar benen en probeerde ergens steun te vinden. Ze vond de arm van de reus en trok zich daar verder aan op.

Oké, ze stond overeind maar daar was dan ook alles mee gezegd.

Hij pakte haar vast bij haar arm en trok haar naar de deur.

"Je moet de sluisdeur open maken, zo dat ons ruimteschip naar binnen kan !!" commandeerde hij.

Ze keek de grote man recht in zijn gezicht maar zag alleen zijn ogen doordat hij een bivakmuts op had. Hij wees naar de computerkamer. Kennelijk wist hij dus dat de sluisdeuren daarvandaan bediend konden worden. Ze probeerde een stap te doen maar zakte meteen door haar benen. Tjonge wat was ze gammel. Ze was knap hard geraakt door die klap op haar hoofd. Ze had geen enkele behoefte om nog zo iets op te lopen.

De grote man greep haar weer bij haar arm en sleepte haar zo ongeveer naar de computerkamer. Hij dropte haar in de stoel en wees naar de computer.

Ze zag geen andere mogelijkheid dan te gehoorzamen. Ze activeerde de computer en gaf haar inlogcode op voor noodgevallen. De computer wist nu wel dat er iets aan de hand was, zodat vele gegevens nu geblokkeerd waren. Ze gaf opdracht met haar aparte code en haar irisscan om de grote sluisdeur te openen. Er kwam veel gekraak en geknars maar de deur ging niet open. Ze konden dat zien op het scherm.

Memola herinnerde zich dat ze aan de buitenkant had gezien dat de deur beschadigd was.

Ze vroeg hem wat er was gebeurd want de deur wilde niet open. Ze hadden de deur beschadigd. De deur zat nu op het noodslot. Ze zouden naar buiten moeten om dat noodslot te ontgrendelen. Memola vertelde dat aan hem. Ze voelde zich niet in staat om dat te doen.

De reus keek haar scherp aan.

"Je bedondert me," riep hij recht in haar gezicht met zijn gezicht vlak voor haar neus. "Je kunt dat gewoon vanuit de computer doen". Als me nog een keer bedondert timmer ik eerst je ene oog en vervolgens je andere oog dicht, begrepen?!!" Hij was knap woest geworden en schreeuwde de woorden in haar gezicht.

Opeens grijnsde hij. Ja, alsjeblieft bedonder me nog een keer. Laat me je mooie gezichtje maar eens lekker bewerken. Dat lijkt me wel. Ik hou er van. Toe dan. " Zijn grijns werd breder.

Memola koos eieren voor haar geld en opende de noodsluiting van de grote sluisdeur via de computer. Daarna opende ze de deur.

De reus grijnsde. Hij pakte zijn telefoon en gaf een signaal door. Kennelijk hadden ze een soort code afspraak die via de telefoon kon worden doorgegeven.

Memola schakelde een van de buitencamera's in en zag zowaar een klein ruimtescheepje aankomen. Het leek hetzelfde schip als waarmee de vorige keer was ingebroken.

De reus keek over haar schouder mee toen het schip naar binnen manoeuvreerde. Memola sloot de buitendeur en opende even later de binnendeur. Ze dorst nu geen gekke capriolen uit te halen. Een drietal mannen in het zwart kwamen het schip uit en stelden zich onderaan de trap op.

De reus commandeerde haar naar beneden en Memola werkte zo goed mogelijk mee. Ze was nog wel erg wankel maar begon toch al een beetje te herstellen, hoewel haar hoofd nog steeds op klappen stond.

Ze werd meegenomen het schip in en ze moest van daaruit de luchtsluis bedienen zodat ze veilig naar buiten konden. Het was simpelweg een kwestie van knoppen indrukken. De rest ging vanzelf.

Ze werd in een stoel gedropt en in de riemen vastgezet.

Achter hen sloot de deur zich van zelf. Ze vlogen naar de planeet. Het begon al aardig te schemeren en het schip vloog tot verrassing van Memola vrijwel rechtstreeks naar Center. Op het laatste moment week het schip van die koers af en op een hoogte van een meter of tien vloog het schip over de duinen.

Memola zag pal voor zich het schuurtje waar ze zelf was neergestort. Ze was nog meer verbaasd toen het schip recht boven de schuur bleef hangen en het dak van de schuur openklapte. Tot verbazing van Memola schoof daarna een groot deel van de vloer weg waardoor een hele grote hoge open ruimte zichtbaar werd. Het schip zakte omlaag en verdween onder de vloer en landde daar. Memola hoorde het dak en daarna de vloer zich weer sluiten. Ze was even perplex. Ze had bovenop dit complex rondgestapt. Ze had zich wel afgevraagd waarom het dak van deze vervallen schuur überhaupt kon openklappen maar was niet zover gekomen om te overwegen dat er nog meer moest zijn, zoals een uitgebreid gangenstelsel. Ze zag dat nu wel. Alle kanten op leken er buizen te lopen. Ze telde er zeker acht. Het waren wel forse buizen die deden denken aan metrolijnen. Ze zag alleen geen rails, geen elektriciteit of transportvoorzieningen. Toen de vloer eindelijk gesloten was, flitste het licht aan. Het deed Memola even pijn aan de ogen, zo fel was het licht.

De reus stond weer naast haar en maande haar om op te staan. Ze moesten het schip uit. De riemen werden losgemaakt en ze stond op. Het ging al iets beter, maar ze voelde zich nog lang niet zeker. Ze liep naar buiten, toch nog wel ondersteunt door de reus. Hij leek behulpzaam maar ze had toch het gevoel dat hij haar bewaakte. Ze werd naar een van de zijkanten van het plein geleid. Voor haar stond een groot rond treinstel met kleine ramen. In de ronde zijkant waren twee schuifduren open geschoven. Binnen was er een zee van licht. Ze werd naar binnen gedirigeerd en de vier mannen stapten ook in. Ze werd in een stoel gepropt en gelijk weer in de riemen gezet.

Het leek wel een soort monorail zonder rail. Had ze niet al eens zoiets gezien, werkend op magnetisme en luchtdruk van achteren. Ze zou dit nog wel eens nader uitzoeken.

De deuren werden gesloten en de trein kwam in beweging. De snelheid nam snel toe. Memola vond het een prima vorm van transport. Het nadeel was wel dat het helemaal ondergronds gebeurde en je dus niets zag. Je had ook geen enkel oriëntatiepunt waaraan je kon aflezen waar je was of waar je heen ging.

Voor haar gevoel waren ze toch een behoorlijk tijdje onderweg. Ze realiseerde zich dat ze op het plein geen andere mensen had gezien. Zou het een privé station zijn. Gezien de toch op zijn minst opmerkelijke ingang van boven, leek haar dat helemaal niet onwaarschijnlijk.

Ze liet zich rustig meevoeren en bekeek de andere gemaskerde piraten, zoals ze die toch maar noemde. Het waren tenslotte piraten. Ze kidnapten en roofden, als echte piraten. Ze was benieuwd wie hierachter stak. Zou het toch allemaal bij de manier van werken van Cor horen of was er iets heel anders aan de hand. Als ze Johan mocht geloven was zijn vader helemaal niet zo'n schurk. Zakelijk bikkelhard en zonder scrupules maar in privé, week als een vaatdoek. Ze had toch haar twijfels, het geheel klopte niet. Wie controleerde eigenlijk het ondergrondse transport. Ze had van alles gehoord over transport over land, te water en in de lucht maar onder de grond. Dat kon ze zich niet herinneren.

De drie andere piraten zaten rustig te wachten tot de trein op de plaats van bestemming zou aankomen. Ze kon er twee schuin voor haar zien. De ander zat schuin achter haar net als de reus. De bivakmutsen maakten enige vorm van herkenning wel heel erg moeilijk.

Toch nog onverwachts remde de trein af en kwam tenslotte tot stilstand. Ze werd weer uit haar riemen verlost en werd meegevoerd door het viertal dat strak bij haar in de buurt bleef.

Ze liepen een soort stationsplein, een metrostationspleintje over en klommen een grote brede betonnen trap op. Ze kwamen uit in een klein kamertje. Een van de piraten stak zijn hand op en de groep stopte. Hij nam zijn telefoon en toetste daar iets in. Daarna hield hij zijn telefoon vlak voor de deur. Ze hoorde het slot klikken en hij opende de deur. De vier mannen bleven staan en dirigeerden haar door de deur. De mannen stapten achter haar het kamertje achter de deur in. Dezelfde piraat die net zijn telefoon voor de deur had gehouden toetste weer iets in en hield zijn telefoon tegen het paneel naast de deur. Ze hoorde een zoemend geluid en plotseling ging de vloer omhoog. Het was een lift. Ze was verrast. Ze had er gewoon helemaal geen rekening mee gehouden dat ze omhoog zouden gaan. Ten onrechte, de meest logische weg was natuurlijk omhoog als je onder de grond bent. De klap op haar hoofd had haar toch wel erger aangetast dan ze zich bewust was geweest. Ze keek weer eens serieus om zich heen. De vier piraten spraken niet met elkaar. Ze stonden alle vier dicht bij haar. De grote reus begon iets uit zijn zak te halen en liet haar een soort blinddoek zien. Ze schudde van nee. Ze had geen zin in een blinddoek. De zaak was al pijnlijk en hinderlijk genoeg. De reus duldde geen tegenspraak en deed haar gewoon de blinddoek om. Ze trok meteen de blinddoek af en keek hem uitdagend aan. Ze bukte meteen. De reus haalde uit maar miste haar volledig. Helaas voor de piraat aan de andere kant want die ving de klap op en ging meteen onderuit. De reus werd nog kwader en haalde meteen met zijn andere hand uit. Memola had hierop gerekend en trok de piraat die naast haar stond aan de andere kant, voor zich. De knal van de reus was goed raak maar werd volledig opgevangen door de tweede piraat. Ook die

ging meteen plat. De derde piraat
schreeuwde meteen "Stop"!!".

De reus keek hem woedend aan. Hij greep
Memola en wilde uithalen. De derde piraat
ging meteen recht voor de reus staan en
keek hem strak in de ogen. De reus sloeg
gewoon door. De derde piraat ging met een
zucht neer. De reus keek verbaasd naar wat
hij zelf had aangericht. Hij leek meteen tot
rust te komen.

Hij keek verbaasd naar de drie mannen die
op de grond lagen.

Memola zag haar kans schoon en schopte
de reus uit alle macht in zijn kruis. De reus
klapte voorover. Memola had daarop
gerekend en sprong met haar knie omhoog,
recht op zijn kin. Het hoofd van de reus
klapte achterover en de reus ging onderuit.
De lift stopte en de deur ging open. Memola
pakte de telefoon van de piraat die de lift
had bediend en hield die voor het paneel
naast de deur. De deur begon weer dicht te
gaan. Meteen stapte Memola de lift uit en
keek om zich heen. De deuren gingen dicht

en ze stond in een grote open ruimte met een verlaten bureau tegen de achterwand. Ze liep naar voren en zag achter het bureau een dubbele deur die naar de ruimte er achter leidden. Ze hoorde stemmen. Snel liep ze naar de achterwand en hurkte naast de grote kast die daar stond. Ze hoorde de dubbele deur open gaan en hoorde een vrij lichte, snibbige mannenstem zeggen dat hij het eiste en dat ze dat dan maar gewoon had te doen. Een vrouw liep stampvoetend naar de lift en kon geen paneel vinden. Ze liep naar de deur naast de lift waar kennelijk het trappenhuis was en stormde mopperend de deur door.

De man smeet zijn deur dicht en Memola hoorde hem schreeuwen. Hij was kennelijk behoorlijk boos. Ze was nieuwsgierig. Ze liep naar de deur en deed die zachtjes open. De man liep mokkend naar een groot raam, schoof daar de schuifdeur naar een groot balkon open en stapte het balkon op.

Memola keek het kantoor rond en vond het wel een aardig idee om de schuifdeur even dicht te doen. Ze schuifelde langs de zijkant

van het kantoor en deed de schuifdeur dicht.
Ze keek hoe die op slot kon worden gedaan
en schoof de knip er op.

Ze wandelde een beetje naar het midden
van het kantoor en vandaar naar het bureau.
Het was een groot massief klassiek bureau.
Ze ging in de grote brede fauteuil zitten die
er achter stond als bureaustoel en trok de
laden open om te zien wat er in zat. Ze
pakte een dossier en keek er in. Het ging
over de financiering van de aankoop van
een groot winkelcentrum. Ze pakte een
ander dossier. Dit betrof de nieuwbouw van
een bankgebouw. Zo keek ze een twaalftal
dossiers in. Ze kon er geen wijs uit. Er leek
geen enkel verband tussen de verschillende
activiteiten.

Plotseling drong het tot haar door. Het betrof
bankzaken. Financieringen. Zat de bank
familie achter deze hele zaak. Het leek niet
onwaarschijnlijk. Cor probeerde met de
faillietverklaring van het autoproductiebedrijf
eigenlijk de bank een loer te draaien. Er
leken weer meer puzzelstukjes op zijn plaats
te vallen.

Ze liep terug naar de buitendeur en wandelde via de trap naar beneden. Op de begane grond liep ze de grote hal van het gebouw binnen en wandelde simpel de straat op. Ze had geen idee waar ze was maar wandelde simpel weg van het gebouw. Ze bekeek van afstand het gebouw en las de naam.

De PP-Bank, stond er midden op het gebouw.

De naam zei Memola helemaal niets. Zij had haar geld bij een andere bank staan. Misschien moesten ze toch zelf een bank beginnen. Ze nam zich voor een en ander eens na te kijken of misschien moest ze dat wel met Mark en Cor bespreken. Die hadden toch ook een behoorlijk vermogen waar je wat mee zou kunnen doen. Ze bekeek de naam van de stad maar die naam zei haar niets. Bij een boekwinkel bekeek ze een plaatselijke krant . Er was sprake van een vliegveld. Ze nam een taxi naar het vliegveld en vloog terug naar Centra. Vandaar liet ze zich naar de ree brengen en huurde een luchttaxi naar haar eigen schip. De taxi bracht haar via de grote luchtsluis terug in haar schip.

Ze stapte uit en groette de chauffeur van de luchttaxi en liet de taxi weer via de grote luchtsluis vertrekken. De taxi was in de luchtsluis gebleven waardoor alles redelijk vlot verliep.

Meteen liep Memola door naar het magazijn, helemaal achterin de opslagruimte. Tot haar grote genoegen stond daar, meteen voor een grote sluisdeur ook een kleine deur. Ze schakelde de rotatie van het ruimteschip uit en manoeuvreerde de deur in gewichtloosheid naar de kleine sluis.

Ze pakte haar eigen ruimtepak en trok het aan. Ze testte alle werkende delen volgens de voorschriften. Intussen was de kleine luchtsluis vol met lucht en kon ze naar binnen. Ze trok de nieuwe deur mee en schakelde het systeem in om de lucht weer terug te pompen in het schip. Bij het sein groen, deed ze de buitendeur open en ontkoppelde de deur. De deur viel naar binnen. Memola zette de deur achter zich en plaatste de nieuwe deur op zijn plek. Ze schakelde de koppeling weer in en sloot de deur. Ze testte de deur en hij functioneerde prima. Ze keerde terug naar de opslagruimte en liet de kapotte deur daar achter. Ze herstelde de rotatie weer en deed haar ruimtepak uit. Ze legde die terug op zijn plaats bij de kleine sluis en ging naar haar woonkamer.

Ze had trek en nam wat te eten. Ze had geen gevoel voor tijd maar besefte dat ze best wel wat tijd was weggeweest. Ze bekeek de computer en stelde vast dat het volgens die computer, vrijdagavond was, plaatselijke tijd. Ze had en de nacht van donderdag op vrijdag gemist en het tijdsverschil tussen de loods en Centra, nog eens twaalf uur. Geen wonder dat ze moe was. Ze ging naar bed.

Ze sliep lang en diep. De medic deed zijn best en bestookte haar met medicijnen in gasvorm. Ze ademde die gewoon in. Toen ze wakker werd was haar barstende koppijn behoorlijk teruggedrongen. Haar hoofd was nog wel gevoelig maar de hoofdpijn was weg. Ze douchte en kleedde zich aan. Ze moest haar vliegauto nog naar binnen brengen en alle beveiligingen opnieuw instellen. Ze hadden prima gewerkt maar konden nu wel gekraakt zijn. Ze nam haar uitgebreide ontbijt mee naar de computerkamer, nam netjes de extra pilletjes die de medic haar had voorgeschreven en die de computer haar bij haar ontbijt aanbood en at met genoegen.

Het was nu zaterdag. Wat waren haar plannen. Eerst alle systemen opnieuw op veiligheid nalopen en instellen. Ze activeerde haar info-tablet en kopieerde de beschrijvingen en codes.

Zo die verplichtingen waren nu geregeld. Wat stond haar nog meer te doen. Ze had nog een hele lijst met producten die nu op batterijen werkten en met haar energie-box moesten worden uitgerust. Van het grootste belang was het achterhalen van de behoefte van een klein apparaat. Ze moest eigenlijk ook de energievoorraad van de energie-box voor de auto's bepalen. Het zou haar niets verbazen als het betekende dat er vijf jaar lang mee kon worden gereden voor die vervangen moest worden. Geen benzine tanken maar de energie-box vervangen. De auto werd alsmaar waardevoller in aanschaf of moest ze de auto's niet verkopen maar alleen maar verhuren. Een huurcontract voor het leven. De prijs geïndexeerd, alleen de nieuwe energie-box moest worden betaald. Ze moest het nog verder uitwerken.

Ze ging achterover zitten. Ze moest toch de hele gang van zaken nog eens goed doornemen. Er waren nog steeds rare open einden.

Oké, de bankfamilie had zich zwaar bedrogen gevoeld door Cor door die ene zwaar verouderde autofabriek failliet te laten gaan. Ze schatte Cor geslepen genoeg in om ook de nodige schulden in de onderneming achter te laten zodat de bank overal achter het net zou vissen. De positie van de banken was duidelijk. Dit zou toch niet voor het eerst zijn dat zoiets gebeurde. De banken waren normaal gesproken mans genoeg om te zorgen dat ze tijdig genoeg maatregelen namen om hun eigen belangen

veilig te stellen. Ze kende de feitelijke
toedracht niet maar had nog niet het gevoel
dat er voldoende redenen waren om
gedragingen te rechtvaardigen zoals
overvallen en kidnapping. Ze kon die link
nog niet leggen.

Ook de positie en het gedrag van de moeder
van Johan was in dit kader volkomen
duister. Na meer dan dertig jaar is een
plotselinge verandering die lijdt tot
aanslagen en kidnapping onzinnig. Als ze
Johan moest geloven was er niets
bijzonders voorgevallen en ook van Cor had
ze niet de indruk gekregen dat er feitelijk
echt oorlog was binnen het gezin. Het was
niet goed te begrijpen waardoor er binnen
het gezin toch een nieuwe strijd was
ontbrand. Kon er een externe oorzaak zijn.
Was ma verliefd geworden op een ander.
Natuurlijk het kon maar dat een dergelijke
verliefdheid dan weer tot verbaal en
uiteindelijk feitelijk geweld zou leiden klonk
niet erg overtuigend.

Wat dan. Wat kan de oorzaak zijn dat ma zo
was veranderd. Als ze het goed had

begrepen was dit alles al in gang gezet en uitgevoerd ver voordat Cor de fabriek failliet had laten gaan. Dit speelde allemaal meer dan enkele jaren geleden met uiteindelijk de scheiding, ook al meer dan een jaar geleden. Het leken twee los van elkaar staande gebeurtenissen, totdat ma opdook bij de kidnapping van Johan. Ze had de grijze dame ook gezien. Wat herinnerde ze zich van haar. Eigenlijk maar heel weinig. Een kordate tante. Johan had tegen haar staan schreeuwen. Tenminste, zo zag het er uit. Hij had flink met zijn armen staan zwaaien.

Ze vroeg zich af wat ze zelf zou doen als haar moeder daar had gestaan. Ze verstarde. Ze begon te zweten. Wat was er met haar aan de hand. Waarom brak het zweet haar uit als ze aan haar moeder dacht. Ze had toch een fantastische jeugd gehad, ja toch. Ze zat perplex voor zich uit te staren. Ze kon zich niets herinneren. Haar vader niet, haar moeder niet, geen broers of zussen. Het zweet gutste van haar voorhoofd. Ze stond gefrustreerd op en liep naar haar badkamer. Ze gooide water in haar gezicht en droogde haar gezicht af. Ze ging op het krukje zitten in de badkamer. Ze voelde zich niet goed. Had het iets te maken met haar jeugd, haar ouders? Waar kwam ze vandaan, waar was ze geboren? Wat was er aan de hand. Ze stond op en ging op bed liggen en sloot de medic aan. Ze liet alles controleren. De medic vond een verhoogde hartslag en een iets verhoogde temperatuur. Verder niets bijzonders. Ze liet een bloedmonster nemen en dat onderzoeken. Dat zou wel even duren. Ze stond op en ging terug naar de computerkamer.

Kon het iets te maken hebben met de pilletjes die ze net had genomen, of met de klap op haar hoofd. Ze kon het zich geen van beide voorstellen. De medic zou toch wel de goede pilletjes hebben gegeven. Ach, als ze aan de medic zou moeten twijfelen dan had ze een veel groter probleem. Voorlopig moest ze dit maar even uitsluiten. Wat waren er verder voor opties. De klap op haar hoofd. Ze was wel even weggeweest. Hadden ze haar een injectie gegeven? Ze controleerde haar armen of ze ergens op haar armen een klein wondje of een gevoelige plek kon vinden maar kon niets ontdekken.

Ze moest hier goed over nadenken. Ze besloot eerst de vliegauto binnen te halen en daarna te beslissen wat ze verder zou doen. Ze deed haar normale ruimtepak aan en ging via de kleine sluis en de nieuwe buitendeur naar haar vliegauto. Ze parkeerde de vliegauto in het grote ruim en sloot alles weer normaal af. Ze haalde de kapotte sluisdeur uit het magazijn en deed die in de vliegauto.

Daarna deed ze haar ruimtepak weer in de kast waar hij hoorde, deed de reserveset weer in de zitting van de theepot en keerde terug naar de computerkamer. Ze ging weer zitten en probeerde zich te ontspannen. Het lukte niet echt. Ze liep terug naar de medic en bekeek de uitslag van de bloedtest. Ze was verrast. Er was inderdaad een afwijkende onbekende stof gevonden. De medic constateerde alleen dat er een afwijkende stof was gevonden, zonder verdere analyse. Ze vroeg via de computer aan de medic een nadere analyse over de chemische samenstelling van de stof. Er kwam een summier antwoord, waar de computer zelf ook maar weinig mee kon. De stof was wel zodanig afwijkend, dat die volgens de computer nooit via een natuurlijke weg in het lichaam zelf kon worden aangemaakt. Ze was dus gedrogeerd.

Wat was haar overkomen? Wat was er met haar gebeurd? Wanneer was het gebeurd. Ze kon eigenlijk maar een moment bedenken. Alleen op het moment dat ze buiten westen was geweest door de klap van de reus kon het zijn gebeurd. Ze stond op en liep naar de toegangsdeur van de kleine luchtsluis. Misschien kon ze hier nog iets terug vinden. Ze speurde rond maar kon niets vinden.

Ze liep terug naar de computerkamer. Ze ging in haar kantoorstoel zitten en overdacht wat ze nu had vastgesteld. Ze hadden haar geïnjecteerd met een of andere onbekende stof die haar geheugen in ieder geval deels had aangetast. Waarom, wat was het doel. Of was het alleen maar een toevallige bijwerking. Die gedachte was frustrerend. Wat zou dan het hoofddoel zijn geweest. Was het een stof die haar lichaam markeerde zodat ze altijd zouden weten waar ze was. Waarom zouden ze dat willen? Wat was haar rol dat ze op deze manier moest worden behandeld?

Vragen, vragen en nog eens vragen. Ze besloot in ieder geval een scan te laten uitvoeren door de medic in hoeverre ze op de een of andere manier gepeild zou kunnen worden. Ze was helemaal verrast door het resultaat. De stof had inderdaad de werking dat ze op afstand gepeild kon worden. Het was maar een zeer zwak signaal. Van buiten het schip kon ze niet worden gepeild. Er zou een apart apparaat nodig zijn om het signaal in het ruimteschip op te vangen, te versterken en door te geven.

Ze was er meteen van overtuigd dat er zo'n versterker aan boord was. Ze ging meteen op zoek. Al snel gaf ze het op. Ze wist niet hoe het apparaatje er uit zou zien en waar ze zou moeten zoeken. Wat kon ze er aan doen. Moest ze ergens een pak zien te versieren die de straling tegenhield. Ze had er niet zoveel zin in om een soort duikerspak aan te moeten hebben, overal waar ze heen ging. Was er een antistof? Ze vroeg het de computer maar die kende de stof niet en dus ook geen antistof. Ze nam een kop koffie.

Wie was er eigenlijk thuis in de hoek van de medische chemicaliën. In haar gedachtegang zou alleen iemand die thuis was in deze materie hier zo overdadig mee werken. Welke familie zat er in de medische wereld en wie in de chemie, of moest ze het meer zoeken in de biochemie. Dat leek haar wel het meest voor de hand liggend.

Ze zocht op haar info-tablet naar aanknopingspunten voor een familie die in de biochemie thuis was. Ze vond wel een redelijk groot bedrijf in die sector maar de omvang was op geen enkele manier vergelijkbaar met de andere concerns. Ze hield het voorlopig maar even op de banksector. Ze haalde gegevens boven tafel over die sector en de familie die daarin de grote rol speelde van grootaandeelhouder. Uit de beschikbare gegevens kon ze niets halen dat wees op criminele activiteiten. Ze besefte maar al te goed dat dit niets betekende. Wie had eigenlijk de grootste invloed in de internet en mediahoek. Ze onderzocht die markten maar kon wel grote bedrijven vinden maar niet echt een soort alleenheerser. Er waren zelfs een groot aantal, meer dan tien organisaties die nauwelijks voor elkaar onder deden qua jaaromzet, zowel op internetgebied als in de media.

Ze kon er niet meer helderheid in krijgen. Ook het gedrag van Cor kon ze niet rijmen met de wijze waarop Johan over zijn vader en het familieoverleg sprak. Uit die manier van functioneren was toch helemaal niets dat wees op activiteiten buiten de andere gezinsleden om.

Ze begon overal aan te twijfelen. Was de Cor die bij haar had ingebroken wel de echte Cor. Ze wist het eigenlijk niet. Ze kende Cor

helemaal niet. Ze had hem alleen hier aan
boord ontmoet. Ze zocht een foto van Cor
op via haar info-tablet. Hij leek weldegelijk
op de Cor die ze had ontmoet. Ze
herinnerde zich dat ze erg verbaasd was
geweest over het feit dat ze zo makkelijk Cor
had geaccepteerd en zelfs met hem had
gegeven en in alle rust had overlegd. Er
klopte iets niet. Iemand breekt in bij jou en jij
gaat in alle rust met de inbreker zitten eten!!
Zij moest toen al op de een of andere
manier zijn beïnvloed. Toedienen van
beïnvloedende stoffen via de lucht was bij
haar zeer wel bekend, de medic werkte ook
op die manier. Waarom zouden anderen dat
ook niet kunnen toepassen. Zou Cor niet de
echte Cor zijn geweest? Ze was toch
verbaasd over haar gedachtegang. Ze had
geen enkel bewijs, alleen maar losse
gedachten. Ze moest wel toegeven dat ze
nog steeds verbaasd was over haar eigen
gedrag tegenover Cor. Het was niets voor
haar om een inbreker zo maar te
accepteren.

Was er nog meer dat haar, achteraf terugkijkend verbaasde. Waarom werd er steeds bij haar pogingen ondernomen om haar te kidnappen. Eerst de mannen die ze in de luchtsluis had verrast door alle lucht uit het ruim te halen voor ze binnenkwamen door de luchtsluis. Daarna de inbraak via de kleinen sluis. Ook dat was wel erg gewelddadig en onnodig. De reus was alleen achtergebleven om haar op te vangen. Dat had hij gedaan en wel met geweld. Ze had er nog een dikke bult van op haar hoofd. Haar ontsnapping was wel erg toevallig. De reus had drie van zijn kameraden neergeslagen. Oké, ze had ook meegewerkt aan de ontsnapping maar, terugkijkend ging het toch wel erg makkelijk. Natuurlijk ze was best een geoefende vechtster en had altijd veel aan vechttechnieken gedaan maar toch. Daarna was er een grijze mevrouw vertrokken en was de man in het kantoor netjes aan de kant gegaan door het balkon op te gaan. Alles om haar de gelegenheid te geven om in de dossiers in het bureau te kijken en voor zichzelf vast te stellen, dat er iemand uit het

bankwezen achter alle zaakjes zat. Ze
twijfelde nu echt aan alles.

Hoofdstuk 12

Memola zat vertwijfeld voor zich uit te staren. Wat moest ze hier nou allemaal mee. Wie zat hier achter en waarom. Hoe kon ze meer informatie krijgen over wat er aan de hand was. Ze moest Cor in het echt zien te ontmoeten. Dat kon ze via Johan wel arrangeren. Misschien moest ze ook een bezoek brengen aan Johans moeder in het tehuis waar ze zat. Ze zocht de gegevens van het tehuis op dat Johan had genoemd en was toch wel verrast over de omvang van de organisatie waar het tehuis deel van uit maakte. Het had meer dan driehonderd vestigingen overal op de planeet. Allemaal zorginstellingen waar oude en/of zieke mensen werden verzorgd. Natuurlijk op geen enkele manier vergelijkbaar met de wereldconcerns van de grote families maar toch een organisatie van enige omvang.

Memola bekeek de foto's van het tehuis waar Johans moeder verbleef. Het leek haar een heel groot tehuis. Een groot lang half rond lopend flatgebouw van twintig verdiepingen vormde het feitelijk verblijf en de opvang- en behandelruimten voor de mensen. Het personeel woonde in een apart flatgebouw aan het begin van het terrein met een eigen in- en uitgang. Midden op het terrein stond een groot oud landhuis, schitterend onderhouden en voorzien van een geweldig grote schitterend aangelegde tuin rondom. Het viel haar op dat het vooraanzicht van het landhuis gericht was op het flatgebouw waardoor je niets van het tehuis zag als je achter het huis was. Een van de foto's gaf een mooie doorkijk vanaf de openbare weg. Eerst zag je het personeelsgebouw met een poort eronder. Kijkend door de poort zag je het grote flatgebouw met ook daar een grote poort midden onder. Kijkend door die tweede poort zag je de oprijlanen naar het landhuis. Alle toegangswegen liepen met grote bochten met daartussen een groot grasveld. Ze kwam een andere foto tegen, genomen van een meter of dertig hoogte en daar kon je de ligging schitterend zien. Er lag achter het huis op een toch nog wel behoorlijke afstand een groot meer. Het hele meer leek bij het landhuis te horen. Het was een enorm terrein.

Ze moest bekennen dat ze eigenlijk wel nieuwsgierig was naar het tehuis. Hier moest dus de moeder van Johan ergens wonen. Bezoekers werden duidelijk geweerd als ze de verhalen van Johan en Mark moest geloven. Waarom was dat. Het was volkomen onlogisch. Bezoek van familie en kennissen was toch juist iets dat dit soort tehuizen altijd stimuleerden, dacht ze. Stel dat ze binnen zou willen kijken, hoe moest ze dat dan aanpakken, vroeg ze zichzelf af. Om iemand te bezoeken, moest ze een naam en een reden hebben. Dat had ze niet. Een medische reden, die had ze ook niet. Een journalist, die werd vast ook niet toegelaten. Ze zag geen andere optie. Ze zocht in haar info-tablet naar een blad op het gebied van de zorg. Ze vond er een en belde de redactie. Ze vertelde dat ze een reportage wilde maken over het tehuis. Ze werd doorverbonden en vertelde haar verhaal opnieuw. De redactrice aan de andere kant vertelde haar dat ze zeer geïnteresseerd waren in juist dat tehuis omdat er maar zelden vreemden werden toegelaten. Juist deze locatie leek een beetje afgeschermd. Ze waren zeer, zeer geïnteresseerd in een reportage. Memola wist genoeg. Ze zou een poging wagen om als journaliste namens het blad een bezoek te brengen aan het tehuis.

Ze belde met het tehuis en stelde zich voor als zelfstandig journaliste die namens het bekende blad een reportage wilde maken over het geweldige verblijf in het tehuis. Er werd erg voorzichtig gedaan aan de andere kant. Memola drong aan. Ze wilde eigenlijk vanmiddag meteen maar langs komen, dan kon ze alles met haar overleggen, voordat ze de reportage naar de redactie van het blad zou sturen.

Tot Memola's verrassing werd ze tenslotte, na lang aandringen, toch uitgenodigd om langs te komen.

Ze nam nog wat te eten en vertrok.

Ze had het adres opgezocht en vloog naar een plekje achter het enorme grondgebied van het tehuis. Ze landde diep in een zeer bosrijke omgeving en reed naar het tehuis. Ze parkeerde een beetje achteraf op de parkeerplaats en gooide de doek over de auto. Ze wandelde naar de hoofdingang en meldde zich aan. Meteen ging ze met haar fotocamera aan de slag. Ze wilde wel echt over komen. Er kwam meteen een juffrouw naar haar toe die meedeelde dat het maken van foto's strikt beperkt was. De bewoners mochten niet zonder hun toestemming worden gefotografeerd. Memola begreep die voorwaarde en aanvaardde die meteen. Ze vroeg de vrouw of ze haar mocht fotograferen. De vrouw glimlachte. Ze had daar geen probleem mee.

Al snel werd ze opgehaald door een jonge vrouw die haar naar haar afspraak zou begeleiden. Het tehuis maakte een prima indruk. Alles was schoon en zag er goed verzorgd uit. Ze werd door het gebouw naar achteren begeleid en daar stond een soort elektrisch karretje gereed. De begeleidster reed hen naar het grote flatgebouw. Het grasveld en de tuin er om heen zag er keurig uit. Het viel Memola wel op dat er niemand te zien was. Er liep helemaal niemand buiten. Met dit redelijke weer zou je verwachten dat de mensen buiten zouden wandelen.

Ze werd het gebouw ingeleid en ze gingen met de lift omhoog. Ze kwamen de lift uit en Memola werd aangekondigd bij iemand in een ruim kantoor aan de voorkant van het gebouw. De vrouw stelde zich voor als directieassistente en begon gelijk een verhaal over de activiteiten van de organisatie. Memola pakte haar info-tablet en begon verwoed allerlei dingen te noteren. Ze zaten voor een grote glaspui die uitkeek op de ingang en de personeelspoort. Ze luisterde netjes en stelde enkele vragen. Ze wilde ook weten waarom er nu niemand buiten wandelde, ondanks het mooie weer. Volgens de directie-assistentie was dit min of meer het rustuurtje. Vele bewoners deden even en tukkie. Memola wilde graag de recreatie en eetruimte zien. Ze prees het tehuis voor de schitterde en zeer verzorgde entourage. De directie-assistente was duidelijk ingenomen met haar bevindingen en bood aan om even door het gebouw naar de recreatiezaal te gaan en een van de kamers te bekijken. Memola zette haar uitgebreid op de foto en ze wandelden naar de recreatieruimte die op dezelfde verdieping zat. Een grote groep ouderen waren in de zaal aanwezig. Er werd een oude film gedraaid. Ze wandelden rustig rond en Memola nam een paar foto's van de mensen van achteren, kijkend naar het filmscherm. Het zag er allemaal prima uit. Ook deze ruimte keek uit op de voorkant, het personeelshuis. De directieassistentie daalde een trap af, een grote brede trap en liet een verdieping lager een wooneenheid zien. De woning was leeg en werd uitgebreid schoongemaakt. Ook hier was het uitzicht richting het personeelshuis. De vorige bewoner was overgeplaatst en de ruimte werd gereed gemaakt voor de volgende bewoner. Opnieuw was Memola onder de indruk van de keurig nette en verzorgde leefomgeving in dit tehuis.

Ze verlieten de wooneenheid en Memola liep de gang uit. Ze wilde wel even naar de andere kant van het tehuis kijken. Het uitzicht richting het landhuis bleef aan haar blik onttrokken. Iets verderop stond er een kamerdeur open van een wooneenheid naar de andere kant. Prompt wipte ze daar naar binnen en liep door naar het raam. Het raam was voor driekwart afgeplakt. Ze kon er met moeite overheen kijken. Ze nam meteen een foto van de situatie en van het landhuis. De directie-assistente kwam meteen boos achter haar aan. Ze werd meteen naar de lift gedirigeerd. Tot Memola's verrassing ging er een telefoon af. De directieassistente nam haar mobieltje op en werd kennelijk nadrukkelijk toegesproken. Ze was duidelijk geïrriteerd. Ze zei netjes: "ja, meneer" , en verbrak de verbinding.

Ze zuchtte diep. Stapte de lift weer uit en commandeerde Memola om mee te komen. Ze ging meteen twee trappen op en liep een open ruimte in. De juffrouw die Memola bij de poort had opgehaald keek haar vragend aan. De directieassistente knikte alleen maar naar de deur achter de juffrouw. De deur ging open en een oudere man kwam naar buiten. Hij stelde zich voor maar Memola kreeg zijn naam niet echt mee. Ze liepen het kantoor in en de directie-assistente begon gelijk haar verhaal over het wangedrag van Memola. De directeur maande haar tot rust. De directie-assistente vertrok.

De directeur glimlachte. Ze hadden een probleem met de familie die in het grote landhuis woonde. Hij wilde er formeel niet over praten en wilde nadrukkelijk de belofte hebben dat er niet over zou worden geschreven, voor hij verder zou toelichten wat er was mis gegaan. Memola deed de gevraagde toezegging. Hij vertelde dat er een proces was geweest van de eigenaar van het tehuis, die in het landhuis woonde, tegen het landhuis. Hij had geëist dat de ramen tot zekere hoogte zouden worden afgeschermd wegens schending van zijn privacy. De rechter had hem in het gelijk gesteld. Hij ergerde zich aan die situatie maar kon er niets tegen doen. De bewoners waren er aan gewend en werden van te voren over deze voorwaarde ingelicht. Natuurlijk ergerde iedereen zich hieraan maar het was een voldongen feit.

Memola bedankte hem voor de toelichting. De directeur schudde haar de hand en riep de juffrouw die in de ruimte voor zijn kantoor zat om haar weer naar buiten te begeleiden. Memola voelde zich aan de ene kant voldaan over het prima tehuis maar had een raar gevoel over de gang van zaken na haar privé uitstapje. Ze nam nog een paar foto's, bedankte de juffrouw en stapte de parkeerplaats op. Ze nam nog een foto van de ingang en wilde zich omdraaien.

Ze kreeg een zak over haar hoofd en werd meteen gekneveld. Ze kon zich niet bewegen. Ze probeerde zich opzij te gooien maar haar benen begaven het. Ze verloor het bewustzijn. Ze voelde nog dat ze werd opgetild maar daarmee hield het op.

Langzaam kwam ze bij. Ze probeerde te bewegen en dat ging eigenlijk wel. Ze lag op haar zij op een harde ondergrond. Had ze de gniffel van de overmeesteraar goed gehoord. Het had haar in de oren geklonken als de gniffel van de reus die ze eerder had ontmoet. Dat legde meteen een verband tussen de vorige ontvoering en deze actie. Had ze ergens pijn. Ze voelde niets. Voorzichtig deed ze haar ogen open. Het was donker. Was er iets mis met haar ogen? Nee, ze lag gewoon in een of andere afgesloten ruimte. Ze strekte haar voeten en kwam vrijwel meteen tegen een wand aan. Ze voelde omhoog. Ze kwam meteen tegen een plafond aan. Het leek wel een kleine kist. Ze voelde een doek over haar hoofd en trok die weg. Het was de zak die over haar hoofd was getrokken bij haar gevangenneming. Wat was hier nu aan de hand. Ze probeerde meer te zien, nu de doek weg was. Ze rook een rare geur. Ze was weer bedwelmd. Ze rook in ieder geval een afwijkende etherachtige geur. Er was nu iets meer licht in de ruimte waarin ze lag. Het kon ook zijn dat haar ogen een beetje wende aan het donker. Hoe lang zou ze uitgeteld geweest zijn. Ze wist het niet. Ze wilde hier niet zomaar blijven afwachten. Ze moest iets ondernemen. Ze draaide op haar rug en keek naar het plafond. Houten latten. Ze lag echt in een kist. Ze trok haar benen op en probeerde met haar voeten hard omhoog te stampen. Het gaf een behoorlijke knal. Ze hoorde het hout wel kraken maar niet echt meegeven. Ze luisterde of ze iets hoorde. Enige reactie van buiten. Nee, helemaal niets te horen. Ze besloot meteen als een dolle tegen het hout aan te stampen. Ze had best wel sterke benen dus hier moest iets te bereiken zijn. Ze stampte en stampte nogmaals, nog twee, drie keer. Er leek weinig schot in de zaak te komen. Ze besloot wat meer naar de kant te schuiven en dichter tegen de zijkant te stampen. In het midden gaf het hout te veel mee.

Het was wel lastig om goed bij de zijkant te komen maar ze lag uiteindelijk toch helemaal tegen de kant. Ze stampte zo dicht mogelijk bij de zijkant tegen het plafond. Nu hoorde zij het duidelijk meer effect hebben.

De plank schoot omhoog. Ze stampte meteen tegen de plank er naast. Ook die schoot los. Ze draaide zich om en kwam langzaam omhoog. Ze hield de planken omhoog en keek om zich heen. De kist stond in een grote ruimte, tussen een groot aantal dezelfde kisten.

Ze klom uit de kist en wandelde de ruimte door. Het leek haar een soort kelder. Tot haar verrassing zag ze tegen het plafond van de kelder een soort klein raampje. De kelder was vrij hoog waardoor ze niet bij het raampje kon. Ze pakte haar kist en sleepte die naar een andere kist die vlak bij het raampje stond. Ze tilde de kist bovenop de andere kist en klom er bovenop. Het raampje was nog niet binnen handbereik. Ze bekeek het raampje en stelde vast dat er een doek voor was gespannen. Ze keek of ze bij de doek kon. Dat lukte haar niet. Ze klom weer naar beneden en ging op zoek naar iets waar ze op zou kunnen staan om hoger bij het raam te kunnen komen. Ze vond een rommelkast waarin een emmer en een bezem stonden. Ze pakte beide

attributen en sleepte ze naar het raampje.
Staande op de omgekeerde emmer kon ze
met de bezemsteel de doek wegduwen. Het
leek buiten, als ze via dit raampje tenminste
naar buiten keek, donker te zijn. Ze moest
een methode vinden om verder omhoog te
kunnen klimmen. Een andere kist op de
twee kisten die ze al op elkaar had
gestapeld leek de eenvoudigste en beste
oplossing. Ze klom naar beneden en nam de
emmer en de bezem mee. Ze moest wel
even grinniken om haarzelf. Ze leek wel een
ridder zo met de emmer als schild en de
bezemsteel als zwaard.

Plotseling flitste er een groot licht aan in de
ruimte waar ze was. Snel liep ze naar de
muur tegenover haar. Ze tuurde rond maar
kon niets nieuws ontdekken. Een grote kale
ruimte met een stelletje kratten en kisten,
allemaal ongeveer even groot. Er waren
maar twee kisten die bovenop elkaar
stonden. Haar kist bovenop. Ze wilde haar
kist nog wel even weghalen maar vlak naast
haar begon de muur opeens weg te
schuiven. Snel liep ze naar de achterkant en

verborg zich achter de zijkant van een van de kisten die daar tegen dezelfde muur stond. Zij ging plat op de grond liggen en bleef zo dicht mogelijk tegen de muur.

Ze hoorde een zware stap. Kennelijk iemand met stevige schoenen aan. De schoenen stopten en gingen daarna prompt met grote snelheid weer terug. Voorzichtig keek Memola om de kist heen. Snel rende ze naar de opening in de muur en rende er doorheen. Achter de opening in de muur was een brede gang. Het zag er zeer verzorgd uit. Recht voor haar aan het eind van de gang was een trap naar boven. Een luxe luie trap. Gelijk rechts van zich zag ze een deur. Meteen sprong ze naar die deur en trok de deur open. Er zat een klein werkkamertje achter met allerlei schoonmaakmiddelen. Ze sloot de deur snel achter zich. Prompt klonk er een schreeuwend en gillend alarm. Ze hoorde al heel snel rennende voetstappen de trap af rennen. Ze klonken als zware militairachtige schoenen. Er werden commando's geroepen maar Memola kon ze niet verstaan. Prompt hoorde ze de rennende voetstappen weer de andere kant op gaan, de trap op en ergens heen. Ze dacht naar buiten. Ze hadden natuurlijk de twee kisten op elkaar zien staan en de doek die voor het raam weggehaald was. De conclusie was duidelijk. Er was iemand ontsnapt. Ze moesten snel naar buiten, want daar moest de vluchteling ergens zijn.

Ze wachtte nog even nadat al het geluid was weggestorven en deed voorzichtig de deur open.

Recht tegenover de deur stond een grote fauteuil. Tot haar schrik zat er een stevige vent in die fauteuil. Hij keek haar recht in het gezicht aan. Hij ging staan en applaudisseerde voor haar. Hij kwam langzaam naar de deur toe lopen.

Hij knipte met zijn vingers en een man kwam de kelder uit en kwam achter hem staan. Memola herkende de reus.

"Hij weer", dacht ze.

Het had duidelijk geen zin om zich te verstoppen. Hoe kon dit. Meteen schoot haar te binnen dat ze nog steeds de stof bij zich droeg, die weergaf waar ze zich bevond. Dit was dus kennelijk de man die verantwoordelijk was voor al die foute activiteiten. Wie was dit, wat wilde hij. Wat had zij daar mee te maken.

Ze stapte de werkkamer uit en wachtte op wat er ging komen. De man draaide zich om en begon richting de trap te lopen.

"Kom maar mee", verkondigde hij.

Hij ging voor de trap linksaf en liep de gang in. Memola volgde. De reus liep meteen achter haar. Bij de trap aangekomen keek ze snel even om naar de reus en zag dat die nog een meter of drie achter haar liep. Meteen spurtte ze de trap op. In enkel stappen was ze op het tussenplateautje en rende de bocht om. De trap ging niet verder. Er was alleen maar een blinde muur. De reus stond al achter haar. Teleurgesteld maar in alle rust draaide ze zich om en ging de trap af. Ze keek de gang in naar de leider. Hij stond grijnzend naar haar te kijken en nodigde haar met een handgebaar uit om de kamer in te gaan, waar hij voor stond.

Memola keek even naar de andere kant maar daar was geen gang. Hoe waren de anderen naar beneden gekomen of was het allemaal namaak. Was er een bandje afgespeeld. Hadden ze alles alleen voor haar op een schijfje staan. Ze keek rond of ze een speaker zag en inderdaad er hing er een recht boven haar.

De man zag haar kijken. Hij knikte met zijn hoofd naar haar als wilde hij duidelijk maken dat hij haar gedachtegang volledig volgde.

Ze stapte de trap af en wandelde naar de man en ging de kamer binnen waarvan hij de deur open hield. Zoals ze had verwacht was het een kamer zonder ramen. Er stonden twee grote fauteuils met een kleine tafel in het midden. De man nodigde haar uit plaats te nemen en Memola ging zitten. De man ging tegenover haar zitten en de reus ging voor de deur staan.

Memola besloot af te wachten wat er zou gaan gebeuren.

"Het is nu zondagmorgen acht uur, plaatselijke tijd," begon de man met een rustige volle stem. "Noem mij maar Paolo", vervolgde hij. "Koffie?"

Hij stond op en schonk koffie in. Hij liet de reus buiten beschouwing.

"Er zijn een heleboel bijzondere dingen aan de hand en ik wil weten wat er speelt", begon hij tot grote verbazing van Memola. Zij wilde weten wat er aan de hand was. Hij moest antwoorden geven, niet zij.

Paolo zag Memola verbaasd kijken. Hij moest glimlachen.

"Mijn opdrachtgever wil dat ik je levend en in goede gezondheid aan hem uitlever. Hij weet dat je kunt rondvliegen met een enorme snelheid en hij wil daar meer van weten. Hij weet dat je van een andere planeet komt maar wil meer weten van de bijzondere kennis die je kennelijk hebt. " Paolo keek Memola aan. Het was een simpel en heel gericht beeld dat hij schiep. Kennelijk had hij ook maar weinig tijd om haar positie in te schatten.

"Wie is jouw opdrachtgever?" wilde Memola weten.

"Dat mag hij zelf vertellen", deelde Paolo simpel mee.

"Hoe denkt hij te weten dat ik kan vliegen, ik ben geen vogel?" wilde Memola weten.

Weer glimlachte Paolo. Hij overwoog of hij de informatie zou verstrekken of niet. Hij besloot haar antwoord te geven.

"Als persoon afkomstig van een andere planeet, die motoren verkocht was je voor mijn opdrachtgever bijzonder interessant. Hij volgde je zo direct mogelijk. Na je vlucht van de locatie tijdens de overval bij de automontage hal, vlakbij Centra, heeft mijn opdrachtgever je vervoermiddel gestoord en gezorgd dat je vlakbij de oude kerktoren zou neerstorten. Nog zittend in je vervoermiddel is een gas aan je toegediend waardoor je een stof in je bloed hebt gekregen die je zichtbaar maakt op een speciale sensor. Die stof is zo krachtig dat je bent te volgen over grote afstand. Dat bleek nogal eens een probleem omdat je regelmatig buiten het bereik van de meetapparaten kwam. Daardoor moesten we een extra meetapparaat in je ruimteschip achter laten en meerdere apparaten op de planeet plaatsen om je te kunnen volgen. Mijn opdrachtgever heeft de apparatuur om je via die meetapparaten te volgen. Hij zegt dat je vliegt. Hij wil weten hoe en op welke manier jij vliegt. Zo simpel is de situatie". Paolo zweeg en keek Memola vriendelijk doch dringend aan.

"Ik begrijp er niets van", begon Memola voorzichtig," waarom vraag jij dit aan mij, waarom laat je dat niet aan je opdrachtgever over"?

Het was even stil.

"Speel je dubbel spel ? "wilde Memola weten.

"Zijn er mogelijkheden dat je rol anders zou kunnen worden dan hij nu is?" wilde Memola weten.

Ze zag Paolo twijfelen.

Memola had gescoord.

Wil je aan de winnende kant meewerken of wil je de criminele, verliezende kant blijven steunen" ging ze door, Paolo duidelijk onder druk zettend.

"Welke toegevoegde waarde kun je voor mij betekenen Paolo. Hoe groot is jouw organisatie en welke krachten kun je inzetten? " vervolgde ze.

"Wel," begon Paolo, "Ik heb een beveiligingsbedrijf met twintig werknemers. Door bijzondere omstandigheden ben ik in deze rol terecht gekomen. Dat geldt ook voor Maximo," hij wees naar de reus. De reus knikte, ten teken dat dit juist was.

Memola zag dat Paolo nog wat wilde toevoegen. Ze wachtte rustig het vervolg af.

"Onze opdrachtgever heeft zich niet bekend gemaakt. Het contact loopt via een contactpersoon, volgens zijn zeggen. Hij heeft door zijn privélegertje mijn vrouw laten kapen. Ik weet niet waar ze is en hoe het met haar is. Van Maximo hebben ze zijn oudste dochter gekidnapt. Zijn vrouw weet van niets. Die zou er aan kapot gaan als ze het wist. We kunnen niet anders dan meewerken maar willen graag een andere oplossing." Paolo keek voor zich.

"Dank voor jullie vertrouwen in mij", begon Memola. "We gaan dit gezamenlijk oplossen. Waar zijn we nu," wilde ze weten.

"We zijn nu in ons bedrijfspand", vertelde Paolo, "maar onze opdrachtgever weet dat we jou in handen hebben. Hij weet dat je in dit pand bent. Hij kan je volgen. Hij informeert mij over waar je bent."

Paolo keek een beetje sip.

"Kunnen we de opdrachtgever hierheen laten komen?" opperde Memola.

"Nee, we moeten je naar een ontmoetingspunt brengen, daar haalt zijn leger je op," reageerde Paolo meteen.

"Waar is dat punt, kunnen we een probleem scheppen en achterhalen waar jullie dames zich bevinden?" wilde Memola weten.

"Zodra we melden dat je vervoerbaar bent, wordt ons vertelt waar we je moeten afleveren. Er werden geen garanties gegeven dat onze dames daarna weer worden vrijgelaten. "

"Kortom, je kunt eigenlijk niets anders dan mij inleveren, " concludeerde Memola.

"Weet je wie je opdrachtgever is of waar hij zijn werkplek heeft?" wilde Memola voor alle zekerheid nog eens weten.

Paolo moest dit ontkennend beantwoorden. Hij had geen idee.

Memola wilde weten of ze nog meer apparaten hadden waarmee ze haar konden meten. Paolo begreep de vraag, Hij had ze niet maar hij wist wel waar hij er nog twee zou kunnen ophalen. Hij wist niet hoe ze

werkten maar dat kon hij zich wel laten
uitleggen.

Paolo begreep meteen de impact van de
vraag van Memola. Ze was bereid om zich in
het hol van de leeuw te wagen, ten behoeve
van Paolo's vrouw en Maximo 's dochter.

Als ze haar via de meters zouden kunnen
volgen, dan wisten ze waar de
opdrachtgever zat en misschien ook wel
waar de dames waren. Althans dat hoopten
ze. Hij kon zijn medewerkers oproepen om
stand bij te zijn zodat ze snel beschikbaar
zouden zijn als ze actie wilden ondernemen.
Ze zouden wachten tot Memola in veiligheid
zou zijn, zodat haar niets zou overkomen.
Memola had toch nog wel de nodige twijfels
over haar eigen positie. Welk risico ging ze
zomaar tegemoet? Wat kon ze verwachten.
Het leek haar alleen maar duidelijk dat ze
midden in een criminele organisatie terecht
zou komen. Dat stond haar helemaal niet
aan. Aan de andere kant had ze nu eigenlijk
geen andere optie.

"Oké, zei ze ,"ga die twee meters ophalen en zodra je terug bent en weet hoe het werkt test je de meters op mij. Dan meldt je dat je mij hebt en dat je mij wilt afleveren. Probeer nog te onderhandelen over het vrijlaten van de beide dames, dan zien we hoe het verder gaat.

Maximo haalde een uitgebreid ontbijt voor Memola en ze genoot van het lekkere eten. Ze had het gevoel dat dit een soort laatste maaltijd was.

Aan de andere kant had ze alleen maar waarde voor de criminelen als ze haar kennis kon delen. Daar had ze wel een heel sterke positie mee.

Paolo kwam terug met de twee meetapparaten. Ze testten de apparaten en konden haar aanwezigheid prima vaststellen. Paolo verdween en ging zich melden bij zijn opdrachtgever of in ieder geval bij diens contactpersoon.

Paolo kwam terug met een kaart en zette een kruis bij het ontmoetingspunt. Het was een plek midden in een groot bos. Redelijk dicht in de buurt.

Op zijn vraag over de vrijlating van zijn vrouw en de dochter van Maximo werd aangegeven dat dat zeker tot de mogelijkheden zou behoren.

Memola vroeg wat ze verwachtten dat de criminelen met hen zouden doen als ze haar hadden afgeleverd?

Paolo keek haar verrast aan. Hij had er geen moment bij stil gestaan dat hij en Maximo gevaar zouden lopen. Hij keek Maximo aan en krabde zich achter zijn oor. Ook Maximo keek Memola geschrokken aan.

"Hoe moet ik worden afgeleverd? "

"In de kist", reageerde Paolo meteen.

"Dan doen we dat en jullie gaan meteen nadat je de kist met mij er in hebt neergezet, weer weg."

Ze hadden haast. Ze wilden vroeg op de plek van de ontmoetingsplaats zijn om ook weer snel weg te zijn.

Ze liepen terug naar de kelder en Memola kroop in de kist. De deksel werd weer dichtgetimmerd en de kist werd met behulp van een karretje verplaats en uiteindelijk door Paolo en Maximo in de vrachtwagen gezet.

Ze reden naar de afgesproken plek, laadden de kist uit met behulp van het kraantje dat op de vrachtwagen zat en reden meteen weg.

Hoofdstuk 13

Memola maakte het zich gemakkelijk in de kist. Wat zou haar boven het hoofd hangen. Zouden ze verwachten dat ze bij kennis was. Waarschijnlijk niet. Ze besloot in afwachting van de komst van de echte piraten rust te nemen. Ze ging rustig op haar zij liggen en deed haar ogen dicht.

Wat moest ze denken van deze rare toestand. Deze topcrimineel, die kennelijk een eigen plek had in de economische organisatie op deze planeet, was wel erg vooruitdenkend. Het sterke was dat hij met zijn gedachtegang, zoals ze die van Paolo had begrepen, de werkelijkheid zeer dicht benaderde. Zij was bezig de volledige economische infrastructuur van de planeet omver te kegelen. De volledige energieindustrie, de auto-industrie, de transportsector, de vliegtuigindustrie, passagiers en ander vervoer door de lucht, het zat allemaal in het toekomstige pakket van de veranderingen die zij teweeg aan het brengen was. In het verlengde hiervan zat natuurlijk het bank- en verzekeringswezen, de bouw etc. . Ze wist dat ze voor zichzelf al bezig was om huizen te bouwen van kunststof. Op de vorige planeet waar ze was geweest had ze gewerkt met een bouwmaatschappij die huizen bouwde uit opblaaskunststof. Met de juiste voorbereiding en de juiste mallen was het totale frame voor een groot huis in een half uur te realiseren. He, ze wist weer iets uit haar verleden. Begon haar geheugen weer terug te keren? Helaas kon ze zich nog steeds niets herinneren over haar ouders of broers of zussen.

Ze hoorde een auto aankomen. Ze concentreerde zich op de geluiden van buiten. De auto remde fanatiek af. Memola hoorde de auto door het zand naar de kist toeschuiven. Ze had het idee dat de auto pal voor de kist stopte. Het scheelde maar een haartje of ze hadden de kist geraakt.

Vrijwel onmiddellijk kwam er een auto met een zware motor van de andere kant aanrijden. De auto stopte al even agressief als de eerste auto. Er sprongen drie mannen uit, die hun deuren hard dicht kwakten. Een van hen riep meteen. "Afblijven, dat is onze kist!"

"Rustig maar, als het jullie kist is, waarom hen je die dan midden op de weg gedropt? Dit is toch geen plek om een kist achter te laten! Zet hem netjes langs de kant als je zo nodig een kist hier wil achterlaten. Ik reed er bijna tegenop, man. Dit kan gevaarlijk zijn!" riep de eerste chauffeur verontwaardigd.

"Oké, sorry," riep een van de mannen, die met zijn drieën dichterbij kwamen en om de kist gingen staan. Memola hoorde dat aan het geschuifel in het zand van de bosweg.

Memola hoorde de eerste chauffeur zich omdraaien, gedag roepen en in zijn auto stappen. Hij startte de motor en reed weg.

Memola hoorde de achterblijvende mannen met zware stemmen met elkaar overleggen. Plotseling werd er iets met een forse klap tegen de kist geramd. De kist schudde flink. Ze hield zich stil. Ze had geen zin om ergens op te reageren. Er werd weer overlegd en de deksel werd met een breekijzer open gemaakt.

Memola bleef gewoon liggen ook al werd er geschreeuwd tegen haar. Een van de mannen boog zich voorover en trok aan haar schouders en tilde haar op. Hij zette haar op haar voeten maar bleef haar strak aan haar schouders vasthouden. De mannen droegen bivakmutsen en hadden handschoenen aan. Een van de mannen kwam naar voren. Hij ging voor haar staan en grijnsde.

"Jij bent een lekker ding, "verkondigde hij grijnzend. Hij strekte zijn hand uit naar haar linker borst en bleef haar strak, grijnzend aankijken.

Memola rekte zich uit. Grijnslachte terug en schopte hem bikkelhard tussen zijn benen.

Gelijk ramde ze haar knie tegen zijn kin die in reactie op haar ballentrap voorover kwam. De grijns was weggetrokken en de man zakte strak achterover. Hij sloeg zijn ogen ten hemel en viel op de grond. Volledig knok out.

Memola stapte meteen naast de man, draaide zich om schreeuwde tegen de drie overgebleven mannen.

"Wat denken jullie dat jullie aan het doen zijn. Waarom denk je dat je baas me levend en wel in handen wil hebben. Hebben jullie wel begrepen wat dat "en wel" betekent? "

Ze keek de mannen aan. Ze waren helemaal niet bedacht op een vrouw die hen de les las. En zeker niet op een vrouw die zomaar even een van hun maten knok out knalde.

"Kom op, breng me bij je baas. Ik moet met hem onderhandelen. Vooruit schiet op!!" schreeuwde ze naar de nog steeds verwarde mannen.

"Oké," vervolgde ze en stak haar hand uit, "geef mij de sleutel maar van de auto en het adres dan rij ik er zelf wel heen".

"Jij, jij blijft bij hem," zei een van de mannen en wees naar een van de anderen. "Kom, we gaan zij hij," en wandelde naar de auto.

Hij stopte bij de auto en haalde een doek tevoorschijn. "Helaas zullen we u moeten blinddoelen, speciale opdracht van de baas", zei hij er meteen achteraan. Ze accepteerde dat en liet zich blinddoeken. Ze nam achterin de auto plaats en hoorde de anderen instappen. Ze had de nummerplaat van de auto goed in haar geheugen geprent. Je wist maar nooit waar het goed voor was.

Ze schatte dat ze meer dan een uur reden. Deels over de grote weg waar ze weinig wendingen maakte maar het merendeel over secundaire wegen. Het zei natuurlijk helemaal niets maar gaf in ieder geval een grens aan het gebied waar de baas zich ophield.

Ze stopten en stapten uit. Memola werd gevraagd haar hand op de schouder van de man voor haar te leggen en met hem mee te lopen. Ze wandelden naar binnen, een gang door en een lift in. Ze gingen een enorm stuk omhoog. Zo'n hoog gebouw kon alleen maar in een grote stad staan. Ze stapten uit en liepen een ruimte in. Ze hoorde geen weerkaatsing van hun voetstappen. Toch was de vloerbedekking niet overdreven dik. Zouden de wanden ook zijn bekleed? Dat gebeurde wel meer.

De man voor haar hield zijn pas even in, kennelijk om voor een deur stil te staan en die te openen of om op die deur te kloppen, veronderstelde ze. Ze stopten inderdaad. Ze vond het maar niks die blinddoek. Ze hoorde de man voor haar op een deur kloppen. Het klonk niet als het kloppen op een deur maar als het met een deurklopper op een massieve deur kloppen.

Ze hoorde vaag iets van "binnen" roepen en de man voor haar deed kennelijk de deur open, want hij boog voorover. Hij deed een stap en ze gingen de deur door.

Memola was het echt zat. Ze stapte achter de man de deur door, liet zijn schouder los en trok de doek van haar gezicht weg. Ze gooide de doek meteen naar de man achter haar die het automatisch opving.

Snel stapte ze langs de man voor haar en keek meteen de ruimte rond. Zoals ze had verwacht was het een behoorlijk grote ruimte, bijna een zaal. De vloerbedekking was hier wat dikker maar zeker stijlvol. De wanden waren bedekt met een ander soort stoffen bedekking, zoals ze had vermoed. Op de wanden hingen grote schilderijen, duidelijk originelen. Ze varieerden van non-figuratief en kleurrijk tot portretten. Vier grote hoge ramen gaven uitzicht over een grote stad. Centra , dacht ze onmiddellijk. Het was een schitterend uitzicht over de hele stad, tot aan de kustlijn toe. Ze herkende de markt en het plateau bij de zee. Snel keek ze naar de andere kant van de kamer, over de grote spreektafel heen naar het bureau dat tegen de achterwand stond. De indeling deed haar onmiddellijk denken aan de ruimte waar ze heen was gebracht door Maximo en zijn kameraden.

Achter het bureau was een goed gebouwde, duidelijk sportieve nog jonge man bezig om op te staan uit de bureaustoel.

Tegen de tijd dat hij rechtop stond was Memola al voor zijn bureau en ging in alle rust in de stoel zitten die tegenover het bureau stond.

De man keek even verbaasd en keek meteen naar zijn medewerkers die nog helemaal verrast voor in de kamer stil stonden. Hij wilde wat gaan zeggen maar Memola was hem voor.

"Gaat u maar rustig zitten hoor," zei ze met een lief en vriendelijk stemmetje.

"Nou, doet u mij maar een kopje koffie, dat lijkt me wel, zwart graag" vervolgde ze. Net alsof ze antwoordde op een vraag van haar gesprekspartner.

De man keek haar verbaasd en tegelijk geamuseerd aan. Hij moest meteen glimlachen. Hij keek weer op naar de twee mannen die nog steeds vlak bij de deur stonden, stak twee vingers op en wuifde hen weg.

Hij keek Memola aan en ging zitten. Hij glimlachte.

Memola vond het een zeer knappe gozer met een prima sportuitstraling. Een goede kop met keurig kortgeknipt donkerblond haar. Helemaal haar type. Ze was verrast over de insteek van haar eigen analyse. Normaal beoordeelde ze de functionaliteit van haar opponent, hoe zakelijk was hij, kon hij uit de voeten met zijn omgeving, hoe zou hij leven, hoe managede hij zijn organisatie. Ze besefte dat ze dat al gedaan had. Hij was de baas. Er was een grote afstand tussen de baas en zijn gemaskerde medewerkers. Hij had geen secretaresse die dingen voor hem regelde. Hij was zelf de regelneef.

Dat beviel haar allemaal ook zeer.

Hij glimlachte naar haar en ging rechtop zitten.

"Welkom, mijn naam is "Roland". We hebben nog geen kennis gemaakt maar ik weet veel over jou. Jij bent van buiten de planeet en hebt motoren verkocht aan Cor voor zijn auto-industrie. Die super speciale auto's gaan binnenkort op de markt komen. Jouw kennis over de toegepaste technieken is uitzonderlijk waardevol. Ze kunnen ongetwijfeld op een groot aantal andere terreinen worden toegepast. Ik ben een zakenman en zeer geïnteresseerd in jouw kennis en de mogelijke toepassingen daarvan in de praktijk. Zouden we samen iets kunnen opzetten?"

Memola was helemaal ingepakt door de bijzondere charmante en geweldig klinkende stem van Roland. Het timbre deed haar bijna trillen. Ze was zwaar onder de indruk. Ze moest zich meteen tot de orde roepen. Dit was een keiharde zakenfreak die niet terugdeinsde voor moord en doodslag, kidnapping etc. Blijf wakker. Tuurlijk zijn verhaaltje is goed maar het blijft een eerste klas piraat en crimineel, dus levensgevaarlijk. Ze vermande zich.

"Mogelijk", begon ze voorzichtig. Aan de andere kant is het bepaald niet mijn gewoonte om met mijn ontvoerder dealtjes te sluiten, niet zonder uitgebreide excuses, een liefdevol verhaal dat het een misverstand was, dat anderen van alles verkeerd begrepen hadden en dat je natuurlijk niets te maken hebt met kidnapping, overvallen etc. etc."

Ze keek hem uitdagend aan. De man was ongetwijfeld een uitmuntend vechtjas en een prima bokser. Ze wist bij voorbaat zeker dat deze man haar vechttechnieken absoluut onder de maat inschatte. Hij wist niets van haar op dit terrein. Dat was vooral gevaarlijk voor hem. Ze gniffelde een beetje in zichzelf. Voorzichtig, onderschat hem niet, hield ze zichzelf voor. Ze stond op.

"Geen informatie, vervolgde ze na de korte stilte die er was gevallen, dan ga ik weer" ze draaide zich om en wandelde rustig naar de grote ramen, bekeek het uitzicht en liep naar de deur.

Net op dat moment ging de deur open en kwam een jonge vrouw binnen met een dienblad met twee koppen koffie.

"Zet het maar hier op de tafel", zei Memola meteen en wees naar de grote spreektafel. Ze wilde dit vrouwtje niet in haar problematiek betrekken en ze wilde de deur open houden, zodat ze weg kon zodra ze dat wilde. Ze hield de deur open voor de vrouw die met een kort knikje weer naar buiten stapte.

Ze zag aan zijn reactie, dat Roland een kleine misrekening had gemaakt. Ze keek in de sponning van de deur en zag dat daar een vergrendeling in zat die nu geactiveerd was. De bedoeling was geweest dat zij de deur niet uit had gekund en dus bij hem opgesloten had gezeten.

Roland kwam gehaast uit zijn stoel en rende bijna naar haar toe. Memola begreep dat zijn superioriteitsgevoel aan het afbrokkelen was en besloot dit verder uit te buiten en af te breken. Deze prachtige piraat verdiende beziggehouden te worden.

De juffrouw stapte er door en Memola gooide de deur meteen achter haar in het slot. Roland struikelde haast over zijn eigen benen en stond bijna verbaasd stil bij de tafel. Memola deed een stap naar voren, pakte een stoel van de tafel, vlak bij de koffie en ging zitten. Ze pakte een koffiekop en trok die naar zich toe.

Roland was duidelijk uit het veld geslagen. Dit had hij nog nooit meegemaakt. Hij was altijd in de bestuurdersstoel, hij bepaalde wat er gebeurde. Wat gebeurde hier. Natuurlijk deze chick was zo dom dat ze niet door had wie ze voor zich had. Hij zou het haar wel even duidelijk vertellen. Alhoewel, hij zou haar spelletje wel even kunnen meespelen. Ze kon toch geen kant op. Ze zag er best wel goed uit, misschien waren er wel heel andere opties als waar hij normaal aan dacht.

Memola hoorde bijna zijn gedachtegang. Ze zag hem reageren, al naar gelang zijn invalshoek. Uiteindelijk ging hij bij haar aan de tafel zitten en pakte ook een kop koffie. Memola genoot van het kopje koffie, heerlijk vol van smaak en goed gezet. Ze keek Roland uitdagend aan.

"Vertel eens wat meer over jezelf en je zaken", vroeg Memola.

Roland schoof zijn stoel wat naar de tafel en nam nog een slokje van zijn koffie. Hij schoof zijn stoel weer wat naar achteren en keek Memola aan. Hij zou het haar maar meteen recht voor haar raap gooien.

"Ik ben de beruchtste crimineel van deze hele planeet. Ik leef van drugs, alcohol, casino's, wapenindustrie en banken. Ik heb natuurlijk een eigen bank want banken zijn niet te vertrouwen." Hij grijnsde Memola uitdagend aan.

"De ideale zakenpartner", vervolgde hij. "Je bent altijd veilig want niemand zal het wagen om het mij moeilijk te maken. Ik hoor niet tot de tien families die het op deze planeet voor het zeggen hebben. Ik heb mijn eigen "familie". Iedereen gaat mij uit de weg. Doet iemand moeilijk dan regel ik wel even een oplossing die mij bevalt. Dat ben ik zo gewend in mijn eigen business. Dat kan ik ook in de rest van alle businessen. "

Roland haalde zijn schouders er bij op. Dit was voor hem de gewoonste zaak van de wereld.

"Fout", schreeuwde Memola . "Business doen is gebaseerd op vertrouwen. Als jij je directe medewerkers niet kunt vertrouwen dan is je business waardeloos. Wat weet jij van vertrouwen. In jouw business is vertrouwen een levensnoodzaak. Bij vertrouwen hoort het krijgen van betrouwbare informatie zodat je de juiste beslissingen kunt nemen. Zonder de juiste informatie maak je verkeerde beslissingen. Zoals jij hebt gedaan door opdracht te geven om mij te ontvoeren. Dat was een blunder. Een toekomstig zakenpartner laat je niet ontvoeren, die benader je voor een gesprek. Die komt vrijwillig naar het overleg. Daar bespreek je de voorwaarden waaronder je met elkaar in zee wilt gaan. Daarna verdeel je onderling de taken. Dat kun jij niet. Jij kunt niet iemand anders vertrouwen om de business te doen van producten waar je nu nog helemaal niets van hebt gehoord, waar je niets van weet en waar je geen verstand van hebt. Kun je je beperken tot het beschikbaar stellen van geld. Je geeft mij 500 miljoen en over drie jaar ga ik je dat bedrag terugbetalen met een winstdelingsregeling. Kun je dit wel financieren of niet." Memola keek hem uitdagend aan.

Roland kon haar verhaal wel volgen maar de impact helemaal niet. Wat hij begreep is dat ze een heleboel geld wilde en er drie jaar over wilde doen om te beginnen met terugbetalen. Hij mocht zich niet met de business bemoeien. Dat kon natuurlijk niet. Hij wilde altijd van te voren weten waar het geld voor zou worden besteed. Hij wilde de prototypes controleren en bekijken en daarna pas akkoord geven voor een vervolgfinanciering voor de productie en verkoop van de producten.

Memola kon hem volledig volgen. Ze betrapte zich erop dat ze nu toch feitelijk bezig was om een regeling te treffen met een doorgewinterde crimineel voor de financiering van een deel van haar producten. Aan de andere kant was het geld van zijn bank dat ze leende. Dat die bank illegale inkomsten wit waste was niet haar zaak.

"Jij mag alles op papier laten zetten en we spreken af dat we volgende week om deze tijd hier weer bij elkaar komen om de stukken te tekenen. Voor alle duidelijkheid. Het is een lening die jouw bank aan mij verstrekt. Denk er goed over na voor je akkoord gaat. Het is wel een super lucratieve business. Maar voor de langere termijn."

"Roland, er zijn nog een paar andere dingen waar ik met je over wil praten." Ze keek hem strak en serieus aan.

Hij knikte en spreidde zijn armen, alsof hij zegge wilde, kom maar op.

"Ben jij verantwoordelijk voor de inbraak in mijn ruimteschip? " Memola liet in het midden welke inbraak ze bedoelde.

Roland glimlachte. "Oké, "vervolgde hij, zichzelf met zijn rechterhand op zijn knie slaand. "Ik zal eerlijk zijn tegen mijn nieuwe zakenpartner. Ergens kan ik het nog steeds niet helemaal geloven, maar dat is toch zo. Wij zijn zakenpartners, ja, toch?" Hij stond op en stak zijn hand uit", hij leek een opgetogen jongetje.

Memola pakte zijn hand en zij, "Ja, in principe zijn we zakenpartners, tenzij je allerlei nieuwe voorwaarden in de papierwinkel stopt van volgende week.

" Oké, ik luister" herinnerde ze hem aan zijn toezegging om eerlijk antwoord te geven.

Hij keek haar aan en ging weer zitten. Hij knikte en glimlachte een beetje.

"Memola, ik had mij nog nooit bewust met jou bezig gehouden, tot een uur geleden. Ik werd door een van mijn mannen gebeld. Hij ging ene Memola ophalen. De vrouw van de buitenaardse motoren. Hij zou bivakmutsen gebruiken om niet herkend te worden. Er was haast bij. Ze hadden een boodschap onderschept, via de telefoon dat jij zou

worden gedropt. Ze gingen jou oppikken.
Natuurlijk kende ik jouw naam vanuit de
televisie-uitzending over de aankoop van
buitenaardse motoren die de auto-industrie
op zijn kop ging zetten. Maar dat was alles.
Ik moet eerlijk bekennen dat ik erg veel
mogelijkheden zie in onze samenwerking. Ik
heb hele hoge verwachtingen. "

Hij keek Memola trouwhartig aan.

Memola keek hem zwaar teleurgesteld aan.
Ze slaakte een diepe zucht. Ze wist nog niet
echt of ze hem moest geloven. Als het waar
was , zat ze helemaal op het verkeerde
spoor. Als hij van niets wist waren de vrouw
van Paolo en de dochter van Maximo in
groot gevaar ! Ze moest iets doen. Ze nam
een besluit. Ze zou Roland proberen in te
schakelen.

Ze ging zitten. "Roland ik heb een probleem.
Ik zal eerlijk tegen je zijn en ik hoop dat je
mij als je zakenpartner wilt helpen." Ze keek
hem ernstig aan.

"Ik ben gevangen genomen door een
tweetal mannen die onder druk verplicht

waren om actie te nemen. Wat was er aan de hand: De vrouw van de ene man en de dochter van de andere man zijn gekidnapt. De kidnapper heeft ze opgedragen mij te ontvoeren en bij hem te brengen. Mijn aflevering was bedoeld om te zorgen dat de twee vrouwen vrij konden komen. Ik zag dat als mijn bijdrage aan deze twee mannen. Ik begreep dat zij weinig keuze hadden." Ze keek Roland hulp vragend aan.

"Wat kunnen we doen? Hoe kunnen we die twee vrouwen redden en waar moeten we zoeken?" Ze voelde zich verantwoordelijk voor de ontstane situatie.

Roland knikte, stond op en zei "Een momentje". Hij stak zijn vinger er bij op en ging naar de deur. Hij tikte op een bepaalde manier op de deur en vrijwel meteen werd de deur opengetrokken.

Een van de mannen met nog steeds zijn bivakmuts op stond achter de deur met een pistool schietklaar in zijn hand. Hij wilde naar binnen stappen maar Roland bleef midden voor zijn neus staan. De man deed meteen

een stap achteruit. Hij keek snel langs
Roland en zag Memola in de stoel zitten bij
het bureau. Roland stapte opzij en wenkte
hem naar binnen. De man stapte naar
binnen en Roland sloot de deur meteen
achter hem. Memola hoorde de deur weer in
het beveiligingsslot klikken.

Roland wees naar een stoel en vroeg de
man te gaan zitten. Hij noemde duidelijk
bewust geen naam.

"Jullie hebben Memola opgepikt, er zijn twee
mannen achtergebleven. Wat is er verder
gebeurd?"

Memola vond Roland heel gericht en snel ter
zake.

De man met bivak knikte en vertelde dat de
twee man hadden gewacht op het originele
afhaalteam. Allereerst was de ene man die
neergegaan was opgelapt met water en wat
pepmiddelen. Zijn bloedneus was gestelpt .
Het is een harde en hij is best wel wat
gewend. De kist was langs de kant van de
weg gezet. Ze hadden een flink houtblok uit
het bos gehaald en in de kist gedropt.

Daarna hadden ze de kist weer dicht gemaakt en waren zelf het bos in gegaan. Nog geen vijf minuten nadat ze het bos in waren gegaan, kwam er een kleine vrachtauto met een open laadbak met een kraantje over de weg, van de kant van de stad. De vrachtauto stopte een meter of tien voor de kist. Er werd rond gespied. Alles was stil gebleven. De auto was langzaam naar voren gereden en was naast de kist gestopt. Het kraantje dat boven op de auto stond had de kist opgepikt en aan boord gehesen. De mannen hadden geen auto dus waren ze achterop de vrachtwagen in de laadbak gesprongen toen de auto weer optrok. De auto had zeker een uur rondgereden. De mannen hadden zich even snel kort gemeld via een berichtje en zouden weer berichten wanneer ze wisten waar de vrachtauto stopte. Het kenteken was doorgegeven. Ze waren dit aan het natrekken. Zodra ze meer wisten zouden ze Roland op de hoogte brengen. De man vertrok. Op dit moment konden ze weinig doen.

Ze moesten wachten op meer informatie.

Roland liet Memola de ruimte achter het kantoor zien. Een volledige wooneenheid met alles er op en eraan. Er was ook een vrije grote sportruimte en Roland vertelde dat hij hier elke dag wel een uurtje doorbracht. Memola zei niets over haar vechthistorie en liet het er bij.

Hoofdstuk 14

Pas een uur later meldde de medewerker met bivakmuts zich weer. Roland en Memola hadden net hun ronde door de woning afgesloten toen de man zich meldde. Hij had een kaart bij zich en liet zien waar de vrachtwagen was gestopt en waar de kist was uitgeladen. Tot grote verrassing was de kist in een lege loods neergezet en alleen gelaten. Het was zaak om er snel heen te gaan om mogelijk iets te organiseren.

Het kenteken van de vrachtauto bleek helaas vals te zijn.

Memola keek Roland aan. Roland nam afscheid en Memola ging samen met de man met bivakmuts naar de lift. Ze stapten in de parkeergarage onder het flatgebouw

uit en stapten meteen in een personenauto.
Memola moest achter het stuur plaats
nemen. De man liet de kaart liggen en zei
dat hij haar zou volgen in zijn eigen auto. Hij
sloot de deur meteen en verdween. Memola
bekeek de kaart en tikte het adres dat er op
geschreven was in de navigator van de auto.
Het adres werd herkend en Memola startte
de motor en reed weg.

Volgens de navigator moest ze toch nog
ruim twintig minuten rijden om het adres te
bereiken. Ze zette er de sokken in. Ze had
toch een beetje haast. Het was prima weer
en ze schoot lekker op.

Het verkeer werkte best wel mee maar ze
had toch die ingeschatte twintig minuten
nodig. Ze was uiteindelijk helemaal aan de
andere kant van Centra. Een stuk het land in
en achter een klein dorpje bleek een klein
industrieterrein te zijn. Ze reed langs het
adres en parkeerde een stukje verderop, om
een bocht bij een parkeerplek bij de bosrand
met een paar bankjes. Ze wandelde langs
de andere kant van het industrieterreintje en
zag een tussendoor paadje, dat tussen de

kavels door liep. Ze liep, rustig wandelend het paadje in en bekeek het open terrein erachter. De achterkant van de loods was hier volledig open, waar die aan de voorkant afgesloten leek. Ze keek rond, zag niemand en wandelde in alle rust naar het gebouw. De achterdeur, duidelijk een soort personeelsingang zat op slot. Natuurlijk. Memola keek om zich heen en zag een bloempot staan waarvan de blaadjes dood over de rand hingen. Ze tilde hem op en zag tot haar verwondering, zowaar de sleutel onder de pot liggen. Ze pakte de sleutel, deed de deur van het slot, legde de sleutel terug, zette de pot er weer op en stapte naar binnen. Het was er donker. Ze stond in een kleine gang. Ze voelde naast zich tegen de muur. Ze dacht daar een lichtknop gezien te hebben. Ze voelde de knop en deed het licht aan. Het was een vrij lange gang. Memola liep naar de andere kant, deed daar het licht uit en deed langzaam de deur open. Ze keek door een kleine spleet. Het licht sprong haar tegemoet. Ze moest er even aan wennen. Ze deed de deur voorzichtig verder open. De scherpe lichtstraal was helemaal gericht op het midden van een grote, volkomen lege hal. Midden in de lichtstraal stond de kist. Er omheen stonden vier stevige kerels. Alle vier hadden ze een knuppel in de hand. Ze stonden alle vier met hun blik strak gericht op de kist.

Memola stapte naar binnen en sloot de deur zachtjes. Ze keek om zich heen en zag vlak naast zich een stalen trap schuin omhoog gaan. Ze besloot zachtjes die trap op te gaan en voorlopig alles even van boven af te bekijken. Zachtjes sloop ze naar boven. Ze had bewondering voor de mannen die zo geconcentreerd naar de kist bleven loeren. Ze hadden duidelijk opdracht haar niet uit de kist te laten.

Ze ging rustig op de grond zitten op het hogere deel. Van hieruit kon ze alles goed overzien, terwijl ze zelf behoorlijk in het donker bleef.

Ze wachtte rustig af. Kennelijk was een belangrijke figuur onderweg, anders zouden er geen vier wachten neergezet zijn.

Na een half uur werd Memola het wachten moe. De kist moest hier toch al meer dan anderhalf uur staan. Waar waren de mannen van Roland. Ze had niet gemerkt dat ze was gevolgd. Ze haalde haar schouders op. Ze zouden zich vanzelf melden.

Plotseling begon er een grote schuifdeur opzij te schuiven. Memola besloot te gaan liggen om niet te veel op te vallen. Ze keek over de rand de loods in. Een zeer luxe personenauto kwam binnen rijden. De auto stopte vlak voor de kist. Memola pakte haar info-tablet en maakte een foto van de auto, zonder flits. De chauffeur stapte uit, liep om de auto heen en opende de deur voor zijn passagier. Memola nam opnieuw een foto. Deze man kende ze niet. Ze voelde wel de gevaarlijke uitstraling van deze man. De man deed drie stappen en knikte. Prompt veranderden de vier mannen hun houding en gingen pal naast de kist staan. Een pakte een kennelijke naast de kist klaar liggende koevoet en wipte de deksel van de kist. Alle zes mannen staarden naar de boomstronk die eenzaam en alleen in de kist lag. De luxe passagier gaf een brul van woede. Hij draaide zich om en wilde weer in de auto stappen.

Memola had hierop gewacht. Ze gaf een enorme gil. Alle zes mannen draaiden zich vliegensvlug om en staarden naar haar. Ze konden haar natuurlijk helemaal niet zien, kijkend vanuit het licht naar het donker. De passagier sprong alsnog in de auto en gilde naar de chauffeur dat hij moest rijden, weg van hier. De chauffeur gehoorzaamde meteen, sprong in de auto en racete weg door de deur waardoor hij was binnen gekomen. De vier mannen die waren achtergebleven sloegen meteen op de vlucht. Ze renden meteen naar buiten door diezelfde deur.

Memola keek verbaasd naar de vlucht. Dit was niet de bedoeling geweest. Ze had alsnog in overleg willen treden met de "baas". Ze wist eigenlijk niet hoe ze hem moest omschrijven of noemen. De echte boef. Ze wilde het beestje graag een naam geven, al was het maar om zich beter op de man te kunnen focussen. Dit was een echte slechterik. Natuurlijk was Roland een raszuivere crimineel maar hij was actief op de gebruikelijke terreinen. Wat deze man precies uitspookte wist ze niet. Ze vond hem creapy, gevaarlijk en onbetrouwbaar. Ze had een heel slecht gevoel bij deze man.

Ze ging de trap af en wandelde naar buiten, door de nog steeds open staande schuifdeur. Het was nog steeds lekker weer en ze wandelde rustig terug naar de auto van Roland. Ze had trek gekregen.

Ze had geen idee van de tijd maar had aardig trek gekregen. Ze reed terug naar het nabij gelegen dorpje en nam daar een uitgebreide maaltijd op een heel leuk terrasje, waarvandaan je leuk over het dorpsplein en aan de andere kant over een klein jachthaventje uit keek. Het eten was prima en ze genoot van de invallende duisternis. Ze zag nergens enig teken van iemand die haar volgde of in de gaten leek te houden.

Ze herinnerde zich opeens weer dat ze het middel van herkenning nog steeds bij zich droeg, waardoor haar verblijfplaats zichtbaar zou zijn. Als dat nog steeds het geval was, dan hadden ze toch allemaal geweten dat ze niet in die kist zat. Wat was hier aan de hand ? Het was allemaal show. De wagen, de kist, alles? De gekidnapte vrouw en dochter ook, of dan nou net weer niet. Ze zat er even verslagen bij. Ze was weer de draad kwijt, Wat was een verzinsel en wat was echt. Ze zuchtte eens diep.

Ze was het zat. Ze rekende af, stapte inde geleende auto en reed terug naar het tehuis waar ze op bezoek was geweest en waar haar auto nog stond. De navigator bracht haar waar ze wilde wezen. Ze liet de sleutel op de bestuurdersstoel liggen en wandelde naar haar eigen auto.

Ze keek rustig om zich heen maar kon niets en niemand ontdekken. Ze trok de doek van de auto, opende de auto met de codes, haar vingercode en haar ogen en stapte in. De auto gaf aan dat er beschadigingen aan de buitenkant waren. Kennelijk was er geprobeerd in te breken in de auto. Dat was niet gelukt. Ze steeg ter plaatse meteen op en vloog rechtstreeks terug naar haar ruimteschip.

Ze zag niets bijzonders rond haar ruimteschip en ging rustig de grote sluis in van het ruim. Ze parkeerde dicht bij de trap en wilde naar boven gaan, toen ze een klein pakketje onder de trap zag zitten, tegen de zijwand van het ruim aangedrukt. Ze moest meteen denken aan de versterker van haar signaal. Ze dook onder de trap en haalde het pakketje dat met tape aan de buitenwand was vastgeplakt los en nam het mee naar boven. Ze pakte het pakketje uit in de computerkamer en bekeek het. Er was niets aan te zien. Gewoon een doosje. Ze probeerde of het open kon en inderdaad, het dekseltje schoof gewillig van het doosje. Er onder zag ze een schermpje met een drietal getallen. Ze nam aan dat het de ontvangstfrequentie was, de kwaliteit van de ontvangst en de sterkte van de uitzending. Ze voerde de gegevens in in de computer en gaf een omschrijving van de functie van het apparaatje. De computer gaf dezelfde suggesties als ze zelf had gemaakt. De computer vond het ontvangen signaal wel heel erg matig. De verzendkracht was wel honderdduizend keer zo sterk. Ze besloot het schip nog te inspecteren op de aanwezigheid van nog meer kastjes. Ze liet eerst de computer zoeken naar signaalversterkers op de frequentie van het eerste kastje. De computer vond er twee binnen en nog een buiten en een in de theepot. Ze verzamelde ze allemaal en schakelde ze uit door de batterijen er uit te halen. Ze was moe. Ze nam nog een kleine snack, instrueerde haar medic om haar signaalgegevens te bekijken en ging slapen.

Ze werd verkwikt wakker. Ze voelde zich prima. De medic schreef haar ochtendoefeningen voor, wat ze de laatste weken een beetje had verwaarloosd en deze keer gehoorzaamde ze. Ze oefende fanatiek en douchte daarna uitgebreid. Ze bekeek de gegevens van de medic inzake haar straling en stelde vast dat die vrijwel volledig weg was. Het signaal was nog nauwelijks meetbaar voor de medic, laat staan voor anderen op afstand. Het intrigeerde haar toch wie hier nu achter zat. Ze koppelde haar info-tablet aan de computer en liet de foto's van de auto en de piraat, zoals ze de man maar zou noemen, groot in beeld brengen. Ze stuurde de beelden door naar het scherm in de woonkamer en nam haar ontbijt mee naar de woonkamer.

Ze at met smaak en bekeek de twee foto's uitgebreid. Ze vergrootte het beeld van de auto en noteerde het nummer en liet de computer de eigenaar achterhalen. Ze vergrootte ook het gezicht van de piraat. Ze liet hem afdrukken en de computer ook via de info-tablet en het internet zoeken om de man te identificeren.

Ze ruimde haar ontbijtspullen netjes op en liep naar de computerkamer. Ze bekeek de resultaten en was behoorlijk teleurgesteld. Het nummer van de auto bleek niet te bestaan en er waren honderdduizend matches op de foto van de piraat. De computer stelde nog de vraag of er rekening gehouden moest worden met vermommingen. Memola begreep dat dit een zinloze actie was. Dit had alleen zin als ze meer normen kon invoeren waaraan de piraat voldeed. Ze dacht hier over na. Had de piraat iets te maken met enig speciaal vakgebied. Ja, hij wist het nodige over inspuitingen met stralingsmiddelen die niet schadelijk waren voor de patiënt. Biochemie en straling? Dat was behoorlijk specialistisch. Ze voerde de termen als extra opties in. Tot haar verrassing bleven er nog maar drie kandidaten over. Ze bekeek de drie kandidaten. Ze zouden het alle drie kunnen zijn. De computer vroeg nog eens of hij vermommingen mee moest nemen in de beoordeling. Memola besloot de computer die ruimte te geven en prompt kwam de computer met twee dames die ook in het profiel pasten. Memola was wel een beetje verrast maar besefte dat ze automatisch had aangenomen dat het om een man ging. Ze bekeek de vijf profielen. Vond ze dat de piraat in de buurt van Centra moest verblijven. Eigenlijk vond ze van wel. De computer lokaliseerde de vijf op de planeet. Geen van hen zat in de buurt van Centra.

Memola vond het erg onbevredigend.

Ze ging achteruit zitten en nam een kop koffie. Ze moest maar weer eens met zichzelf overleggen waar ze stond en wat ze wist. Het probleem was dat alle verhalen verzonnen konden zijn. Er was nergens ook maar enig bewijs voor de inhoud van een verhaal. Roland die zei van niks te weten maar wel binnen de kortste keren bereid was een enorm bedrag te lenen. Paolo en Maximo met het kidnapverhaal. De piraat die een lege kist laat bewaken terwijl hij kan weten dat die leeg is. De piraat die meteen als ze een gil slaakt verdwijnt. Niet de piraat die onmiddellijk zijn vier zwaargewichten op haar afstuurt maar gewoon weg gaat. Allemaal raar en tegenstrijdig.

Ze realiseerde zich dat ze geneigd was Roland te geloven. Zijn verhaal, hoe merkwaardig ook, leek bewaarheid te worden door het verschijnen van de piraat in de loods met de kist. Ze realiseerde zich dat Roland de grootste crimineel van het land was en dat ze geneigd was hem te geloven misschien wel mede door zijn mannelijke voorkomen en zijn charmante verschijning en zijn geweldige stem. Wat een heerlijke man.

Ze zuchtte eens diep. Ze moest ergens beginnen. Zo kwam ze nergens. Wat waren de feiten. Ze moest eerst feiten vaststellen. Wat was het eerste feit. Ze had Johan bij zijn fabriek gezien. Ze had de overval deels zien plaatsvinden. Ze was neergestort met de vliegauto. Daar was haar het middel toegediend waardoor ze straling gaf. Wacht even. Wist ze dat wel zeker. Wie had haar dat ook al weer verteld? Paolo. Hij had haar dat verteld. Hoe had hij dat geweten. Iemand had het hem vertelt moeten hebben of hij wist het uit eigen kennis. Waarom zou iemand hem dat vertellen? Waarom zou de kidnapper van je vrouw, jou vertellen wat hij met iemand anders heeft uitgespookt. Ze kon zelf niet met zekerheid zeggen dat het zo was gebeurd. Hoe wist hij dat ze daar was neergestort? Ergens was dit niet helemaal zuivere koffie.

Ze had in de buurt van het kerkje overnacht. En was via het nabij gelegen dorpje teruggekeerd naar haar ruimteschip. Daar werd ze opgewacht door Cor. Cor had gezegd dat hij de vader was van Johan. Uit de beschrijving van Johan was Cor een ander soort persoonlijkheid dan iemand die inbreekt in een ruimteschip. Was de man die ze hier aan boord had gehad wel Cor, of was het de piraat verkleedt als Cor. Ze hield het idee een beetje vast. Wat wist ze van Cor. Alleen zaken van derden. Ze besloot wat gegevens op te vragen over Cor. Tenslotte een belangrijke manager in de auto en de vervoersindustrie en de metaal, meende ze, daar moesten gegevens van zijn via het internet.

Via het internet kwamen al snel heel wat gegevens over Cor boven tafel. Een duidelijke foto van een flamboyante, feestvierende gezellige vrolijkerd, als je de verhalen mocht geloven. Een typische familieman en een zeer gedegen businessman die zijn acties altijd zeer netjes uitvoerde en zeer goed was voor zijn personeel. Memola kreeg wel het gevoel dat dit het verhaal zou zijn geweest, weergegeven door zijn privé-persagent. Ze zocht verder maar kon niet veel andere verhalen vinden. Dit verhaal paste niet bij het sluiten van de autofabriek vlak bij de loods.

Aan de andere kant paste dat wel een beetje bij de man die ze hier in haar ruimteschip op bezoek had gehad. Het inbreken in haar ruimteschip paste daar weer niet bij. Wat een tegenstellingen. Ze kwam er zo niet uit. Misschien moest ze maar eens beginnen met de man op te zoeken en hem nogmaals of misschien voor de eerste keer echt te ontmoeten.

Ze bekeek waar hij woonde. Hij bleek een groot buitenhuis buiten Centra te bezitten, waar hij vaak was. Memola besloot even bij Cor op bezoek te gaan. Tenslotte had ze nog een paar uur voor ze weer naar de loods moest. Ze ging meteen op pad.

Ze vloog meteen naar de buitenkant van Centra en kon op grond van de coördinatoren redelijk makkelijk het huis met de enorme tuin eromheen herkennen. Ze besloot een stuk naar achteren op het terrein van Cor te landen en haar auto een beetje te verstoppen. Ze landde en gooide de doek over de auto heen waardoor hij bijna niet opviel tussen het bosachtige terrein.

Ze wandelde in de richting van het huis. Ze liep via de zijkant een enorm grasveld op. Aan deze kant van het grasveld was een hoekje met grote zitbanken gemaakt. Ze wandelde daar rustig heen en ging zitten. Het zonnetje scheen heerlijk en het was een prima plekje. Ze was er van overtuigd dat ze gezien moest zijn door de beveiligingscamera's en dat er dus elk moment ergens vandaan een beveiliger zou opduiken die haar aan de tand zou voelen. Alles leek rustig te blijven. Ze bleef een kwartier zo zitten maar er gebeurde niets. Ze stond op en wandelde over het grasveld naar het terras vlak voor het huis. Het was op een verhoging aangebracht zodat je een mooi uitzicht had over het grasveld. Memola liep het terras op en bekeek de zithoek die daar stond. Ze ging rustig in een grote fauteuil zitten met haar rug naar het enorme landhuis. Tot haar genoegen zat ze nog niet of de terrasdeur werd opengesmeten en een barse stem vroeg haar wat ze kwam doen en hoe ze hier ongezien was binnengedrongen.

Memola ging staan en draaide zich om. De man die voor haar stond leek wel heel erg veel op de Cor die bij haar op bezoek was geweest maar hij was het niet. Achter Cor stapte een jonge man naar voren. Duidelijk een zoon van Cor want hij leek sprekend op zijn vader. Hij liep meteen het terras op en keek spiedend rond. Ook een jonge vrouw stapte het terras op en keek verbaasd naar Memola en daarna vragend naar haar vader. Ze knikte naar de jonge vrouw, dit moest de zus van Johan zijn.

De oudere man reageerde verontschuldigend op de onuitgesproken vraag van de jonge vrouw. "Ik heb geen idee wie dit is. Ik weet ook niet hoe ze hier terechtgekomen is," vervolgde hij meteen, waarbij zijn stem zich verharde.

"Mijn naam is Memola," begon Memola met een rustige stem, alsof ze iets uit te leggen had. "Ik ben een kennis van Johan," ging ze verder.

"Johan!! "riep de oudere man meteen. "Johan !, er is hier iemand die beweert een kennis van jou te zijn ! Wat zijn dit voor fratsen. Wat is hier aan de hand?" Hij richtte zich wat meer tot Memola.

"Mijn excuses, dat ik zo maar bij u kom binnenvallen," begon Memola die begreep dat ze het familieoverleg had verstoord. "Sorry , maar ik was me niet bewust van jullie overleg. Johan heeft mij wel vertelt dat jullie prima met elkaar overleggen en een uitstekend onderling contact hebben maar ik heb er niet bij stilgestaan dat jullie op zondagmiddag dat overleg hebben. Nogmaals sorry."

Johan kwam het terras op en stond verbaasd te kijken.

"Memola," mompelde hij alleen maar.

Cor, want het was nu duidelijk dat dit de echte Cor was, keek naar Johan en vroeg hem of hij haar kende.

Johan bevestigde dat. Hij gaf aan dat dit de vrouw was waar hij mee in zee wilde gaan in de toekomstige ontwikkelingen van nieuwe producten. Zij was degene van wie hij het verzoek had gekregen om via kunststofinspuiting een compleet dak van een auto te laten maken. Een schitterend ontwerp en een zeer hoogstaande technische oplossing. Duidelijk een test over zijn kennis en kwaliteiten.

"We hebben van de week een vervolgafspraak," besloot hij.

"Ja, ja," bromde zijn vader," dat heb je allemaal vertelt maar wat doet zij hier. Wat moeten wij hier mee?

Memola sprong in het gesprek. "Mag ik uitleggen wat mij is overkomen en wat de reden is voor mijn "inbraak". " Ze realiseerde zich dat het dat eigenlijk wel was. Of eigenlijk meer "insluiping", hoewel ze niet had geslopen, "binnenlopen "dat vond ze het juiste woord.

Ze nam het initiatief en ging weer zitten, de anderen uitnodigend om ook plaats te nemen. De besefte dat er vijf stoelen rond de tafel stonden en dat normaal gesproken ma op haar plaats zou zitten, of in ieder geval in plaats van haar aan de tafel zou zitten.

Memola ging rechtop zitten en vertelde dat ze in een ruimteschip woonde. Ze kwam van een andere planeet en had de motoren aan Cor verkocht via een tussenpersoon. Ze had op uitnodiging van Johan een bezoek gebracht aan de assemblagelocatie iets boven Centra. Ze was er heen gegaan met de vliegauto, zoals zij die noemde. Haar bezoek had problemen gegeven omdat er juist op dat moment een overval op die locatie plaatsvond. Ze was gevlucht met de vliegauto maar die was van zijn vaste koers afgeweken en was neergestort. Ze had er een nacht en een dag over gedaan om weer in de bewoonde wereld terecht te komen. Toen ze eindelijk weer in haar ruimteschip was, bleek er te zijn ingebroken. De inbreker was nog aanwezig en had zich voorgesteld als "Cor" de vader van Johan. De man heeft zich een uur of twee bij mij beziggehouden en is daarna vertrokken. Hij had de entree-codes van mijn ruimteschip gekraakt. Ik had van Johan een verhaal gehoord over zijn vader en dat leek niet te kloppen met mijn ervaringen met "Cor". Om me zelf te overtuigen dat de "Cor", die ik had ontmoet, dezelfde was als de vader van Johan wilde ik hem persoonlijk ontmoeten. Vandaar mijn aanwezigheid hier. Ik had niet gerekend op een complete familiebijeenkomst. Sorry voor de verstoring".

"U ziet er wel hetzelfde uit, U lijkt sprekend op de Cor die ik heb ontmoet maar de persoonlijkheid en de individuele uitstraling is anders. Wat kan hier achter zitten?" Hebben jullie vijanden waar we rekening mee moeten houden? Zijn er bijzondere strubbelingen waar dit mee kan samenhangen. De motoren komen binnenkort op de markt. Kan het daar iets mee te maken hebben? Kunnen jullie me

helpen om deze puzzel op te lossen?"
Memola keek de tafel rond. Ze zaten haar allemaal verbaasd en terughoudend aan te kijken.

Memola kreeg geen enkele reactie.

"De politie", opperde Cor om toch maar iets te zeggen.

Memola zag daar niets in. Urenlange verhoren en geen conclusies die ze zelf ook niet kon trekken.

Ze bedankte vooral Cor maar ook de anderen voor het getoonde vertrouwen en wilde weer weggaan.

Cor wilde echter nog wel weten hoe ze hier gekomen was. Ze was niet geregistreerd door het beveiligingssysteem. Dus was er iets mis of ze kon iets dat het systeem niet kon registreren.

Memola suggereerde dat hij maar aan het laatste moest denken. Ze stond op knikte naar iedereen en wandelde weg. Ze liep naar de zijkant van het grasveld en wandelde daar tussen de struiken door, alsof ze naar die zijkant van het terrein moest. Ze liep langs de afscheidingssloot die wel een meter of zeven breed was, naar de achterkant van het enorme perceel. Ze keek of een van de familieleden haar volgde maar die bleven allemaal rustig zitten. Ze haalde de doek van de vliegauto en stapte in. Ze vloog meteen weg, laag over de achter het perceel gelegen open weilanden en daarna snel en stijl omhoog naar haar ruimteschip.

Een ding was duidelijk. Deze Cor had haar niet bezocht. Wie was dan de andere Cor ? Waarom was die show opgevoerd. Wat was de bedoeling, wat zat hier achter. Waarom al die inbraken en pogingen tot ontvoering. Als je het goed bekeek dan was het toch eigenlijk allemaal een hopeloos gestuntel. Het was tijd om terug te keren naar de loods. Ze moesten gaan uitzoeken of de frames veilig genoeg waren en of de productie ter hand kon worden genomen.

Hoofdstuk 15

Memola parkeerde haar vliegauto op de gebruikelijke manier in de loods. De schuifdeur ging weer in het slot en ze liep langs het scherm naar de productieruimte. Hier lagen nu alle materialen opgeslagen voor vier auto's, met uitzondering van het kunststof dak. Dat was nog niet beschikbaar. De volgende serie zou daar geschikt voor zijn.

Dirk was er op zijn gebruikelijke tijd. Hij keek weer verheugd. Hij had een goed weekend gehad. Ze liepen samen naar de productieplek en vonden dat het prima geschikt was om zonder lopende band de volgende auto's te produceren, gewoon opbouwen, zoals ze de eerste ook hadden opgebouwd. Memola vroeg Dirk of hij een drietal maten kon opduikelen die ze in dienst

zouden nemen om samen met hem die
volgende vier auto's op te bouwen. Dirk was
meteen enthousiast. Zijn eigen drie vaste
maten waren uitermate geschikt om samen
met hem als kwartet het werk te verrichten.
Hij had nu ervaring en wist hoe het in elkaar
stak. Memola gaf hem de hele dag vrij om
met zijn maten te overleggen.
Morgenochtend zouden ze zich melden.

Memola ging de drie leveranciers langs die
kunststofspuitsystemen pretendeerden te
hebben. Ze wilde zichzelf overtuigen van
hun kennis en kwaliteiten. Ze werd bij alle
drie netjes rondgeleid en kreeg een goede
indruk. Ze liet tekeningen achter van de te
maken dakplaten maar andere dan ze aan
Johan had meegegeven. Ze wilde offertes
hebben, malkosten opgave, levertijd en de
testen die ze zouden uitvoeren om aan te
tonen dat het eindresultaat voldeed aan de
gestelde technische eisen. Ze liet de offertes
naar een postadres in Centra sturen. Het
postadres behoorde bij haar stallingplaats
voor haar ruimteschip. De post werd

aangemeld waarna ze die kon ophalen. Alles elektronisch natuurlijk.

Ze keerde terug naar de loods. Ze wilde zich verdiepen in de alternatieve producten. Ze kon natuurlijk een uitvoering ontwerpen waarbij de batterijen simpelweg vervangen konden worden door de nieuwe elektrische voorraadreservoirs. Het nadeel was dat de oude producten dan in gebruik bleven. Het was beter nieuwe producten met de nieuwe reservoirs uit te voeren. Dat gaf en grip op die productmarkt en grip op de energielevering via de reservoirs. Het was dan wel zaak de producten van recyclebaar materiaal te maken. Ze moest een kunststof hebben die tien jaar lang meeging, net als de reservoirs en daarna weer helemaal opnieuw gebruikt kon worden. Dus omgesmolten naar hun originele basisvorm en daarna in de nieuwe vorm gespoten op gedrukt. Ze ging aan de slag om eerst een klein energiereservoir te maken dat een product van een bepaalde capaciteitsbehoefte gedurende tien jaar van energie zou voorzien. Ze ontwikkelde een lange worst. Afhankelijk van de behoefte had je meer worstlengte nodig om aan de energiebehoefte te kunnen voldoen. Elk stuk worst kreeg apart een eigen voor en achterkant. Het was een heel simpel procedé als de worst eenmaal beschikbaar was. Ze had bij de kunststoffabrikanten gezien welk soort mallen ze gebruikten. Het waren allemaal volledig gesloten systemen waardoor de kunststof in vloeibare vorm onder druk in de mal werd gespoten. Bij afkoeling van de mal werd het product mee afgekoeld en kromp iets meer dan het materiaal van de mal waardoor het automatisch los kwam in de mal. De koeling was kennelijk een essentieel deel omdat de afkoelsnelheid van groot belang was. Het product mocht niet barsten. Een langzame afkoeling was daardoor van essentieel belang. Per soort materiaal zou dat variëren, herinnerde ze zich. Al naar gelang de wensen kon het materiaal meer of minder flexibel zijn. De recyclebaarheid werd gegarandeerd. Het terugwinnen gebeurde met behulp van een aparte externe stof die aan het materiaal werd toegevoegd, waardoor het kunststof weer dunvloeibaar werd. Het vermengde zich weer onder de juiste temperatuur waarbij de toegevoegde stof als een laagje bovenop het kunststof weer afgescheiden werd. Via een overvloeisysteem werd het weer teruggewonnen en bleef de kunststof achter die daarna meteen weer kon worden benut voor hergebruik.

Ze was er zeer over te spreken. Ze gebruikte de computer om de mallen zo te ontwerpen dat het reservoir ingegoten werd. Niet vervangbaar behalve samen met het apparaat. Ze was best wel tevreden over de principes. Natuurlijk, de productie zou volledig afhankelijk zijn van de kunststof-fabrikanten. Ze zou er aandelen in kopen, want die jongens zouden mega veel werk te doen krijgen.

Ze mailde haar fiscalist en vroeg hoe het met hem ging. Verder gaf ze aan geïnteresseerd te zijn om aandelen te verwerven in een drietal grote kunststoffabrikanten. Ze gaf aan hoeveel ze wilde investeren en boekte het bedrag over van haar privérekening naar zijn derdenrekening. Ze mailde daarna naar elk van de drie een aantal producten voor een prijsopgave. Ze beschreef de vereisten en gaf aan dat dit een optie was los van de eerder die dag besproken onderwerpen. Het ging om handhaardrogers, handstofzuigers lampen etc. Een reeks producten die nu zowel op elektriciteit werkten als op batterijen.

Ze moest nog met Angelica overleggen over de bedrijfsnaam voor de auto's en voor al deze producten. Zou ze er een Memola keurmerk aan verbinden. Dat leek haar wel wat. Nieuw in de markt en alleen door haar uit te geven. Ze gniffelde. Ze zou het geld van Roland voor deze productenreeks inzetten. Het geld van Mark zou in de auto-industrie worden benut. Haar eigen geld ging in aandelen van ondernemingen zoals de autofabriek en de huishoudelijke apparatenfabriek. Ze moest ook nog een energiefabriek oprichten. Die moest de energieworsten maken en de energiedozen voor de auto's en later voor de vliegauto's en nog later voor de ruimteschepen. Ze gniffelde weer. Ze had het naar haar zin. Alles liep naar wens.

Ze keek naar buiten.

Tot haar verrassing was het al donker. Ze had ook trek. Ze had van Dirk begrepen dat er zich een nieuw bistrootje had gevestigd op het winkelcentrum maar wel aan de buitenkant. Ze besloot daar heen te wandelen, daar te eten en daarna weer terug te gaan naar haar ruimteschip.

Ze sloot de loods af en wandelde rustig op haar gemak naar het winkelcentrum. Ze wandelde om het winkelcentrum heen en vond het bistrootje. Het zag er best wel leuk en gezellig uit. Ze wandelde naar binnen en zocht een plekje achter in de hoek. Ze hoefde niet op te vallen. In het midden zat een groepje van vier mannen. Ze zaten al te eten en Memola kon elk woord horen dat ze zeiden. Ze bestelde een drie gangenmenu van de chef en nam een glaasje wijn vooraf.

Ze ontspande. Er waren toch wel veel dingen gebeurd. Voorlopig kon ze veel onverklaarbare gebeurtenissen aan de piraat toeschrijven, wie het ook was.

Ze kreeg een heerlijk eigen gemaakte paté vooraf met wat salade er om heen. Het smaakte haar wonderwel. De mannen aan de tafel in het midden werden wat luidruchtiger. Ze besloot zich er niets van aan te trekken. Twee jongere stelletjes, die vooraan hadden gezeten rekenden af en vertrokken.

Memola genoot van het hoofdgerecht en was net toe aan het nagerecht toen de mannen echt lawaaierig werden.

De jongeman die haar bediende bood zijn excuses aan voor het gedrag. Het waren de burgemeester en de drie wethouders. Memola begreep dat hij het wat lastig vond om ze al te nadrukkelijk tot rust te manen.

"Maar burgemeester, hoe moeten we het aanpakken om meer industrieën naar onze stad te trekken. Hoe kunnen we de werkgelegenheid stimuleren. Kunne we extra's beloven, kunnen we belastingen reduceren, kunnen we wat? " De man begon heftige gebaren te maken bij zijn betoog. Hij was kennelijk erg begaan bij de werkgelegenheid. De anderen vonden dat ze de stad meer moesten aanprijzen wegens het geweldige leefklimaat, de goede kwaliteit werknemers en de hoge opleidingsgraad. Ze vonden het bevoordelen van nieuwe werkgevers een lastige omdat ze de bestaande, getrouwe werkgevers daarmee zouden achterstellen. Dat was wel een probleem.

Memola nam nog een kopje koffie en rekende af. Ze wandelde langs de heren, wenste hen goede nacht en gaf hen een snel advies. Stimuleer de werkgelegenheid door voor alle werkgevers iets extra's te doen. Ze groette de jonge man van de bediening en stapte naar buiten. Ze wandelde terug naar de loods.

Er was een bericht terug van haar fiscalist. Hij had het geld besteed voor aandelen in de drie bedrijven. Ze had zomaar ongeveer dertig procent van de aandelen verworven. De marktwaarde was daardoor alleen al met meer dan twintig procent gestegen. Hij gaf specificatie van de verwervingskosten, zijn eigen rekening en het aantal verworven aandelen van elk van de drie concerns, want ze bestonden elk uit meerdere bedrijven. Met hemzelf ging het gelukkig redelijk goed. Hij had zijn kantoor, mede dankzij de verzekeringsuitkering behoorlijk beveiligd.

De stand van zaken omtrent de verwerving van de gesloten autofabriek was zo dat er een redelijk bod was uitgebracht door een zusterbedrijf, ook van de auto-industrie van Cor. Memola gaf aan dat ze zich zouden terugtrekken uit de deal. Haar geld was deels inmiddels elders besteed.

De rest wilde ze voorlopig achter de hand houden voor uitgaven van nog op te richten bedrijven. Ze vroeg haar fiscalist vier bedrijven op te richten. De namen waren "Topcar ", voor de auto-industrie, "Hausarts" voor elektrische huishoudelijke artikelen, "Floating" voor energieproducten zoals accu's en batterijen en "All-around" voor allerlei producten van kunststof, onroerend goed en aandelenbezit. Alle bedrijven zouden dochters worden van haar bestaande bedrijf "Memola business".

Ze verzond het verzoek en ging achterover zitten. Ze begon het heen en weer vliegen naar haar ruimteschip een beetje moe te worden. Ze besloot gewoon lekker hier in de loods te blijven. Ze zou nog wel eens een eigen huisje in de buurt kopen of laten bouwen. Daar kon ze best eens even naar zoeken. Ze ging naar boven waar ze voor zichzelf een grote ruimte had ingericht en zette de televisie aan. Ze wilde wel een beetje op de hoogte blijven van de plaatselijke nieuwsberichten.

Ze bekeek een aantal zenders en begreep dat de werkgelegenheid inderdaad een heel hot item was. Ze bekeek het woningaanbod in de omgeving via haar info-tablet. Er waren best wel heel wat huizen te koop. Ze wilde wel veel ruimte en veel luxe. Een tuin in de woonkamer vond ze wel wat. Ze zocht verder met dit soort criteria maar vond eigenlijk niets dat haar zinde. Ze liet de woonkamertuin vallen en bekeek grote landhuizen. Tussen de landhuizen door kwamen er ook een paar enorme penthousen langs. Het waren de topverdiepingen van grote flatcomplexen. Ze moest aan Roland denken. Ook zo'n enorm penthouse. Ze moest er nog maar eens over nadenken. Ze bekeek nog het aanbod aan onroerend goed voor bedrijfsgebouwen en zag dat er best wel redelijk veel beschikbaar was, zowel te huur als te koop. Als ze de productie van allerlei producten in de buurt wilde laten plaats vinden, dan was het goed om te weten dat er ruimten voor waren. Veel onderdelen konden niet in deze loods worden samengesteld, daarvoor was er veel te weinig ruimte. Om de productiesnelheid te verhogen konden onderdelen elders worden gemonteerd en als geheel worden aangevoerd voor het grotere montagewerk. Zeker voor de montage van de auto's zou dit onvermijdbaar zijn. Misschien moest ze Johan wel een beetje in de richting duwen van het gebruik van hun eigen automontagelijnen. Dat was misschien wel een idee. Hier moest ze nog wel even verder over nadenken. Het was verrassend maar misschien wel een werkbare oplossing. Het zou een heleboel onrust voorkomen. Ze besloot Johan en Cor uit te nodigen voor een proefrit. Johan had de auto al gezien maar wist niets over de langere termijn visie, over de vliegende auto's. Hij wist niets over de energievoorziening, Hij wist niets over de gevolgen voor hun eigen auto-industrie.

Ze sloot alles af en ging naar bed.

Ze stond een beetje verstijfd op. Haar slaap was natuurlijk heel wat minder gereguleerd dan onder toezicht van de medic. Aan de andere kant voelde ze zich meer natuurlijk uitgeslapen. Ze deed voor zichzelf een grote hoeveelheid oefeningen en nam een douche. Ze kleedde zich aan en nam een klein ontbijtje. Ze had niet veel op voorraad in de koelkast. Ze zou rekening moeten houden met haar verblijf hier bij het doen van haar inkopen. Ze ging naar beneden en overwoog hoe ze de nieuwe medewerkers zou plaatsen. Zouden ze met zijn vieren hier op het kantoor eten en drinken, hun pauzes houden of op hun werkplek ? Ze zou het met Dirk bespreken.

Ze nam een kop koffie en overlegde wat ze vandaag zou doen. Ze had niet zoveel zin om de hele dag door te brengen met Dirk en zijn maten bij de pogingen tot het monteren van de onderdelen van de auto. Ze bekeek nog een paar huizen op het internet in afwachting van de komst van Dirk.

Dirk kwam binnen, samen met drie andere mannen. Hij was wat later dan gebruikelijk. De mannen waren met hem meegereden. Dat had wat meer tijd gekost. Dirk stelde ze voor aan Memola. Memola voerde de gegevens van de mannen in in de computer. Ze zouden iets minder verdienen dan Dirk omdat Dirk de voorman was en de leiding had. Ze waren dik tevreden met het enkel feit dat ze werk hadden. Dirk mummelde een beetje.

"Is het niet zo dat een voorman wat meer verdient dan een gewone medewerker," begon hij voorzichtig.

Memola keek hem streng aan. "Goed zo, Dirk. Kom alsjeblieft op voor je eerlijke belangen. Je hebt gelijk. We zullen van een andere benadering uit gaan. Zij krijgen jouw oude salaris en jij krijgt opslag." Memola liet even in het midden hoeveel hij meer kreeg. Het zou nog afhangen van de kwaliteit van zijn maten. Ze ging er van uit dat die prima was en dat ze hoogstens een uurtje zou moeten blijven omdat ze allemaal prima in staat waren om vanaf de tekeningen de onderdelen te vinden en te monteren. Ze keken elkaar aan en feliciteerden elkaar. Dirk bedankte haar. Memola waarschuwde dat ze nu wel moesten bewijzen dat ze hun geld waard waren. Ze dronken samen een kop koffie en ze wandelden de loods in. Dirk vertelde zijn maten wat de bedoeling was, hoe alles werkte en waar alles was te vinden. Memola had er een goed gevoel bij. Ze begreep dat het kantoor naar boven zou moeten en dat zij uit haar woonruimte moest. Het kantoor werd kantine en ontvangstruimte. Er zouden meer werkers komen en er zou meer ruimte nodig zijn.

Ze vertelde Dirk wat haar gedachten waren en Dirk knikte alleen maar. Hij was het er me eens. Hij stelde voor om ook lokkers en een kleed- en doucheruimte te creëren. Memola liet het aan hem over om het te regelen. Samen bepaalden ze welke plek er voor de lokkers, de kleedruimte en de douches zou worden gebruikt. Het werd het deel direct naast het kantoor. Er zou via het kantoor een toegang komen en vanuit de loods ook. Ze besloten meteen om een tweetal extra computers te kopen om boven neer te zetten. Memola liet Dirk dit uitwerken en regelen. Ze wilde eigenlijk zelf niks meer doen. Dit werd Dirks domein. Dirk ging eerst met de mannen aan de slag en zou daarna het een en ander gaan regelen. De mannen waren zeer in hun schik en sloegen elkaar en vooral Dirk op de schouder. Memola vertelde Dirk dat ze weg moest en pas tegen het eind van de middag terug zou zijn. Dirk vond het prima. Hij zou zich wel redden.

Memola vertrok en reed met haar eigen vliegauto langs een paar huizen die ze op internet had gezien die te koop stonden. Ze had een route laten uitzetten zodat ze niet onnodig zou rondtoeren. De eerste twee huizen waren niet interessant. Het derde huis leek haar wel wat. Het was een groot huis in aantal meters grondoppervlak en alleen maar gelijkvloers. Ze haalde de gegevens van het internet en begreep dat er wel een zeer grote kelder onder zat met een sportruimte en een zwembad. Dat beviel haar wel. Het huis was nog bewoond, zag ze, want er gingen lichten aan en uit. Ze besloot gewoon aan te bellen en te zien of ze het huis mocht bekijken.

Ze werd netjes te woord gestaan via een intercom bij de toegangspoort. Ze moest recht voor de camera gaan staan en werd eerst doorverwezen naar de makelaar. Memola verklaarde alleen vandaag tijd te hebben maar als het niet gelegen kwam, dan zou ze weer verder gaan. Uiteindelijk werd ze toch toegelaten. De poort ging open en Memola reed de oprijlaan op. Ze parkeerde naast de entree en liep naar de voordeur.

De deur werd meteen open gedaan en een
nette jonge dame ontving haar. Ze vertelde
dat ze degene was die het huis schoonhield
voor de oude eigenaar. De eigenaar was op
hoge leeftijd overleden en de nabestaanden
wilden het pand verkopen. Ze had de
makelaar gebeld en die zou zo snel mogelijk
komen om de honneurs over te nemen.
Intussen kon zij haar wel begeleiden bij een
rondgang door het huis. Memola bedankte
haar voor haar bereidwilligheid om haar het
huis te laten zien. Ze wandelden samen
door het huis. Er was een grote ruime entree
en een hele grote ronde woonkamer die
uitkeek op een groot terras aan de
achterkant. Daarachter lag een prima, netjes
onderhouden tuin. De jonge vrouw vertelde
dat een tuinman regelmatig langs kwam om
de tuin bij te houden. Zijzelf zou graag het
huis blijven schoonhouden. Het kostte haar
wel drie dagen in de week om het bij te
houden maar ze deed dat wel met heel erg
veel plezier. Aan de ene zijde van de
woonkamer was de keuken met een
bijkeuken en een grote inloopkast met
opslag van eten en drinken en een hele

grote koelvriescombinatie. De wasruimte was via een aparte deur te bereiken. Achter deze ruimte waren drie slaapkamers met elk een eigen doucheruimte. De andere kant van de woonkamer was ingericht als kantoorruimte, een televisiekamer en een kleine overlegruimte. Ze daalden af naar de kelder waar een best wel goede sportruimte was en een behoorlijk groot, ovaalvormig zwembad met een whirlpool, een Turks stoombad en een sauna. Naast de kleedhokjes was een barretje met een zithoekje. Het geheel sprak haar zeer aan. Ze wandelden weer naar boven. Juist op dat moment meldde de makelaar zich. Hij had zich gehaast om tijdig aanwezig te kunnen zijn. Hij bedankte de jonge vrouw en nam de rondleiding over. Hij liet buiten de grote schuur en een prachtige kas zien met behoorlijk wat bijzondere planten en struiken.

Memola was eigenlijk wel heel tevreden over wat ze had gezien. De makelaar maakte duidelijk wat de vraagprijs was en hoe de erfgenamen de overdracht zagen. Hoe

eerder hoe beter, elke dag kostte geld om
het pand in stand te houden en bij te
houden. Memola begreep dat. De
huishoudelijke hulp en de tuinman kostten
geld. Ze besloot meteen een bod te doen,
waarin alle aanwezige spullen moesten
blijven. Het bod was wel aan de lage kant
maar ze drong er op aan dat hij het aan zijn
opdrachtgevers zou voorleggen. Het bod
was maar drie werkdagen geldig vertelde ze
er meteen bij. Ze schudde hem de hand, liet
haar telefoonnummer achter en vertrok.

Ze was heel tevreden over haar aankoop.
Dit was precies wat ze had gezocht. Ze kon
in de enorme woonkamer makkelijk een
alleraardigste binnentuin laten aanleggen.
Ze wilde als ze zich ergens zou vestigen de
leefomgeving helemaal naar haar zin was.
Natuurlijk was het niet de bedoeling dat ze
voor langere tijd op deze planeet zou blijven
maar als ze er toch was wilde ze niet alleen
maar in haar ruimteschip wonen. De
aankoop en de dagelijkse kosten zouden
weliswaar hoog zijn maar die zouden door
haar bedrijven worden gedragen. Daar had

ze geen problemen mee. De fiscalist zou de juiste weg wel weten te vinden. Het huis zou wel privé-eigendom worden of indien dat niet kon, eigendom van haar bedrijf. Ze besloot nog een blik te werpen op een aantal bedrijfspanden voor de toekomstige uitbreiding. Er waren wel heel wat oude panden bij. Ze was hier eigenlijk niet in geïnteresseerd. Mogelijk zouden een aantal panden moeten worden gesloopt om er nieuwe te kunnen bouwen. Ze achterhaalde aan de hand van de aanbiedingssite dat de meeste panden eigendom waren van de plaatselijke overheid. Misschien kon ze daar nog iets mee.

Ze keerde terug naar de loods. Dirk en de mannen waren lekker bezig. Memola was enthousiast over hun vorderingen. De werksfeer was prima, ze hadden het helemaal naar hun zin. Memola ook.

Dirk had contact gehad met een officieel veiligheidsinstituut om het basisframe te laten testen en zou de volgende ochtend een vrachtwagentje huren om het frame dat klaar stond achter in de loods naar dat instituut te brengen. Dirk wilde ook graag een jong iemand erbij hebben voor de telefoon en de afleveringen van allerlei klein materiaal. Hij had al wel iemand op het oog, een nichtje van hem dat werk zocht. Memola wist dat dit zou gebeuren. Verder wilde ze zelf Dirk eigenlijk vrij hebben voor allerlei voorkomende zaken. Ze gaf Dirk aan dat er in zijn plaats bij de montage ook iemand bij moest komen. Dirk zou dan meer tijd hebben voor speciale opdrachten en toezicht en vragen van de vier maten en het meisje. Dirk knikte. Hij was hier een groot voorstander van.

De mannen gingen naar huis, de werkdag zat erop. Ze waren enthousiast en kwamen graag terug.

Memola ging naar boven. Ze moest de hele boel herinrichten omdat de volgende dag de nieuwe bureaus en de twee extra computers zouden worden gebracht en aangesloten. Het bed verhuisde naar het hok achter de woonkamer, de eettafel ging tegen de buitenmuur voor het raam. Ze schoof het televisiemeubel helemaal opzij en installeerde het zitje er kort voor. Nu was er ruim voldoende ruimte voor de bureaus. Ze vond dat de huiskamersfeer toch nog een beetje in stand was gebleven.

Ze haalde een kop koffie en ging aan de tafel zitten. Ze keek door het raam naar buiten. Tegenover de ingang van de loods lag een klein veldje, vol met rotzooi en rommel. Als de gemeente dat eens zou opruimen en er parkeerplaatsen van zou maken, dan zag het er allemaal wel een heel stuk aantrekkelijker uit.

Ze moest nog wel een klusje doen waar ze eigenlijk niet zoveel zin in had. Ze moest de buitendeur van de kleinen luchtsluis nog herstellen. Ze besloot dat maar meteen te doen en haalde de kapotte deur uit de vliegauto. Ze sloopte de buitenplaat van de deur en laste er een nieuwe plaat voor in de plaats. De nieuwe plaat was wel dubbel gelaagd en extra massief. Ook de binnenkant verving ze volledig. Ze moest ook het sluitingsmechanisme opnieuw afstellen omdat het toch wel behoorlijk had geleden onder het geweld. Uiteindelijk was ze tevreden over het resultaat en zette de deur weer in haar vliegauto.

Ze besloot terug te keren naar haar ruimteschip. Ze vond het hier niet echt gezellig meer en zat meer met haar gedachte bij haar nieuwe huis. Ze informeerde de fiscalist nog over haar aankoop en de eventuele eigendomsproblematiek. Ze sloot alles af en ging met de vliegauto terug naar haar ruimteschip.

Hoofdstuk 16

Memola instrueerde de computer om alle voorraden weer op reisniveau te brengen en alle tekorten aan te vullen met spullen vanaf de planeet. Memola keek de door de computer opgevoerde lijst en begreep dat ze behoorlijk had ingeteerd op de bestaande voorraden. Vooral de medic was behoorlijk aangesproken. Ze moest hier meer alert op zijn. Ze vroeg zich af of ze de medic kon kopiëren. Dat zou natuurlijk een fantastische toevoeging zijn aan alle medische werkwijzen op deze planeet. Iedereen zou zijn eigen medische verzorging dagelijks op orde hebben. Ze bekeek de constructie en apparaten die volgens de computer onderdeel uitmaakten van de medic. Dat was nogal wat. Ze besefte dat alles gebaseerd was op de koppeling met de stasis plaatsen, gebruikt om tijdens de overtochten van planeet naar planeet te tijd te overbruggen in een toestand van sluimer, slaap eigenlijk.

Ze begreep dat dit niet doenbaar was. Ze zou dus zo wie zo regelmatig naar het schip moeten terugkeren om haar gezondheid op peil te houden of in ieder geval te controleren. Daar had ze eigenlijk ook geen moeite mee. Ze voelde zich altijd wel thuis in het schip. Haar schip.

Stel dat ze deze planeet zou verlaten, welk aandenken zou ze dan willen meenemen? Ze was een beetje verrast door haar gedachtegang maar liet het lekker zijn eigen gang gaan. Een stoel, een schilderij. Geen van beide had een bijzondere achtergrond. Een ontwerptekening van een auto. Dat was wel wat. Ze keek in haar info-tablet om te zien welke foto's ze had van de ontwerpen van Angelica. Bij het kijken stuitte ze op de foto van de piraat. Ze was verrast. Ze had helemaal niet meer aan hem gedacht. Hoe kon dat. De man was toch het toonbeeld van mateloze irritatie. Hij moest worden gevonden. Waarom had ze daar geen moment verder meer over nagedacht. Had ze al niet eerder problemen gehad met haar geheugen. Toen ging het over haar ouders. Wat wist ze daar nu nog van? Ze werd onrustig. Ze wist het niet. Ze kon zich niets herinneren van haar afkomst. Waar was ze vandaan gekomen? Waar had ze de motoren gekocht, die ze hier had doorverkocht? Ze zat als versteend. Ze wist het niet. Wat kon ze doen. Wat moest ze doen. Ze testte haar geheugen. Ze wist alles nog tot haar bezoek aan de montageloodsen van Johan. Ze wist nog dat ze voor die tijd op de markt wandelde. Van voor die tijd was het duister. Ze had wel geweten dat ze een eigen ruimteschip had, want ze was daarheen teruggekeerd. Was het wel haar eigen ruimteschip of was dit ook verzonnen. Ze twijfelde nu aan alles. Ze maande zich tot rust. Ze moest ergens van uit gaan maar van wat. Kon ze er van uitgaan dat het ruimteschip haar ruimteschip was. Zo ja, dan moest de computer kennis dragen van de tijd voor ze hier was en natuurlijk zeker van de tijd dat ze hier wel was.

Ze vroeg de computer informatie over haarzelf. De computer gaf keurig haar naam, geboortedatum en de plek waar ze was geboren. Gelijk verscheen een beeld van het zonnestelsel met een aanduiding welke planeet dat was. De naam zei haar helemaal niets. Ze vroeg wat beelden op van die planeet en ook de beelden gaven geen enkele herkenning. Ze zeiden haar niets. Ook de geboortedatum was kennelijk, nam ze maar aan, gebaseerd op de tijd van die planeet. Ze vroeg de computer de huidige datum. Ze was verbaasd. Ze was volgens de computer 76 jaar oud. Gelijk vroeg ze de stasisjaren op en prompt kreeg ze antwoord dat er 40 jaren in stasis waren doorgebracht. Ze ging verbaasd achterover zitten. Het bijgevoegde lijstje gaf aan waar ze geweest was en hoelang ze op die planeet was gebleven en hoelang ze in stasis had verkeerd bij het vervoer naar de volgende planeet. Ze bekeek de cijfers nog eens goed. Volgens het lijstje zou ze dertien zijn geweest toen ze haar geboorteplaneet verliet. Ze was gemiddeld een jaar of vier op elke planeet gebleven en had daarna globaalweg zes jaar lang in stasis vertoefd voor ze bij de volgende planeet was aangekomen. Ze moest erkennen dat de gegevens niet helemaal ongeloofwaardig waren. Ze kon er alleen niets mee. Haar eigen geheugen liet het volledig afweten.

Ze bekeek de gegevens over de onderhandelingen van de verkoop van de motoren. Het zei haar niets. Plotseling kwam er een raar statement tussendoor in de chronologische volgorde van gegevens in de tijd. Ze zag een kreet dat er afwijkende medische gegevens waren. Ze haalde de gegevens boven tafel en merkte tot haar verrassing dat de gegevens betrekking hadden op het constateren van de signaalstof in haar bloed. Het was al een dag of twee voordat ze naar de loodsen van Johan was gegaan. Twee dagen eerder!!! Ze zat helemaal verrast te kijken. Ze probeerde te achterhalen waar ze toen geweest was maar kon er geen gegevens over uit de computer krijgen. Ze pakte haar info-tablet en bekeek haar agenda van de dagen voor ze naar de loods van Johan ging. Er stonden geen afspraken in!!! Ze bekeek de afspraakgegevens eens goed. Ze was bij haar fiscalist langs geweest, naar ze aannam om de deal af te ronden. Daarna, in de middag stond er een afspraak in op een adres in Centra dat haar niets zei. Ze zocht de gegevens op. Ze kon er niets van maken. Ze zou de plek morgen opzoeken.

De computer gaf aan dat het de hoogste tijd was om haar nachtrust te starten. Morgenochtend moest ze weer vroeg op om weer op tijd in de loods te zijn. Donderdag, de dag er na had ze verschillende afspraken. Ze zuchtte, wreef in haar ogen en besloot het advies op te volgen. De medic zou haar wel in slaap helpen.

Ze had wel goed geslapen maar voelde zich helemaal niet verkwikt. Ze was lusteloos en onrustig. Geen verleden. Ze vond het helemaal niks.

Er was bericht over de chemische analyse van de versnellingsstoffen. Het bleek een soort harsachtige materie te zijn die door een bepaalde boomsoort werd afgescheiden. Vrijwel onmogelijk om die zelf op de een of andere wijze te creëren. Het verbeterde haar humeur bepaald niet.

Ze bekeek de bomen via haar info-tablet. Het was wel een merkwaardig soort boom, vond ze. Volgens de beschrijving was het een hele oude boomsoort met een bijzondere vruchtsoort. Heel gezond en heel sappig. De schors werd wel gebruikt in het medische circuit voor bepaalde verdovingen. Memola bekeek of de boom te koop was. Ze wilde wel een paar van die bomen hebben voor de kweek. Zo kon ze niet vinden bij gewone kwekerijen of kwekers. Ze liet de computer de planeet afstropen naar kwekers, telers of wat dan ook dat iets met de boom kon. Ze besloot zelf nog een keer de stof te onderzoeken. Nu moest ze na een sober ontbijt naar de loods. Op het laatste moment kwam er nog een bericht binnen van haar fiscalist. Haar bod op het huis in de buurt van de loods was niet geaccepteerd. Ze vonden het veel te laag gezien de extra's die ze allemaal wilde. Ze was niet in de stemming en stuurde een bericht terug dat het bod dan kwam te vervallen.

Ze racete naar de loods. Ze testte de vliegauto op zijn snelheid en beweegbaarheid, puur uit onmin met de gang van zaken. Ze hield zich in tegenover Dirk. Ze vertrok weer snel nadat Dirk en zijn kornuiten binnen waren en aan de slag gingen.

Ze verdeed een uur met via de gewone weg en wat achteraf wegen om in het daglicht uit het directe zicht te geraken en vloog daarna snel tot op een uur rijden van Centra. Ze landde weer op een afgelegen plek en verdween via de landweggetjes al snel in het verkeer op de grote weg. Ze paste haar snelheid aan en reed met het verkeer mee Centra in. Ze parkeerde in de parkeergarage waar ze al eerder in had gestaan en gooide de doek over de auto. Ze wandelde de stad in. Ze had het adres opgezocht waar ze twee dagen voor haar geheugenverlies was geweest.

Ze wilde daar nu weer heen. Ze moest aan de achterkant de parkeergarage uit. Twee straten verder was de straat die op haar papiertje stond. Het huisnummer lag aan haar kant. Ze wandelde er langs. Het was een behoorlijk groot pand. Op de grote, ruime entree was een plakkaat aangebracht : "Switchman Kliniek" stond er met grote letters op. De naam zei haar niets maar gaf haar wel de kriebels. Een kliniek, daar hadden ze vast allerlei bijzondere medische stoffen. Injecties in allerlei soorten en maten. Ze was benieuwd naar de specialiteit van de kliniek. Ze zocht een koffieshop op en bekeek de informatie op het internet via haar tablet. Het was een inrichting voor psychiatrische patiënten. Het bijzondere was dat er met experimentele medicijnen werd gewerkt. Er was zeer veel weerstand tegen deze vorm van experimentele behandeling omdat er en geen behoorlijk toezicht was en er geen enkele controle was op de resultaten. Vooral doctor Switchman zelf was het type doctor dat de baas was en geen enkele inmenging duldde. Wat moest zij in een dergelijke kliniek. Wat was haar connectie met deze inrichting. Ze werd onrustig. Was ze zelf een ontsnapte patiënt ? Waren er daarom allerlei inbraakpogingen bij haar in haar ruimteschip gedaan. Zou het zo kunnen zijn geweest dat ze haar hadden ontvoerd, wetende wie ze was, puur vanuit wetenschappelijk oogpunt. Hadden ze haar als experiment ingezet bij het testen van proefmedicijnen. Hoe kon ze hier achter komen. Zou er een dossier van haar zijn. Zo ja, waar zou ze dat kunnen vinden. Ze gaf zelf het antwoord. In het kantoor van doctor Switchman. Ze keek op internet of er bezoekuren of bezoekdagen waren maar dat kenden ze niet. Er bleek een mogelijkheid te zijn om een afspraak te maken met de behandelend arts. Zo werden de familieleden op de hoogte gehouden. Memola wist niet op grond van welk verhaal ze op die manier toegang zou kunnen krijgen tot het gebouw, laat staan tot haar eigen dossier. Er was eigenlijk geen handvat om in te zetten. De enige weg was brutaalweg naar binnen gaan en de kamer van de doctor opzoeken. Ze dronk haar koffie op en wandelde in alle rust een blokje rond. De achterkant van het instituut was op de begane grond volledig afgezet met een hekwerk voor elk raam. Als ze het goed zag was er ook aan de binnenkant nog een traliewerk bij elk raam. Ze zag geen andere optie dan gewoon naar binnen wandelen. Ergens had ze het gevoel dat hier wel eens meer te achterhalen was dan je zo zou denken. Wat had ze in hemelsnaam te maken met een instituut voor psychische stoornissen.

Ze vermande zich en stapte gewoon naar binnen. Ze liep de drie treden op en opende de toegangsdeur. Ze sloot de deur achter zich. Ze stond in een grote, hoge klassiek hal met een volledig klassieke uitstraling. Op tien meter van haar was een balie waar een juffrouw achter zat. Ze keek kennelijk naar een schermpje voor haar gezien het licht dat tegen haar gezicht weerkaatste. Ze keek niet op maar Memola had duidelijk de indruk dat ze wel in de gaten werd gehouden maar dat de juffrouw haar bewust niet aan keek. Memola stapte naar voren en keek de juffrouw over de balie aan. Het was best wel een mooie, leuke, jonge meid. Memola glimlachte naar haar. De juffrouw keek op. Schrok enorm, gilde, tot ontsteltenis van Memola haar naam: "Memola" en gooide haar arm hoog in de lucht. Ze sprong van haar stoel, rende om de balie heen en kwam met open armen op Memola af.

Memola keek haar volkomen verrast na en zag haar naderen om de balie heen. Ze had alles verwacht behalve dit. Ze zou er meteen behoedzaam uit gezet worden of er zou een grote sterke meneer van de beveiliging worden geroepen die haar vriendelijk doch dringend naar buiten zou begeleiden. Ze had al bedacht dat ze vannacht zou moeten inbreken om bij enig dossier te kunnen komen, maar niet dit.

Ze draaide een beetje naar de juffrouw toe en ontving haar warme en genegen omarming met het grootste genoegen. He vaak wordt je door een lieftallige leuke jonge meid omarmd.

"Hallo, "zei ze verwelkomend.

"Memola, wat ben ik blij je te zien," vervolgde de juffrouw.

"Kom , de doctor zal ook blij zijn te zien dat je het goed maakt. Joh, wat waren we ongerust over jou. Hoe is het met je? Je ziet er goed uit. Fijn zo, prima. " Ondertussen troonde ze Memola mee de gang in, recht tegenover de ingang. Een grote brede gang met hoge muren en een gewelfd plafond. Memola wist niet wat ze hiervan moest denken. Was ze toch een patiënt van hier, was ze gestoord, was ze geestelijk niet in orde. Het leek er allemaal wel verdacht veel op. Waarom zou anders die doctor haar willen zien. Ze wilde die doctor misschien toch maar liever niet zien. Ze begon een beetje tegen te stribbelen. De aardige jong juffrouw liet haar los en keek haar verrast aan.

"Ach ja, sorry Memola, ik begrijp dat je nog steeds niet weet te herinneren wat er gebeurd is. Kom laten we hier even gaan zitten", zei ze met een begripvolle stem. Ze

wenkte naar de zijkant waar een paar
bankjes tegen de muur waren gemetseld,
passend in het klassieke patroon.

Memola stond stil. Wat moest ze doen. "Je
kan je niet herinneren wat er gebeurd is".
Dat had ze toch gezegd. Ze wist van haar
probleem met haar geheugen !!! Wie was zij,
dat ze dat wist. Ze was zich er zelf pas een
paar dagen bewust van. Moest ze nu niet
heel hard wegrennen en haar geluk ergens
anders zoeken of moest ze toch hier blijven
en proberen te achterhalen wat er gebeurd
was. Ze keek vertwijfeld naar de
ingangsdeur die rustig op haar wachtte. Ze
zag geen stevige bewaker positie kiezen bij
de voordeur om haar vertrek tegen te gaan.
Dit aardige meisje zou ze desnoods wel aan
kunnen. Ze besloot naast en een beetje voor
het meisje te gaan staan maar wel zodanig
dat ze de voordeur in de gaten kon houden.
Onraad kon alleen maar van die kant
komen, dacht ze. Ze deed haar armen over
elkaar en keek het meisje uitdagend aan.
"Nou, vertel. Jij weet kennelijk wat er aan de
hand is en hoe het in elkaar steekt." Ze bleef

rustig staan en wierp weer een blik op de voordeur.

De telefoon op de balie bij de voordeur rinkelde.

"Laat maar gaan," zei het meisje. "Dat komt later wel. Jij gaat voor." En ze wuifde met haar hand in de richting van de balie.

"Memola," begon ze, " mijn naam is Roos,". Ergens klonk die stem en die naam haar bekend in de oren maar ze kon het niet plaatsen.

"We hebben elkaar ontmoet in de periode dat je onderhandelingen voerde met iets van een autobedrijf. We zaten allebei alleen te eten in een eethuisje hier vlakbij. We kwamen aan de praat en zo hebben we elkaar ontmoet."

Memola keek naar het meisje, tot zover zou het best zo gebeurd kunnen zijn. Ze lette nu niet meer zo erg op de voordeur of de omgeving maar keek gespannen naar Roos, zoals ze kennelijk heette.

Plotseling hoorde ze een zware deurklink naar beneden gaan en een grote zware deur werd opengedaan schuin achter haar aan het eind van het pleintje waar ze stond. De deur ging een klein beetje piepend open en een oudere grijze man deed een stap naar voren en riep, een beetje geërgerd "Roos !!"gericht naar de balie.

Hij keek vrijwel meteen verrast opzij en zag Roos daar zitten. Hij trok zijn wenkbrauwen op. "Roos", mompelde hij duidelijk verrast haar daar te zien zitten. Toen zag hij Memola.

"Memola", riep hij met een overdreven duidelijke, zelfs harde stem. Meteen spreidde hij zijn armen in een blij welkom uit en liep meteen naar hen toe. Hij was in vier stappen bij hen en Memola liet hem begaan. Ze keek hem wel verrast en verbaasd aan. Daarna wendde ze haar blik naar Roos en keek haar hulpbehoevend aan.

"Doctor, doctor! " Roos verhief haar stem een klein beetje.

Memola voelde dat hij verstijfde en met zijn hoofd schudde.

Kennelijk maakte Roos duidelijk dat zij van niets wist.

De doctor maakte een eind aan zijn omhelzing maar hield haar wel vast. Maar wel een klein beetje op afstand. Hij keek haar aan en Memola wist niets anders te doen dan haar schouders op te halen.

"Sorry", begon de doctor. Hij liet haar los en deed een stap achteruit.

"Kom ik zal je vertellen wat er is gebeurd. Kom maar mee naar mijn kantoor. " Hij draaide zich om en liep naar zijn kantoor. Roos was ook gaan staan en nodigde haar uit met haar hand om mee te lopen.

Memola moest toegeven dat de doctor heel wat vriendelijker overkwam dan ze gedacht had. Uit de publicaties had ze min of meer begrepen dat hij een soort dictator was die geen inspraak van buitenaf wilde.

Ze liep voorzichtig met Roos mee. Ze wist niet goed wat er aan de hand was. Ze zou er waarschijnlijk ook nooit achter komen als ze niet mee liep. Ze liep dus maar mee.

Het kantoor van de doctor was behoorlijk groot. Hij was bij een grote vergadertafel gaan staan en wenkte haar om toch vooral daar plaats te nemen.

Hij vroeg of ze iets wilde drinken en suggereerde een prima kop koffie. Roos sprong meteen op en liep naar de zijkant van de grote ruimte waar een koffiezetapparaat stond. Ze maakte drie koppen koffie en zette melk, suiker en lepeltjes op de tafel.

Ik zal gelijk ter zake komen", begon de doctor met een zeer serieuze ondertoon. Een week of zes geleden hebben we kennis gemaakt toen je Roos kwam opzoeken op haar werk. Als ik het goed heb begrepen," hij keek naar Roos, die knikte bij zijn woorden," hebben jullie elkaar tijdens een etentje leren kennen en trokken samen een beetje op. Ook pas kort, hoor". Hij keek naar Roos die inviel. "Klopt doctor, we hebben elkaar ontmoet bij een etentje in een restaurantje hier in het centrum. Ik was blij met mijn baan hier op het instituut en was dat met mezelf aan het vieren en Memola was ook alleen en was haar deal inzake de verkoop van motoren aan het vieren. We kwamen daar aan de praat en zo is ons contact ontstaan." Roos keek Memola aan maar het zei haar niets.

De doctor pakte de draad weer op. "We hebben daarna zeker een keer of drie contact gehad en jij hebt daarbij aangegeven dat je onze organisatie een donatie wilde geven van vijftigduizend. Geweldig, prima en schitterend. Ik was er zeer mee verguld. Vier weken geleden hadden we een bijeenkomstje belegd, hier in de hal. We hadden wat hapjes en wat drankjes en Roos zou wat foto's maken en jij hebt mij toen een grote cheque overhandigd, prachtige symboliek. Helaas ging er om onduidelijke redenen iets mis. Jij viel. Jij kwam met een forse klap tegen een richel aan en had een forse hoofdwond. Je ging flink knock out. Je was er slecht aan toe. We hebben je twee volle dagen hier in

het instituut behandeld voor je weer bij
kwam. Je was behoorlijk de draad kwijt. Je
had behoorlijk gegeten, die derde dag en je
kon weer uit bed. Je had natuurlijk alle
bewegingsruimte en bent op een onverdacht
moment de deur uitgewandeld. We waren je
kwijt. Je kwam niet terug. Roos wist niet
waar je woonde en had geen
telefoonnummer van je. Dat was eigenlijk
wel verrassend maar ze had er nooit bij
stilgestaan. " Roos knikte en spreidde haar
handen uit.

"Ik ben zo blij je weer gezond en wel terug te
zien", vervolgde Roos de woorden van de
doctor. "Ik was ontzettend ongerust. Hoe is
het met je. Heb je ergens last van, waar
woon je, wat is je telefoonnummer ? " Ze
gooide er gelijk alles maar uit.

Memola wist eigenlijk niet goed wat ze
hiermee aan moest. Was dit de verklaring
voor haar geheugenverlies. Een of andere
stomme val tegen een dikke rand? Geen
chemicaliën, geen injecties? Geen kwaad
opzet?

De doctor schonk nog een kop koffie in voor iedereen en wandelde naar zijn enorme bureau, tegen de zijwand van de ruimte. Hij bukte zich en pakte een of ander groot stuk karton.

Hij kwam weer terug lopen en gaf Memola het stuk karton. "Alsjeblieft Memola, hier is je cheque terug. Ik wilde hem niet innen zonder jou er bij. Ik heb de indruk dat je je er niets van kunt herinneren. Dit moet je in alle rust opnieuw overwegen."

Memola keek hem verward aan. Dit was de cheque. Dat verzin je niet. Dit kan je toch niet zomaar van te voren hebben bedacht.

"Oké, dank voor jullie vertrouwen," begon Memola voorzichtig." Ik ben mij geheugen deels kwijt. Ik wist nog waar ik woonde maar de rest ben ik kwijt. Mijn historie, mijn familie, jullie, mijn ervaringen. Aan de andere kant heb ik voor zover ik dat kan beoordelen al mijn technische kennis nog. Ik vind het allemaal heel verwarrend." Memola keek eens naar de doctor en naar Roos.

De doctor keek meteen medisch geïnteresseerd. "Voor zover we gegevens hebben kunnen vastleggen, was de ervaring dat je een deel van je geheugen hebt beschadigd. We dachten dat het maar een klein deel was maar kennelijk is er meer beschadigd dan we dachten. Wat we kunnen doen is je geheugen testen zoals die nu is en die gegevens vergelijken met wat we nog van je hebben van vier weken geleden."

De doctor keek haar aan.

Ze zuchtte eens diep. "Misschien is dat in ieder geval iets."

Het schoot haar te binnen dat ze een injectie had opgelopen met een stof die haar positie weergaf. Ze vertelde het de doctor die onmiddellijk beloofde die optie gelijk mee te nemen. Mede om te zien of de gebruikte methode wel verantwoord was geweest en mogelijk nog gevolgen had of had gehad. Memola had het niet zo op al dit soort onderzoeken.

Roos benadrukte nog even dat ze in deze fase alleen maar een beetje bloed nodig hadden. Memola zuchtte eens diep maar ging toch akkoord. De doctor beloofde zo veel mogelijk gegevens zo snel mogelijk boven tafel te zullen halen. Hij stelde voor dat de twee dames hun kennismaking zouden hernieuwen en ergens even gingen eten, dan zou hij met die andere werkezels hier even doorwerken. Als ze dan terugkwamen had hij misschien al wel wat gegevens beschikbaar.

Roos' gezicht bloeide op bij het idee en Memola ging er mee akkoord. Ze had nog wel geen trek maar er moest natuurlijk wel wat gegeten worden.

De doctor nam vier buisjes met bloed af. Memola vond dat veel maar de doctor gaf aan alles wel goed te willen laten uitzoeken door het laboratorium. Hoe meer bloed beschikbaar hoe meer er kon worden onderzocht. Ze kreeg een glas met "krachtvoer" te drinken, zoals de doctor het noemde, bedoelt om even aan te sterken na de afname van vier buisjes bloed.

Memola en Roos vertrokken nar een
nabijgelegen lunchroom. Het smaakte
Memola eigenlijk best wel goed. Ze kwam
een beetje tot rust. Roos leidde haar heel
goed af door een verhaal te vertellen over
een nieuwe vriend. Een geweldige vent waar
ze echt gek op was. Memola was blij voor
haar. Dit soort leven was voor haar niet
weggelegd. Huisje , boompje, beestje op
een planeet dat was het niet. Volgens Roos
waren er meer opties. Een liefje die mee zou
moeten willen reizen tussen de sterren, daar
had ze nooit over nagedacht. Welke soepkip
wilde nou elke tien jaar een nieuw avontuur,
terwijl je van die tien jaar er zes in stasis
doorbracht. Roos reageerde daarop dat je
dus eigenlijk steeds vier jaar lang op
avontuur was en daarna een poosje ging
slapen waarna de cyclus zich herhaalde. Ze
liet het klinken, alsof je van het ene avontuur
in het andere viel. Zo voelde Memola zelf
dat eigenlijk ook. Elke benadering van een
nieuwe planeet gaf een kick. Je was
bloednieuwsgierig hoe de mens de
leefomgeving aan zijn behoeften had
aangepast. Veel ging overal op dezelfde

wijze maar veel zaken gingen ook gewoon anders. Wel heel vaak op een verrassend nieuwe manier. Memola klonk echt zeer tevreden met haar manier van leven. Als ze daarnaast keek hoeveel geld ze op deze manier verdiende dan ging het echt alle perken te buiten. Ze kon zich zomaar, als extraatje, een gigantisch buitenhuis veroorloven. Ze vertelde Roos van het buitenhuis waar ze een bod op had uitgebracht maar dat de eigenaren te laag vonden. Roos wilde weten hoe het nu verder zou gaan met dat huis. Memola vertelde dat ze haar aanbod had laten vallen. Als over een jaar of drie weer van deze planeet zou vertrekken dan had ze er toch niets aan en zou ze het weer moeten verkopen. Memola zag Roos zwijmelen. Zo'n droomhuis, zomaar loslaten, ze vond het nogal wat. Zij droomde er van ooit in zo'n huis te mogen wonen. Roos stond er op dat zij het eten betaalde, ze zou het bij de doctor in rekening brengen. Dat was altijd gunstig voor toekomstige mogelijkheden. Ze gniffelde bij het idee.

Ze wandelden rustig terug en genoten van het mooie weer.

De doctor stond druk te praten met een van zijn medewerkers. De medewerker deed kennelijk enkele suggesties en hij knikte dat hij het er mee eens was.

Memola en Roos werden onmiddellijk bij de doctor binnen gelaten. Memola zag dat er een andere jonge vrouw bij de receptie zat. De doctor handelde in ieder geval snel en naar bewind van zaken, meende Memola.

De doctor kwam gelijk ter zake. Hij zag wel dat ze zich prima hadden vermaakt tijdens de lunch.

"Het laboratorium heeft geen bijzondere problemen ontdekt in je normale bloedsamenstelling. Aan de hand van jouw aanwijzingen over de stof die bij jou zou zijn ingespoten om via straling weer te geven waar je bent is er gericht nader gezocht naar stoffen in je bloed die aanwijzingen zouden geven over die stof. Die stof hebben ze gevonden, weliswaar in zeer beperkte hoeveelheden maar wel een bekende stof met wel een heel bijzondere combinatie met een andere stof. Op zich heel virtuoos maar voor ons is de werking van die twee stoffen samen altijd als erg dubieus geweest omdat het combineren niet ging. Het klinkt misschien cryptisch maar normaal gesproken zijn die twee stoffen niet te combineren. Ze gaan normaal gesproken een verbinding aan die beide stoffen aantastten en dus ook hun werking. Degene die deze combinatie toch tot stand heeft gebracht moet zeer deskundig zijn op dit terrein. Ik beschouw mezelf als specialist maar deze combinatie heb ik nog nooit zien lukken. De basisstof is een isotoop, die geeft het signaal af de andere stof is een piranha. Een soort stof dat zich invreet in het lichaam en zich heel moeilijk laat verwijderen. De isotoop is inmiddels vrijwel geheel verdwenen maar heeft de piranha achtergelaten. Voor zover wij die stof kennen kan hij een sluier over een deel van het zenuwstelsel leggen. We onderzoeken dit verder en ook hoe het is te bestrijden. We bekijken eerst de bekende gegevens, dat gebeurd nu en vervolgens bekijken we of we een tegenstof, een remedie kunnen ontwikkelen. Ik moet je wel waarschuwen. Het zijn vaak paardenmiddelen, die piranha's, waardoor het een hels karwei is om überhaupt een remedie te vinden of te ontwikkelen. Het uittesten moet heel zorgvuldig plaats vinden. Fouten kunnen een enorm probleem opleveren." De doctor was tijdens zijn betoog blijven staan en ging nu zitten. Hij zuchtte eens diep.

Memola knikte en bedankte hem voor alle inspanningen. Ze wilde dat hij toch de cheque zou innen die zij hem al eerder had geschonken.

Ze stond op, bedankte ze allebei voor de informatie en beloofde de volgende week om dezelfde tijd nogmaals langs te komen. Ze draaide zich bij de deur nog even om en keek de doctor aan. Ze herhaalde dat de doctor had gezegd dat de stof alleen gemaakt kon worden door een superspecialist op dit terrein. Ze was benieuwd of hij er een naam bij kon geven. Ze wilde die persoon wel eens ontmoetten. De doctor knikte en beloofde zijn best te doen. Hij was nooit zo heel erg bezig geweest met wat anderen wel of niet ontwikkelden.

Memola begreep het. Ze nam afscheid en wandelde weg.

Ze stapte naar buiten en wandelde terug naar de parkeergarage om haar auto op te halen. Ze had Roos weliswaar haar telefoonnummer gegeven maar niet haar adres. Ze had eigenlijk geen adres om af te geven.

Ze keerde terug naar haar auto. Ze bekeek de laatste berichten op haar info-tablet en zag tot haar verrassing dat er een drietal kwekers waren die de bijzondere boom waar ze naar gezocht had kweekten. Het waren drie vrij grote boomgaarden die eigenlijk tegen elkaar aan lagen. Volgens het verhaaltje dat er bij stond waren het vier broers. De kwekerijen waren van vader op zoon overgegaan. De vier broers hadden elk hun aandeel in de kwekerij van pa toegewezen gekregen. Een broer was na een aantal jaren gestopt en had er een wijngaard van gemaakt. Hij verdiende nu meer dan zijn broers. Die hadden het moeilijk met de huidige gang van zaken. Ze was wel geïnteresseerd in deze broers en vooral in hun boomgaarden. Ze besloot hen met een bezoek te vereren. Ze reed de stad uit en steeg op over de zee. Het was wel een behoorlijk eind vliegen maar ze vloog met het licht mee, dus dat was een voordeel. Ze besefte best wel dat ze die tijd op de terugweg weer kwijt zou raken.

Ze landde weer via de zeekant, daarna laag aanvliegend, onder de radar en de weg oprijdend buiten de bevolkte gebieden. Ze reed rustig naar de locatie toe. Het was wel een bijzondere gebeurtenis. Ze reed het gebied in dat een beetje heuvelachtig was en de weg glooide door het landschap. Het was een gebied dat behoorlijk koud was. Er groeide overal heel veel mos met weinig grassoorten er tussendoor. Ze naderde het gebied en was heel verrast door de grootte van de bomen. Ze leken op de plaatjes vrij klein maar zagen er in de praktijk uitermate vol en groot uit. Ze schatte ze wel twintig meter hoog en meer. Ze waren toch wel een stuk robuuster dan ze had gedacht. Ze stopte langs de weg en wandelde naar de voorste rij bomen. Ze rook de geur van het hars. De schors was grof en ruw, overal gebarsten maar dat leek zo te horen. Ze hoorde vogels fluiten. Het verraste haar. Ze had er nooit bij stilgestaan dat er in en rondom de bomen leven zou zijn maar de natuur ging natuurlijk gewoon door. Ze deed een paar stappen achteruit en keek omhoog in de boom. Een heel stevige stam met dikke zijtakken en vol met groene bladeren. Tot haar verrassing kwam er dikke, vrij grote tor, van zeker zeven centimeter lang aanvliegen. Hij landde tegen de stam van de boom en begon meteen tussen de gebarsten buitenkant van de schors te wroeten. Memola kon niet zien wat er gebeurde maar had het idee dat hij daar insecten zocht.

Ze keerde terug naar de auto en vervolgde haar toer. Ze kwam uit op een groot vierkant plein. Er stonden vier grote boerderijen elk met de gevel naar het midden van het plein.

Ze waren alle vier heel verschillend, zelfs bijna kunstmatig verschillend, alsof ze niet op elkaar mochten lijken. Midden op het plein stond een reusachtige boom met een grote tafel eronder met grote houten banken er omheen. Ze stopte naast de boom op het plein en stapte uit. Het was hier nog middag en een fris zonnetje scheen op de grote tafel gelijk naast de reusachtige boom. Ze keek om zich heen en had het gevoel dat ze door meerdere ogen was gezien en werd gevolgd. Ze ging rustig zitten. Ze had het gevoel dat ze vanzelf bij haar zouden komen zitten.

Al snel kwam er een klein meisje bij haar zitten. Ze keek haar eerst even aan en ging toen naast haar op de bank zitten.

"Hallo, ik ben Maria, hoe heet jij? " begon ze met een heel nieuwsgierige blik maar wel heel onbevangen.

"Mijn naam is Memola," vertelde Memola.

"Er komen hier nooit vreemde mensen", ging de kleine meid verder. "Waarom bent u hier? " wilde ze meteen weten.

"Ik ben geïnteresseerd in jullie bomen", vertelde Memola eerlijk.

"In de bomen"? vroeg ze gelijk helemaal verbaasd. "Waarom bent u geïnteresseerd in onze bomen?"

"Het zijn prachtige bomen", ging Memola verder. "en ze dragen heerlijke vruchten," vervolgde ze.

"Ja maar dan moet de Olala wel flink zijn best doen hoor!" verkondigde ze meteen.

"De Olala"? vroeg Memola verbaasd.

Ze keek Memola aan met een verbaasde blik. Dat wist toch zeker iedereen. "" Zonder de Olala geen vruchten!" zei ze heel beslist.

Hoe ziet een Olala er uit?" wilde Memola weten, gelijk denkend aan de grote zwarte kever die ze had gezien.

"Dat is een grote zwarte kever, natuurlijk!" verkondigde Maria meteen.

"En hoe lang duurt het dan voor de vruchten groeien? "

"Dat is een geweldig wonder, binnen een week staan de bomen in bloei en dragen vruchten. Binnen vier weken zijn alle vruchten rijp en kunnen we oogsten. Het wordt wel weer de hoogste tijd dat er wat gebeurd anders hebben we problemen, zegt mijn vader."

"Misschien kan ik jullie helpen. "Memola keek Maria aan.

"Echt? " glunderde ze.

"Even wachten hoor," riep ze al wegrennend.

Al snel waren de vier broers opgetrommeld. Ze waren heel nieuwsgierig naar haar beweegredenen en wat ze kwam doen. Memola vertelde dat ze enorm geïnteresseerd was in de bomen, hun vruchten en de hars.

Ze begreep dat de drie broers die de bomen bezaten tot over hun oren in de schuld zaten en dicht bij hun faillissement waren. Dank zij hun vierde broer hadden ze de tijd overbrugd maar dat kon niet veel langer meer duren. Memola vroeg naar de omvang van hun schulden aan de bank en aan hun broer. De bedragen vielen haar alleszins mee. Ze vertelde dat ze een zwarte kever had gezien en dat ze de boomgaarden in stand wilde houden. De mannen waren zeer enthousiast. Ze stelde wel voorwaarden. Ze zou veertig procent van de landerijen verkrijgen, ook van de wijngaarden en de boerderijen zelf. Zij mochten de hars en de vruchten van de bomen alleen aan haar verkopen, anderzijds was zij verplicht alle hars en vruchten af te nemen. Ze vertelden haar de huidige marktprijs en de huidige productie en dat vermeldden ze in hun afspraken. Memola wilde tien kleine bomen hebben voor eigen gebruik met een beschrijving hoe ze de bomen moest behandelen en een emmer met hars voor nader onderzoek. Alles werd vastgelegd en Memola betaalde hun schulden af aan de bank en betaalde de schulden aan de broer met de wijngaarden. Ze deed dit via haar info-tablet. Meteen zond ze bericht naar haar fiscalist over de deal met de bijgevoegde voorwaarden. Ze wist dat haar financiën nu wat dunner werden maar dat ze twee grote bronnen had waaruit ze nog kon putten. Morgen zou ze beide geldschieters en Angelica en Johan ontmoetten, een drukke dag. Ze moest nodig terug naar haar ruimteschip om nog wat te slapen voor ze morgen weer op pad kon gaan. Ze nam afscheid, beloofde over een week weer langs te komen en dan iets meer tijd aan hen te besteden. Ze begreep dat de wijnbroer alle families trakteerde op een grootse en uitgebreide maaltijd, Hij had al zijn geld beschikbaar, de anderen moesten het in de toekomst gaan verdienen maar waren wel hun schulden kwijt.

Memola nam snel afscheid en reed snel weg. Ze zag dat ze haar nakeken, nog steeds ongelovig maar wel glunderend. Ze was helemaal happy. Ze had de bomen. Ze had weer een stap gedaan op de weg naar completering haar business op deze planeet.

Het bracht haar terug bij haar geheugenprobleem. Ze liet het los en vloog over de zee omhoog en naar haar ruimteschip.

Terug in haar ruimteschip zag ze dat haar fiscalist haar bod had ingetrokken op het woonhuis en haar bericht had verwerkt in haar financiële gegevens. Ze was blij met hem. Ze zou hem morgen informeren over de deals met de financiers. Morgen zouden die beide deals rond zijn.

Ze had de emmer met hars meegenomen en bekeek de dikke vloeistof. Ze zou een speciale analyse expert nodig hebben om de samenstelling echt goed te laten vaststellen. De piraat had kennelijk speciale kennis op velerlei gebied, of iemand die die kennis had tot zijn beschikking. Zou de doctor ook zoiets hebben. Ze kon het hem in ieder geval volgende week vragen. Ze had een goed gevoel over deze gedachtegang. Ze was tevreden over de dag van vandaag en ging naar bed.

Hoofdstuk 17

Ze stond verfrist op. Volgens de medic begon ze al weer aardig op haar oude ik te lijken. Ze kreeg "verse" vruchtensap voorgeschreven bij haar ontbijt. Ze douchte, ontbeet en ging snel op pad. Het zou een drukke dag worden. Eerst moest ze naar Roland in het hoge flatgebouw in Centra. Daarna naar Johan en dan door naar de loods en begin van de middag naar Angelica en daarna overleg met Mark.

Ze ging snel op pad om weer buiten de bekende paden de vliegauto op de weg te zetten en reed naar de torenflat van Roland.

Ze meldde via de intercom dat ze voor Roland kwam en werd toegelaten in de parkeergarage. Ze parkeerde vlak bij de lift maar wel tegen de zijkant, redelijk uit het zicht. Ze wandelde naar de lift en ging met de lift naar boven. Roland stond haar zelf op te wachten en begeleidde haar naar zijn kantoor. De papieren lagen keurig in twee mappen, gereed om gelezen en getekend te worden. Memola complimenteerde Roland met zijn keurige voorbereiding en ging zitten en las een map door. Daar had ze wel twee uur voor nodig. Ze wilde alles gelezen hebben voordat er werd getekend. Ze was toch wel een beetje verrast dat alles keurig volgens de afspraken was vastgelegd. Als bijzondere bijlage werden de huidige rentestanden weergegeven. Ze controleerde die via haar info-tablet. Ze waren iets ongunstiger dan ze zo snel vond maar waren wel in alle redelijkheid in overeenstemming met de marktpositie. Het was tenslotte toch een enorm bedrag, zonder garanties dat ze leende.

Ze keek Roland aan en stak haar hand uit.

"Gefeliciteerd, je hebt een deal", zei ze . Roland accepteerde haar hand en schudde die.

"Na ondertekening van de overeenkomst moet je deze pas tekenen, dat doe ik ook, als de bankdirecteur. Hiermee kun je het saldo benutten. Je krijgt een codelijst mee voor de feitelijke overboekingen." Roland glimlachte. Zelden heb ik zo'n onzekere transactie met zoveel vertrouwen afgesloten," becommentarieerde hij zijn eigen optreden.

"Roland, "begon Memola. "Jouw business is vooral drugs, seks en casino's, klopt dat ?"

"Klopt," zei Roland een beetje verbaasd maar wel eerlijk.

" Wat is ongeveer je jaaromzet ?" Memola keek hem glimlachend aan.

" Nou ja , meer dan honderd miljoen per jaar, hoezo?" Roland keek haar vragend aan.

"Stel dat al die activiteiten legaal zouden worden en je zou keurig belasting betalen over die activiteiten, wat zou jou dat dan kosten ? "

Roland keek haar verrast aan.

"Belastingen kosten je als bedrijf altijd 20 tot 25 % op zijn minst!! " verkondigde Roland meteen.

"Wat zou het je waard zijn als je activiteiten legaal zouden worden?" wilde Memola weten.

"Goede vraag. In mijn gedachtegang ben ik nu ongeveer tien procent kwijt aan extra veiligheidsmaatregelen en tien procent aan omkoopgelden. Bij elkaar dus toch zo'n twintig procent." Roland keek haar vragend aan.

"Stel dat ik een stadbestuur zo ver kan krijgen dat ze je de ruimte geven om je activiteiten legaal op te zetten. Het zou kunnen beginnen met een casino, daarna meerdere casino's. Vervolgens wat dames die seks aanbieden in een sexclub/disco, dan soft drugs enzovoort, enzovoort. Zou je dat zien zitten? Elke activiteit zal ongetwijfeld gekoppeld zijn aan een vergunning en bijbehorende voorwaarden maar dat is niet te voorkomen. Het zou wel allemaal legaal zijn. Misschien moet je wel exclusiviteit bedingen bij de onderhandelingen," mijmerde Memola verder.

Roland was duidelijk bezig deze compleet nieuwe gedachtegang tot zich te laten doordringen. Memola nam in alle rust een kop koffie en begon alle pagina's van het contract te paraferen en tekende de slotpagina. Ze schoof het pakket naar Roland en liet hem die ook tekenen.

Hij keek haar verbaasd aan. Ze liet hem het andere pakket ook tekenen en nam dat mee. Ze schudde Roland de hand, die nog steeds niet helemaal bij de tijd was. Ze schreef haar telefoonnummer op de voorkant van het contract en vertrok.

Roland stond haar nog steeds beduusd na te kijken.

Ze wandelde terug naar de lift, ging naar de parkeergarage en reed weg. Ze reed gelijk door naar de loodsen van Johan. Daar had ze toch nog meer dan een uur voor nodig. Ze realiseerde zich dat ze tot nu toe steeds met de vliegauto van Johan hierheen was gegaan. Uiteindelijk reed ze het terrein op en parkeerde gelijk naast het kantoor van Johan.

Ze realiseerde zich dat er geen omheining was. Iedereen kon zomaar het terrein oprijden. Johan kwam haar al tegemoet. Ze was dus kennelijk al eerder gesignaleerd en gewoon toegelaten.

Johan begroette haar vriendelijk maar gereserveerd. Ze vroeg zich af wat er mis was. Ze wandelden naar Johans kantoor. Johan schonk haar een kop koffie in en keek haar aan.

Ze zaten weer bij elkaar voor het raam.

"Memola," begon Johan en zuchtte diep. "Ik moet helaas bekennen dat ik bij jouw vorige bezoek erg voorbarig heb ingestemd met een overstap van het bedrijf van mijn vader naar jouw bedrijf. Duidelijk is dat jouw geweldige auto een enorme concurrent gaat worden voor onze auto's. Zelfs onze nieuwe modellen kunnen ook met de nieuwe motoren niet echt concurreren met jouw auto. Het enige onduidelijke is nog de

kostprijs van jouw auto. In het familieoverleg is mij duidelijk de les gelezen. Ik was
de familie ontrouw geweest, ik had de
familie verraden. Ik moet me helaas
terugtrekken en kan mijn woord niet gestand
doen."

Johan keek haar aan. Hij zuchtte diep. Het
was er uit. Hij had zijn zegje gedaan. Hij
voelde zich hopeloos en ziek. Hij had nog
nooit zijn woord gebroken. Dit was voor het
eerst en dat deed hem vreselijk veel pijn
maar zijn familie was hem heilig. Hij begreep
zelf niet dat hij zich zo in zichzelf had
vergist.

Memola zag hem lijden.

"Johan," begon ze voorzichtig. " Ik snap niet
wat je bedoeld. De vorige keer hebben we er
over gesproken of je bereid zou zijn om een
fabriek te runnen waarbij op een iets andere
manier auto's zouden worden
samengesteld. Mijn gedachtegang was dat
jij mee moest denken aan de juiste
oplossingen voor de productie van auto's op
grote schaal. We hebben wel gesproken

over mijn bedrijf en mijn auto's en mijn ontwerpen maar we hebben het niet gehad over de plekken waar die auto's geproduceerd moeten worden. In mijn gedachtegang zou het mogelijk moeten zijn om met een ploegje van drie of vier man een hele auto op te bouwen. De eerste experimenten lopen nu in mijn bedrijf. Dat vraagt wel veel opslagruimte en veel voormontage op andere plekken. Ik wil graag met jou brainstormen over die productie methode met het doel dat jij, jullie dus, bekijken of die methode in jullie bedrijven kan worden toegepast. De invoer van mijn nieuwe modellen zullen geleidelijk worden gebracht in de markt. Wat is mooier als je daarbij gebruik maakt van jullie autobedrijf, jullie dealers, jullie verkoopkanalen. Dat is mijn beeld. Je vader is al wat ouder en ik dacht dat jij als de nieuwe jonge generatie meer met de toekomst bezig zou zijn en meer met de continuïteit van het bedrijf op zou hebben. Jij bent de toekomst." Memola keek hem strak aan. Dit zou voor haar het perfecte scenario zijn.

Johan zat haar volkomen verrast aan te kijken. Ze zag de radertjes in zijn hoofd draaien. Ze dronk rustig haar koffie op.

"Je bedoelt,..., dus eigenlijk...," mompelde hij in zichzelf.

"Ja, dat klopt. Jij moet je taken binnen het bedrijf van je vader uitvoeren. Nog een vraag, heb je nog informatie ingewonnen bij een bedrijf dat de spuitmethode kan toepassen voor de productie van de bovenkanten van de auto's?"

Johan keek haar even aan, mompelde iets van "jaja" en liep naar zijn bureau. Daar pakte hij een map en legde die voor Memola op tafel.

"Dus, als ik het goed begrijp, "begon hij een beetje voorovergebogen zittend met zijn handen voortdurend bewegend voor zich, wil je de productie van jouw auto's door ons laten uitvoeren?" Hij keek Memola aan.

"Ja," antwoordde Memola en keek hem zelfverzekerd aan. "Mits jullie prijs goed is," vervolgde ze. "Of ik neem een deel van de

aandelen over en dan is er geen sprake meer van een prijsafspraak. Ik kan me voorstellen dat het voor jullie van belang is om meer te weten over de kwaliteiten van mijn auto. Ik wil graag een afspraak maken met jouw familie. Ik wil met jullie overleggen en mijn kennis en know how inbrengen tegen 51 % van de aandelen in jullie auto-industrie. Overleg het met je familie, ik zal jullie zondagmiddag weer een bezoekje brengen net als afgelopen zondag. "
Memola keek Johan strak aan.

"Johan, dit is een eenmalig businessvoorstel. Ik verwacht dat jullie dit serieus overwegen. Bespreek het, daarna, voordat jullie beslissen wil ik jullie laten zien wat mijn auto nu al kan. Jij denkt dat je het al weet maar ik zal je volkomen verrassen. Ik moet nu weer verder, ik zal de offertes bekijken en je zondag informeren over mijn bevindingen. Graag tot zondag."

Ze stond op en stak haar hand uit. Het ging allemaal wel heel erg snel voor Johan. Hij was nog bezig met de gevolgen te overwegen voor hun bedrijf als ze die schitterende auto van Memola mochten bouwen.

Voor hij het goed en wel besefte, had hij Memola de hand geschut en liepen ze samen naar Memola's auto.

Memola stapte in en reed weg. Ze zocht snel een plattelandspaadje op en vloog weg over de zee, op weg naar de loods. Ze landde weer in een groot bos en reed vandaar naar de loods. Ze parkeerde de auto en wandelde naar voren.

Ze hoorde een vreemde mannenstem, die een of ander verhaal aan het vertellen was. Ze wandelde langs de montageplek en zag drie mannen bezig met montagewerkzaamheden. Dirk was bezig om te kijken of alles goed ging. Hij keek voortdurend op zijn tablet en naar het werk dat verricht werd. Misschien was dat wel de beste optie. Neem op de video de te verrichten handelingen op, verzamel eerst de benodigde gereedschappen en de te gebruiken onderdelen en laat zien, stap voor stap hoe die moet worden samengesteld. Ze zou het met Dirk bespreken. Ze wandelde door naar de kantine, het voormalige kantoor Het meisje van de receptie en de administratie zat daar. Ze vond het veel gezelliger om beneden te zitten met de mannen in de buurt dan in haar eentje, boven, weggestop op het kantoor. Memola had er alle begrip voor en vond het prima. Ze dronken samen een kop koffie. Memola overlegde nog even met Dirk. Hij was heel tevreden over de voortgang van het werk. Hij maakte steeds aantekeningen van de werkzaamheden om een beter beeld te krijgen van de werkzaamheden die tegelijkertijd werden uitgevoerd. Memola besprak de mogelijkheid om de werkzaamheden in volgorde, stap voor stap op te nemen en voor elke volgende ploeg van werkers zou het een heel stuk makkelijker werken zijn, als de uit te voeren taken werden voorgedaan in beeld. Dirk moest even wennen aan het idee en begreep heel goed dat het een enorme puist werk opleverde om dit allemaal vast te leggen maar het zou het inwerken van nieuwe werknemers wel een heel stuk vergemakkelijken. Memola suggereerde dat hij daarvoor beter een jong iemand kon aantrekken. Dirk klaarde meteen op. Dat was de oplossing.

Memola was blij met de voortgang en keerde terug naar het kantoor. Boven in de kantoor ruimte lag haar post. De offertes waren binnen van de kunststofspuiters. Ze was heel benieuwd naar de gegarandeerde kwaliteit en de prijs. De kwaliteit leek haar nog wel vatbaar voor verbetering. Ze wilde wel enkele proefmodellen van elk van de leveranciers hebben. Ze had de gegevens van Johan meegenomen en legde die er naast.

Johan had drie offertes van drie andere leveranciers. Alle drie nog vrij kleine bedrijven maar alle drie wel bereid een behoorlijk ver gaande garantie af te geven. Ze gaf alle zes leveranciers opdracht een mal te maken die zij betaalde en met die mal vier exemplaren af te leveren. Ze zou ze zelf laten ophalen zodra ze door de fabrikant gereed waren gemeld. Ze informeerde de fiscalist over de eerste financiële deal die ze gemaakt had en beloofde binnenkort even langs te wippen om het hem mogelijk te maken om overboekingen namens haar te doen. Ze beloofde nog een financiële deal te sluiten om alles mogelijk te maken wat ze van plan was.

Ze zei iedereen gedag en wandelde naar het winkelcentrum. Ze besloot te lunchen in de bistro aan de zijkant van het winkelcentrum.

De sfeer was er nog steeds uitermate prettig en ze ging weer zitten op haar oude plekje, vrijwel helemaal achterin. Ze bestelde wat te drinken en wat te eten en overdacht wat er nog ging komen.

Tot haar verrassing kwamen de burgemeester en wethouders die er de vorige keer ook waren geweest ook nu weer eens binnen. Ze kregen dezelfde plek en waren weer even luidruchtig.

Voor zover ze de lawaaierige geluiden kon analyseren hadden ze het weer over de financiële tekorten, de wens nieuwe werkgevers aan te trekken en het overschot aan leegstaande onroerende goederen.

Memola at rustig haar lunch, dronk haar sapje op en wilde weer vertrekken. Ze liep langs de groep die hun lunch zo ongeveer aan het beëindigen waren toen een van de wethouders haar aansprak.

"Hallo, mevrouw. Nog bedankt voor uw voorstel omtrent het stimuleren van nieuwe werkgevers, helaas vond de gemeenteraad dat het interessant maken van onze stad voor nieuwe werkgevers door het financieel verlagen van bepaalde gemeentelijke inkomsten voor alle werkgevers niet interessant. Ze waren bang dat de inkomsten door het niet toetreden van nieuwe werkgevers, lager zouden worden dan ze nu waren. Dank voor het meedenken maar hier kunnen we helaas niet verder mee. "Hij wachtte even en vroeg toen. "Misschien heeft u nog heel andere ideeën, waar we iets mee kunnen? " Hij keek haar hoopvol aan. Memola was beleefd blijven staan en had beleefd geknikt toen ze werd bedankt. Nu keek ze de rij eens rond.

Misschien waren hier wel mogelijkheden. Ze knikte, pakte een stoel en zette die bij de heren aan tafel, die gelijk zeer meewerkend opschikten zodat haar stoel er tussen kon.

"Heren, ik weet niet hoe hoog het water u tot de lippen is gestegen maar er zijn een heleboel dingen die bij u , dus de gemeente geld in het laadje kunnen brengen. De vraag is hoe ver u wilt gaan om dat te realiseren en vooral ook hoe snel.

Stel dat ik een investeerder weet te vinden die bereid is de locaties die u nu in eigendom heeft voor opslag, productie, montage of verkoop van u te kopen. Bent u daar dan toe bereid. Hoe interessant kunt u het die investeerder dan maken. Welke vergunningen bent u bereid af te geven voor de soort activiteit die op die locaties kunnen plaats vinden. In hoeverre moeten bestemmingsplannen worden aangepast als er bijvoorbeeld een casino zou moeten worden gebouwd. Zou u bereid zijn, op termijn te overwegen om dancings in de horeca toe te staan die ruim denkend zijn waar het gaat om verkoop van seks, misschien drugs. Kunt en wilt u nadenken over de legalisatie van seks en drugs zodat u ook over die activiteiten belastingen kunt heffen. U moet zich wel realiseren dat het een tien jarenplan is. U begint met een Casino, mogelijk volgen er meer. U begint met een disco, daarna volgen er meer. In die disco worden in de praktijk, jongeren onder elkaar drugs verkocht. Het kan dan een oplossing zijn om die drugs te legaliseren met dien verstande dat de productie onder overheidstoezicht op grond van een vergunning plaats vindt. Alles is natuurlijk belastingplichtig. Zo krijgt u de onroerende goederen verkocht, u heeft nieuwe werkgevers en u heeft nieuwe inkomsten. U wordt het schoolvoorbeeld voor vele andere steden, regio's, landen en werelddelen." Memola keek de tafel rond. De mannen zaten verward te kijken. "Denk er rustig over na. Als u geïnteresseerd bent hoor ik dat graag van u dan kunnen we mogelijk verder praten." Memola legde vier kaartjes van haar op de tafel. Op die kaartjes stond alleen "Memola" met haar telefoonnummer.

Ze stond op en verdween voor de mannen goed en wel van haar verhaal waren bekomen. Zo, dat visje is uitgegooid. Ze was benieuwd hoe lang ze nodig zouden hebben om zelf uit hun problemen te komen of haar te bellen.

Ze wandelde het winkelcentrum door en eindigde bij de koffieshop waar ze met Angelica had afgesproken.

Angelica was er al. Ze schoof aan bij Angelica en zag haar glimmen. Ze was duidelijk zeer in haar schik met de opdrachten.

Ze bespraken de verschillende uitwerkingen. Ze namen enkele promotionele acties door en de volgorde waarin die zouden moeten worden uitgevoerd. De verschillende vormen van reclame, slogans, namen voor de bedrijven en de autotypes. Memola proefde de naam die Angelica had bedacht voor de autofabriek. : Flashcar Industries". Het zou de naam worden van de autoverkooporganisatie, een dochter van Topcar". Het bedrijf dat de auto's moest

verkopen. Ze bediscussieerden of het nuttig was een bestaand merk te gebruiken maar vonden het beiden beter aan deze hele nieuwe autoreeks een nieuwe fabrikant te koppelen. Ze spraken af dat de verkoopcampagne pas in gang gezet kon worden als de productie serieus van start zou gaan. Intussen zouden er wel een groot aantal opties verder uitgewerkt moeten worden zoals een filmproducent moest worden gevonden die de promotiefilm moest maken, de radiospots moesten worden ingesproken, de fotograaf voor de foto's, etc.
.

Memola gaf Angelica de vrije hand. Voor er iets naar buiten zou gaan wilde ze alle gegevens zelf eerst goedkeuren. Angelica begreep het. Ze was eerlijk en direct en vroeg een budget om al die zaken voor te bereiden. Ze kwamen een voorschot overeen voor die externe zaken en een bedrag voor de werkzaamheden van Angelica. Ook dat was toch wel een behoorlijk bedrag. Ze zou er op zijn minst twee maanden me zoet zijn. Angelica zou zich weer melden als ze zover was. Ze namen afscheid en Memola wandelde het winkelcentrum nog eens rond.

Ze had zo nog een afspraak met Mark. Ze moest hem nog wel vragen naar het rekeningnummer waar hij de beschikbare bedragen op had gestort en de pasjes met handtekening die daar bij hoorden. Wat Roland meteen geregeld had, had bij Mark nog wat meer voeten in de aarde. Iedere heug zijn meug. Roland was duidelijk de selfmade man, veel zakelijker en efficiënter in zijn werkwijze in de business. Mark maakte deel uit van het allang functionerende familiebedrijf.

Ze kocht een paar leuke schoenen en wandelde weer terug naar de koffieshop. Mark was er nog niet, dus nam ze vast een kop koffie. Ze begon een koffieleut te worden, zo veel koffie dronk ze inmiddels. Vrij kort er na kwam Mark de koffieshop binnen. Hij was kennelijk goed gehumeurd, want hij had een brede glimlach. Hij begon meteen een verhaal over de schoonheid van het leven als je omgeving er plezier in heeft.

Memola begreep dat Angelica zijn leven tot een hemel maakte. Ze was lief, behulpzaam, kwam regelmatig even met pap overleggen over haar ontwerpen en gedachtes. Hij was helemaal gelukkig.

Memola vroeg hem naar de rekeninggegevens en de pasjes en, zowaar, hij overlegde de stukken en de pasjes. Hij vertelde dat hij het geld op de rekening had laten storten. Hij wilde wel graag elke maand een totaal bestedingsoverzicht. Hij had met de bank afgesproken dat hij een kopie van de rekeningoverzichten zou ontvangen.

Memola vertelde hem dat de deal off was. Dit was niet afgesproken en ze voelde zich besodemieterd. Ze zou de opdracht aan Angelica ook direct intrekken. Als dit de manier was waarop deze familie werkte, wilde ze daar niets mee te maken hebben! Mark zat volkomen verstijfd in zijn stoel. Hij onderging haar tirade alsof hij bij elk woord een forse dreun in zijn gezicht kreeg. Hij zakte steeds verder onderuit.

Memola ging staan. Zij keek hem boos aan en wilde weglopen.

Mark hield haar tegen. "Stop, Memola, stop. Wat bedoel je, wat zit je nou opeens te miepen."

"Mark, laat me los, "riep ze woedend.

Mark keek om zich heen maar liet haar niet los.

"Kom ga eerst nog even zitten. Ik heb duidelijk iets gedaan, dat je niet zint. Alsjeblieft maak het mij duidelijk. Misschien leer ik er van. Ik wil mijn huidige geluk niet zomaar zonder slag of stoot weggooien. Wat is er mis. Je wilt me toch wel vertellen wat er mis is. Ik vind eigenlijk dat ik daar ook recht op heb."

Memola keek hem aan. "Jij snapt het niet he," begon ze verhit. Ze bleef staan.

"Ik heb je al gezegd wat er mis is. Je komt de afspraken gewoon niet na. Over grote, hele grote uitgaven word je van te voren geïnformeerd. De rest zie je achteraf. Jij hebt in strijd met die afspraken gehandeld, zonder overleg zonder zelfs maar te begrijpen dat je handelen volkomen in strijd is met de afspraken. Als je dat toen niet begreep is dat al hopeloos. Als je het nu nog niet begrijpt dan is alle hoop verloren. Dan wens ik je sterkte met de rest van je leven want dit is onbestaanbaar. Je bedriegt me gewoon en vindt dat normaal. Mark je bent veel slechter dan ik ooit gedacht heb. Als dat niet volkomen veranderd, ben ik niet bereid om met jou zaken te willen doen. Jij zit in de energie-business. Ik had fantastische voorstellen voor jou maar die gaan zo wie zo niet door.

Mark zat haar verbluft aan te kijken. "Als ik het goed begrijp , zeg je dat ik doordat ik een kopie van de bankafschriften krijg onze deal niet ben nagekomen? Dat is helemaal niet zo. Er staat niets in, waaruit blijkt dat ik dat niet zou mogen." Hij keek Memola aan.

"Waar staat dat je het wel mag!" reageerde Memola. "Ik beheer de rekening, ik bepaal alles met betrekking tot de rekening. Het is mijn rekening. Wie gegevens van en over de rekening krijgt bepaal ik. Hoor je, ik !!!"

"O, "zei hij, "zie je het zo. Maar ik krijg altijd eigen afschriften van alle bankrekeningen. Dat is voor mij standaard," verzuchtte Mark.

"Mark, dit is een lening. Vanaf het beschikbaarstellen is het niet meer jouw geld. Het is dan van mij, Het staat op mijn rekening !! begrepen"

"Oké, oké, ik snap het. Sorry, sorry. Het was niet tegen jou bedoelt, het was gewoon de normale procedure. Ik zal het terugdraaien. Nogmaals, sorry. "

"Dat hoeft niet. Ik zal een nieuwe rekening openen bij diezelfde bank en daar het volledige bedrag op laten storten. Dan weet je wat er gaat gebeuren. Voor jouw beeld zal ik er al een behoorlijk bedrag afhalen om de tot nu toe gemaakte kosten om de eerste auto te fabriceren en de investering en die tot nu toe gemaakt zijn, evenals de nog te betalen onderdelen en proefnemingen. " Ze stond resoluut op knikte naar Mark en liep weg.

Ze wandelde terug naar de loods. Ze ging meteen naar boven naar het kantoor en begon haar fiscalist te informeren over de rekening die hij moest openen bij de bank waar Mark zijn rekening had. Verder moest hij alle uitgaven die van haar rekening betaald waren verzamelen en het totale bedrag aan haar meedelen.

Ze vond een bericht van de fiscalist dat de eigenaren van het huis waar ze een bod op had gedaan, spijt hadden van hun afwijzing en alsnog wilde praten over de overname van het huis met alle goederen zoals die aanwezig waren. Ze gaf hem toestemming haar bod te verlengen tot 48 uur na nu. Mocht ze zelf niet in het huis willen wonen of weer van de planeet zou vertrekken dan zou ze Roos wel een schitterende baan aanbieden en tegelijk de verplichting opleggen het huis te beheren.

Ze was er eigenlijk best wel tevreden mee.

Ze wandelde nog even naar Dirk en overlegde met hem. Dirk had voor zichzelf het beeld opgebouwd om met drie medewerkers in een week tijd een complete auto te willen opbouwen. Dit betekende een bepaalde hoeveelheid halffabricaten die elders zouden moeten worden gemonteerd. De benodigde opslagruimten zouden dan nog wel iets groter moeten zijn om die systematiek te kunnen realiseren. Het voordeel is dat je de productie dan zo kon inrichten dat per team elke week een auto afgeleverd kon worden. Afhankelijk van het aantal werklocaties werden dan auto's opgeleverd. Nu werden er nog meerdere onderdelen ook hier opgebouwd, waardoor er hier meer tijd in werd gestoken. Memola vroeg hem te proberen een beeld te vormen van de benodigde tijd en ruimte indien al het montagewerk op die ene locatie zou worden uitgevoerd door drie medewerkers. Dirk werd alsmaar handiger met zijn tablet waar hij alle gegevens in verzamelde. Hij combineerde eenvoudig alle arbeid op een locatie met alle bij die arbeid behorende onderdelen. Zijn tablet berekende dat het vier weken zou duren met een benodigde ruimte die meer dan drie keer zo groot zou moeten zijn. Memola was onder de indruk van de door Dirk verzamelde informatie. In deze loods zou je dan maar drie werkplekken kwijt kunnen. Memola moest er even aan wennen. Het zou wel een enorme hoeveelheid logistieke kosten besparen. Ze zette de huur van de loods om in een maandprijs, berekende de materiaal inkoopkosten van alle onderdelen zoals die nu waren ingekocht en kwam uit op een kostprijs die beduidend lager lag dan elke auto die op dat moment op de markt was. Ze sloeg de gegevens op in haar info tablet en vertelde Dirk dat ze eigenlijk de voorkeur had voor de totale montage op een plek. Met vier weken zou ze zeker heel erg happy zijn.

Ze besloot de volgende dag te benutten aan het inventariseren van de plaatselijke leegstaande locaties, inclusief de locatie van de gesloten autofabriek. Ze moest ook nog nadenken over een eerste casino en een eerste disco. Misschien moest ze Angelica eerst wel een speciale opdracht geven voor het uitwerken van die twee locaties.

Dirk kwam even gedag zeggen, alle medewerkers gingen weer naar huis. Het was einde werktijd. Memola groette hem en vroeg vooral morgen wat tijd te besteden aan de jongeman die hem met het totale productiesysteem zou kunnen helpen. Dirk vertelde al wel wat figuren in gedachte te hebben en daar morgen, als de ploeg was opgestart wat te benaderen voor een eerste gesprek. Eentje stond er bij hem vooraan omdat die ook bij de ode baas in die hoek werkzaam was. Memola gaf hem alle ruimte het te regelen. Ze gaf hem ook gelijk opslag. Hij werd alsmaar belangrijker voor deze productie-eenheid.

Dirk was er helemaal blij me. Ze informeerde de fiscalist omtrent de salarisaanpassing en dat er nog een jongeman zou worden aangenomen voor de computer en productie-informatie-systemen.

De fiscalist informeerde haar dat de verkopers van de woning blij waren met haar bod maar hadden gehoopt dat er nog wat extra ruimte zou zijn voor onderhandeling maar hadden het bod uiteindelijk geaccepteerd. De overdracht zou op korte termijn, binnen vijf dagen plaatsvinden. De verkopers hadden haast, de kosten liepen door. Memola informeerde de fiscalist over de dame die het huis onderhield en de tuinman. Het was de bedoeling dat de lopende verplichtingen zouden doorlopen. Ze vroeg hem te beoordelen in welke onderneming het onroerend goed zou worden ondergebracht. Haar voorkeur lag bij het bedrijf dat zich onder meer met onroerend goed zou bezig houden. Ze informeerde hem meteen over de voorgenomen onderzoeken naar onroerend goed in de omgeving van de loods.

De fiscalist informeerde haar dat de bedrijven zoals zij die had opgegeven waren opgericht, allemaal zetelend op zijn kantoor. Alleen "Flashcar" was gevestigd op de locatie van de loods.

Memola vond het allemaal prima. Ze was heel tevreden over de gang van zaken. Ze besloot gelijk maar bij de fiscalist langs te gaan en met hem direct te overleggen.

Ze vroeg hem of hij over een goed uur nog op kantoor wilde zijn. Ze wilde in persoon met hem overleggen.

Hij beloofde op haar te wachten hoewel het al aardig laat was.

Memola sloot de loods af en ging snel met haar vliegauto naar Centra. Ze nam de gebruikelijke voorzorgen in acht maar was toch een beetje gehaast. Ze had toch anderhalf uur nodig om hem te bereiken. Ze verontschuldigde zich voor de vertraging maar de fiscalist keek haar glimlachend aan. Ze had een snelheidsrecord gevestigd, wie was hij dan om te klagen.

Memola kwam snel ter zake. Ze vroeg hem of het mogelijk was een eigen bank op te richten. Ze overhandigde hem de pasjes en de papieren voor de beide bestaande rekeningen en vroeg hem die te beheren. Ze zou graag zien dat al dat geld op een eigen bank beschikbaar zou zijn, zodat er geen inmenging van buitenaf in het beheer van het geld zou zijn. De fiscalist vertelde dat het inderdaad mogelijk was maar wel gebonden aan een vergunningensysteem. Indien de bank geld van de overheid beschikbaar zou krijgen, was er een zeer strenge financiële controle noodzakelijk. In de wetgeving ging men er van uit dat er altijd gelden van de overheid werd geleend. Het zou een uitvoerige discussie geven hoe dit zou gaan zonder een dergelijke lening.

Hij glimlachte er bij. Hij zag de discussie al ontstaan. Dit vond hij wel heel erg interessant. Memola zag het en onderkende het belang.

"Kan de bank al starten voordat dit allemaal formeel is goedgekeurd," vroeg ze.

De fiscalist knikte. Hij moest nog wel het nodige op een rij zetten en de juiste weg bewandelen maar hij zag wel mogelijkheden die problematiek te splitsen.

Memola vroeg hem die weg op te starten. Ze wilde ook dat hij directeur van de bank zou worden en zijn huidige bedrijf zou stoppen of verkopen, behalve al haar belangen. Hij moest ook de directeur worden van haar eigen bedrijf, de moeder van alle andere bedrijven.

Ze vroeg nog waar haar nieuwe huis was ondergebracht en de fiscalist vertelde dat dit in het onroerend goed bedrijf was ondergebracht. Dit was het meest logisch en fiscaal het eenvoudigst. Hij had de twee werknemers via de webcam gesproken en hen verteld dat de lopende afspraken zouden worden voortgezet. De overdracht was voor volgende week woensdag ingepland. Hij verwachtte de stukken maandag van de notaris te ontvangen. Hij had het hele bedrag dat besteed was uit haar bedrijf voor de realisatie van de proefmodellen volledig in rekening gebracht bij de desbetreffende lening, evenals de uitgaven voor de verwerving van de aandelen in de spuiterijen. Het huis zou worden betaald uit de andere tegoeden.

Ze vroeg hem hoeveel medewerkers hij dacht nodig te hebben om alles te kunnen regelen en bijhouden, zeker als straks de productiebedrijven gaan lopen. Hij kon daar niets van zeggen. Al naar gelang de behoefte zou hij die moeten benaderen. Memola zegde hem een zeer vorstelijk salaris toe. Dat was noodzakelijk om hem optimaal beschikbaar te hebben en te houden. Ze deed er ook nog een forse winstuitkering bij.

Hij beloofde een en ander op papier te zullen zetten en was heel erg blij met deze ontwikkelingen. Hij vroeg niet hoe ze die leningen voor elkaar had gekregen maar was wel vol bewondering over haar talenten op velerlei terrein.

Memola adviseerde hem morgen, vrijdag lekker vrij te nemen en bij zijn gezin door te brengen en zijn benoeming te vieren. Maandag was weer vroeg genoeg om veel tijd in de business te stoppen.

Ze schudde hem de hand en vertrok.

Ze was heel tevreden. Ze bedacht dat ze eigenlijk was vergeten te vragen of er al wat bekend was over de overvallers van zijn kantoor. Ze liet het maar rusten. Als er al iets bekend was geweest dan zou hij dat zeker hebben aangegeven.

Die gedachtegang bracht haar op het pad van de grote piraat. Ze zou nog eens uitgebreid eten in de stad en daarna terugkeren naar haar schip. Ze wilde wel meer weten van en over de piraat.

Ze at in een leuk, klein eethuisje. Ze kreeg wel dertig kleine hapjes. De smaken verschilden sterk en dat vond ze heerlijk. Dit zaakje wilde ze onthouden. Ze wandelde terug naar haar vliegauto en keerde terug naar haar ruimteschip.

Terug in haar ruimteschip bleek er een aanzegging te zijn van de grondruimtehaven dat er twee containers met spullen gereed stonden. Ze liet ze zaterdag bezorgen. Ze sprak een tijd en een intake-code af en instrueerde de computer ten aanzien van de toegang via de grote luchtsluis. Ze was moe maar bekeek ook nog even de andere informatie.

Er was een opsomming van onderzoeksinstituten die chemische samenstellingen konden onderzoeken. Memola verfijnde de zoekopdracht richting natuurlijke stoffen en vooral harsen van bomen. Ze keek of er gegevens waren over doctoren die met de bij haar ingespoten stof werkten. Er was weinig over bekend. Ze wilde toch nog eens meer informatie hebben over het tehuis waar de moeder van Johan werd verzorgd. Ze vond het een nogal eigenaardige situatie met dat hele grote woonhuis op een groot landgoed met daarvoor die muur van het verpleegtehuis.

Wie woonde in dat grote huis en wat gebeurde er verder, daarbinnen. Ze had er een gek gevoel bij. Ze kon geen nadere gegevens vinden. Niets over het huis en de bewoner of bewoners. Dat was wel gek. Ze bekeek nog de informatie over de moeder van Johan. Iedereen die er over had geschreven was verbaasd over de gang van zaken. Het verhaal van Johan en zijn vader kwam ook niet echt uit de verf.

Ze besloot om morgen maar eens een bezoekje aan het grote woonhuis te brengen.

Ze ging naar bed.

EINDE   Boek 1